365 JOURS DE SEXE

LINDA LOU PAGET

365 JOURS DE SEXE

Traduit de l'américain
par Anne d'Espesette

•MARABOUT•

Du même auteur chez Marabout :

L'Art de faire l'amour à un homme, Presses du Châtelet, 2000, et Marabout n° 2874.
L'Art de faire l'amour à une femme, Presses du Châtelet, 2001, et Marabout n° 2875.
L'Orgasme sans tabou, Presses du Châtelet, 2003, et Marabout n° 2885.

Ce livre a été publié sous le titre *365 Days of Sensational Sex* par Gotham Books, New York, 2003,
et sous le titre *365 jours de fêtes amoureuses* par les Presses du Châtelet, 2004.

À mes sœurs
Diane Paget-Dellio,
Sherry Paget
et Kathie Ireland,
avec tout mon amour,
et à tous ceux qui ont partagé leur vie,
leurs amours, leurs expériences,
ainsi qu'à tous ceux qui ont demandé ce livre.

Introduction

Il y a un peu plus de dix ans, j'animais mes premiers séminaires sur la sexualité. J'étais à la recherche d'informations fiables, précises et utiles, loin des mythes et des représentations erronées véhiculés par les films pornographiques – et je savais que je n'étais pas la seule femme dans ce cas. Je ne me doutais pas que ces rencontres informelles obtiendraient une incroyable popularité, et me donneraient l'occasion d'entamer une nouvelle carrière de conseillère « spéciale ». Bientôt, des dizaines, des centaines, des milliers de femmes et d'hommes se sont adressés à moi, avec les mêmes questions que celles que je m'étais tout d'abord posées. Pour répondre à cette soif d'informations, j'ai organisé des réunions abordant tous les aspects de la sexualité, et j'ai écrit trois livres : *L'Art de faire l'amour à un homme*, *L'Art de faire l'amour à une femme* et *L'Orgasme sans tabou* *.

365 jours de sexe est mon quatrième ouvrage, et de loin le plus complet. Comme les précédents, il est né de mon travail avec des femmes, des hommes et des couples qui, comme vous, sont à la recherche d'un savoir précis sur la sexualité. Depuis longtemps, ils me demandent de partager avec eux les secrets de ces couples dont l'épanouissement sexuel ne craint pas les années, ou qui sont

* Tous trois publiés aux Presses du Châtelet, en 2000, 2001 et 2003, et chez Marabout.

parvenus à redonner un nouveau souffle à leur sexualité. Comment se fait-il que certains soient des amants formidables, capables de maintenir le meilleur d'une relation ? Que font-ils pour entretenir le désir ?

Bien des gens pensent qu'être un merveilleux amant est une affaire de technique : rien n'est moins vrai. Cela peut paraître étrange venant de la part d'une femme qui a abondamment écrit sur le sujet ! Mais, comme je l'ai souvent répété, le « où » et le « comment » ne sont que la partie émergée de l'iceberg sexuel. Vous pouvez disposer d'une technique hors du commun et maîtriser des dizaines de positions : cela fera sans doute de vous un super coup, mais pas nécessairement un amant inoubliable...

Aucun dictionnaire ne vous donnera la définition d'une relation sexuelle extatique. C'est une notion très personnelle, chacun a son avis sur la question. Pour l'un(e), cela voudra dire avoir ou procurer des orgasmes fulgurants ; un(e) autre imaginera une scène exotique et quelques accessoires accrochés au plafond ; et un(e) troisième, un moment de communion intense, blotti(e) dans les bras de l'autre. Au cours de ces années passées à écouter les gens, j'ai cependant appris deux choses :

- les Grands Amants sont ouverts et curieux, toujours désireux d'apprendre ;
- les Grands Amants ont la volonté d'entretenir la flamme de la passion, et ils y parviennent.

La vérité de ces deux enseignements m'est clairement apparue il y a peu, quand j'ai rencontré Claire. Cette sexagénaire m'avait appelée pour me demander conseil : depuis que son mari, Marty, avait subi un pontage coronarien, leur sexualité était quasi inexistante. Auparavant, elle avait toujours été satisfaisante (trente-cinq années de mariage, a-t-elle souligné !). Au moment de l'opération, Marty s'apprêtait à prendre sa retraite. Claire se faisait beaucoup de souci, non seulement pour la santé de son mari, mais aussi pour elle – comment allait-elle prendre soin de lui et de leur famille ? Et comment allait-elle assumer ses responsabilités professionnelles ? Pour couronner le tout, Claire avait été mutée à Las Vegas.

En professionnelle consciencieuse et en épouse attentive, Claire était déterminée à gérer tous ces événements de la meilleure manière qui fût. Pour commencer, elle s'est penchée sur ses relations avec Marty. Au lieu de se laisser envahir par la crainte de ne plus jamais retrouver leur entente sexuelle passée, elle a décidé de prendre le taureau par les cornes – en quelque sorte !

Je lui ai conseillé de lire mes livres. Je lui ai également révélé quelques-uns des secrets que contiennent ces pages. Je lui ai suggéré d'explorer deux pistes, simples mais efficaces, dont j'étais certaine qu'elles réveilleraient l'attention et l'intérêt de son mari :

- d'abord, lui montrer qu'il était toujours irrésistible. Claire a essayé de redonner à Marty le goût de leurs premiers émois, en lui offrant ce qu'elle lui faisait à l'époque sur la banquette arrière de sa voiture. Il a compris qu'elle était toujours attirée par lui, ce qui a eu pour effet de réveiller ses pulsions sexuelles ;
- ensuite, utiliser le corps de Marty pour son propre plaisir. Claire a exploité ce qui excite la plupart des hommes : regarder leur amante prendre du plaisir grâce à l'essence même de leur virilité…

Deux semaines plus tard, lors d'une réunion à laquelle nous assistions toutes les deux, Claire s'est levée fièrement et m'a remerciée d'une voix assurée : « Je veux que vous sachiez que vous m'avez aidée à refaire jaillir des étincelles dans un couple marié depuis trente-cinq ans ! »

Depuis ce jour, je suis convaincue que ce que Claire et Marty ont fait, chacun en est capable. N'avez-vous pas envie de relations sexuelles qui vous laissent rêveur, et dont l'épilogue soit un long sourire de satisfaction ? Voilà ce que ce livre vous permettra de vivre, je l'espère.

Régulièrement, un client ou un participant, lors d'un séminaire, partage avec moi une perle issue de sa « sagesse » sexuelle ; je la consigne immédiatement dans ma liste des « secrets des amants ». Au fil des ans, j'en ai extrait le meilleur, 365 perles précieuses, que je veux maintenant partager avec vous. Certains de ces secrets sont destinés aux femmes : il s'agit de ce que les hommes veulent qu'elles sachent à propos de ce qui leur plaît. Il s'agit aussi de ce qui, selon les femmes, marche pour elles et leur partenaire. Les secrets à l'attention des hommes concernent ce que les femmes veulent qu'ils sachent à propos de ce qui leur plaît. Et ce qui, selon eux, marche dans leur couple. Ainsi, ce livre est comme un dialogue inhabituel : hommes et femmes, sur un pied d'égalité, s'expriment et discutent de ce qu'ils veulent faire les uns avec les autres.

Je veux vous faire partager tout ce que ces heureux amants m'ont dit : ce qu'ils ont fait avec leur partenaire, pourquoi ils l'ont fait, comment ils l'ont fait, ce qui a marché ou non, et comment ils sont parvenus à pimenter leurs relations sexuelles ; à garder la fraîcheur et la volupté des premiers jours. Ces secrets seront une source d'inspiration pour vous et votre partenaire. Mais c'est à votre manière, toute personnelle, que vous atteindrez ensemble les cimes du plaisir, et cette énergie sexuelle rejaillira sur votre couple.

Les 365 entrées qui composent ce livre sont classées en six chapitres : l'état d'esprit, le comportement, les jeux amoureux, les classiques, les fantasmes et les questions les plus fréquentes. À l'intérieur de chaque partie, vous trouverez des suggestions sur la manière de mettre en œuvre, au sein de votre couple, ces méthodes « testées et approuvées ».

Certaines anecdotes relatées dans ces pages réveilleront vos sens et mettront en lumière les forces qui sous-tendent les meilleures expériences.

Ces conseils se rapportent directement à la manière dont le sexe revigore la relation tout entière. Je peux en témoigner, la technique n'est pas capable d'engendrer, à elle seule, une expérience sexuelle du tonnerre ; pour cela, il faut connaître la dynamique secrète en œuvre dans la relation. Certains conseils vous paraîtront relever simplement du bon sens. Mais croyez-moi, lorsqu'il s'agit de préserver l'intensité d'une relation à deux, le bon sens n'est pas si fréquent... Peut-être maîtrisez-vous tous vos classiques – comme le fait de vous concentrer sur le plaisir de votre partenaire, les dix manières de mener une femme à l'orgasme, ou l'art d'utiliser tous vos sens pour séduire un homme – mais êtes-vous certain(e) de les mettre en pratique ?

Ce livre ne vous donnera pas la formule magique pour reconquérir l'âme sœur ; il n'est pas non plus un manuel de performances sexuelles comparées. Sur ces sujets, la littérature ne manque pas. Ce livre a pour ambition de rendre ce qui est bon, meilleur ; et de rendre ce qui est meilleur, extraordinaire. En fait, ce livre vous fait cinq promesses :

- il vous donnera des conseils concrets pour rendre votre partenaire fou de désir. Votre plaisir et votre satisfaction en seront décuplés ;
- en apprenant comment d'autres gèrent leur relation, renforcent leurs liens et intensifient l'énergie sexuelle de leur couple, vous jaugerez vos propres expériences sexuelles et serez en mesure de les développer ;
- vous prendrez conscience de l'ampleur de votre potentiel sexuel à travers de nouvelles formes de plaisir, de nouveaux échanges avec votre partenaire ;

- vous découvrirez comment des hommes et des femmes, en couple depuis de longues années, parviennent régulièrement à retrouver les émois sexuels de leur première rencontre ;
- et, surtout, vous saurez ce qui fait que la passion reste passion !

Que vous soyez en couple ou non, peu importe. En tant qu'humains, nous sommes des êtres sociaux et il est dans notre nature de vouloir être en relation avec l'autre. Si vous êtes célibataire aujourd'hui, vous êtes probablement déjà en train d'imaginer votre futur(e) partenaire. Quelle que soit votre situation actuelle, laissez ce livre vous guider, vous inspirer. Acceptez-le comme un cadeau : il vous donnera les clés d'une relation ardente, une lune de miel qui n'aurait pas de fin.

L'État d'esprit des Grands Amants

Commençons par le commencement : pour une sexualité épanouie, il faut d'abord une attitude ouverte, décomplexée et pleine de désir. Les Grands Amants veulent toujours en apprendre davantage sur la sexualité : c'est comme un instinct qui les guide et les inspire. Ils ont conscience du pouvoir de leur sexualité, et savent le transmettre à leur partenaire. C'est ce pouvoir qui façonne leur état d'esprit – envers le sexe, leur partenaire et eux-mêmes. Dans ce chapitre, vous apprendrez à apprivoiser cet état d'esprit, à le modeler. Et vous allez vous souvenir (ou rappeler à votre partenaire) à quel point il est important d'avoir une sexualité épanouie.

1. Du coup de foudre à la vie à deux

Difficile de ne pas admettre que la sexualité est différente dans ces deux périodes de l'histoire du couple. Tous ceux qui sont déjà tombés amoureux connaissent ce bouleversant sentiment de vertige. Selon le Dr Helen Fisher, le fait de tomber amoureux provoque une réaction physiologique. Beaucoup de gens se désolent que cet état de grâce ne dure pas, mais, en un sens, tant mieux – si cela durait toute la vie, nous serions bien incapables de grand-chose ! Blague à part (mais je ne plaisante pas tant que ça…), la plupart des gens se souviennent avec nostalgie de leurs premiers ébats, et se plaignent que la lune de miel n'ait pas duré. La passion est-elle condamnée à disparaître ? Non. Et nous allons le prouver de 365 manières.

Non seulement l'amour des premiers instants peut perdurer, mais il évolue au fil des années. Pour en prendre pleinement conscience, vous devez accepter qu'à mesure que votre relation grandit et mûrit, les liens avec votre partenaire se renforcent et transforment naturellement l'ivresse des premiers rapports en une volupté plus profonde.

À un moment ou un autre de votre relation, vous devez accepter que certains changements vont intervenir, qui auront un impact sur votre sexualité. Le secret pour transformer la sexualité des premiers moments en une sexualité de plus long terme, c'est d'adapter ses attentes, d'élargir la gamme des possibles pour s'apporter mutuellement du plaisir. Comme le dit Shirley : « Oui, notre sexualité est différente. Mais elle est aussi plus intense, plus spirituelle et érotique. Ce qui compte, ce n'est pas de gagner la course, c'est la course elle-même. »

2. Au-delà de l'acte sexuel

Une sexualité épanouie ne se résume pas à des rapports sexuels. Je l'entends régulièrement depuis plus de dix ans : l'acte sexuel n'est qu'une composante de la sexualité – notamment pour des couples diminués physiquement par la maladie ou un accident, par exemple. Entendons-nous bien : l'acte sexuel n'est pas la partie la plus abominable de la sexualité ! J'insiste simplement sur le fait que vous vous priverez de nombreuses occasions de plaisir s'il est votre seule préoccupation… Comme le montre ce livre, les jeux de l'amour ne manquent pas : choisissez-les, mariez-les à votre guise. N'oubliez pas les propos du Dr Bernie Zilbergeld, dans son livre *The New Male Sexuality* * : « Un acte isolé ne suffit pas à définir notre manière de faire l'amour ; les rapports sexuels ne sont qu'une partie de notre expérience sexuelle. »

3. Donnez-vous le droit

Il est essentiel, pour une sexualité saine, de se donner le droit. Et souvent, en la matière, le proverbe a raison, qui dit que l'on n'est jamais mieux servi que par soi-même. Quand on pense que la sexualité est à l'origine de chacun de nous, il est incroyable de constater à quel point l'être humain, culturellement, se donne si peu le droit de découvrir vraiment sa sexualité. C'est notre forme de communication la plus puissante ; c'est ce qui crée la vie, l'amour, et les êtres. Je ne rentrerai pas dans le débat de savoir pourquoi notre culture a fait de la sexualité un tabou ; je veux juste souligner qu'il y a des moyens de ne pas en être victime au sein du couple. En se donnant le droit, les amants s'autorisent à parler de tout, depuis leurs propres expériences (comment atteindre l'orgasme de plusieurs manières) jusqu'à celles qu'ils aimeraient tenter (vivre des fantasmes), en passant par celles qui les ont toujours intrigués (utiliser des accessoires sexuels, par exemple). Il s'agit d'adopter une attitude qui ne juge pas, et qui permet aux amants d'atteindre ensemble un niveau supérieur du plaisir.

* New York, Bantam Books, 1999. Non disponible en français. (*N. d. T.*)

Les hommes et les femmes abordent souvent la sexualité en pensant qu'ils sont censés déjà tout en connaître. Mais rien n'est moins vrai. Alors, avant d'aller plus loin – dans votre relation ou dans ce livre –, faites une pause et donnez-vous le droit de ne pas savoir. Que se passe-t-il ensuite ? Vous vous rendez disponible pour apprendre.

4. Sachez qu'il y a toujours plus à savoir

Une fois n'est pas coutume, je vais prendre ici mon propre exemple. Les gens me disent souvent : « Vous devez tout savoir sur le sexe ! » Très honnêtement, ma réponse est : « Non. Chaque jour, j'apprends et j'entends quelque chose de nouveau, et la raison en est que je suis persuadée qu'il y a *toujours* plus à apprendre sur la vie, y compris sur le sexe. » Parfois, j'entends parler d'une nouvelle étude, je lis une définition que j'ignorais, on me pose une question différemment, je vais dans un salon où je vois de nouveaux produits, je découvre un nouveau matériau utilisé pour des accessoires, une variante pour telle position... Lorsqu'on est ouvert à tous les sujets, on peut les envisager toujours d'une « nouvelle » manière. Et quel sujet se prête mieux à l'ouverture d'esprit que la sexualité ? Même si vous vivez la même relation depuis des années, vous pouvez encore apprendre et surprendre votre partenaire. Il suffit d'être disponible pour la nouveauté et de s'autoriser à être curieux.

5. Soyez un gentleman

Messieurs, ce conseil vous paraîtra peut-être d'un autre âge. Mais que les choses soient claires : il n'y a rien de plus efficace, rien de tel pour rendre une femme sensible à vos charmes, que de vous comporter avec elle comme un gentleman. Ouvrez-lui la portière de la voiture, tenez-lui la porte, laissez-la entrer et sortir de l'ascenseur avant vous, aidez-la à enfiler son manteau, levez-vous quand elle revient à table… Une femme a besoin de se sentir reconnue. Vos bonnes manières mettront en valeur sa féminité, et votre masculinité. Messieurs, les femmes savent qu'une telle attitude fait partie de votre danse de séduction ; en agissant ainsi, vous multipliez vos chances de devenir intimes, et plus si affinités…

6. Messieurs, faites-lui savoir que vous voulez la faire jouir

Ce conseil n'a rien à voir avec la technique ni avec la performance. Il s'agit du plaisir qu'une femme éprouve quand elle sait que son partenaire adore sa jouissance. Tout simplement, messieurs, c'est à vous de lui faire savoir que vous prenez du plaisir à lui en donner. Elle se sentira plus libérée et aimée. Si elle pense que vous n'êtes pas comblé, elle ne le sera pas non plus. Que vous le lui disiez sans détour ou que vous le lui fassiez sentir à force de détermination, vous devez laisser éclater votre désir pour elle. Beaucoup d'hommes m'ont dit qu'il n'y avait pas de meilleur aphrodisiaque que de mener une femme jusqu'à l'orgasme ; et cela, en soi, est une belle chose. Mais il est important, messieurs, de ne pas devenir prisonniers de votre performance. Au contraire, laissez-vous aller à parcourir son corps tout en explorant l'immense territoire de sa sensualité. Comme vous le verrez plus loin, les femmes peuvent atteindre l'orgasme de dix manières différentes. À vous de découvrir vos zones d'approche, et de les apprivoiser. Il n'y a pas de bonne ou de mauvaise manière, il y a simplement l'intention de lui procurer du plaisir. Et quelle que soit la manière, essayez de vous en délecter.

Une femme, Terry, a été mariée pendant six ans avant que son mari, Michael, ne lui fasse pour la première fois un cunnilingus. Pourquoi a-t-il attendu si longtemps ? Parce qu'il avait peur qu'elle ne veuille pas qu'il le fasse. Après que Terry eut assisté à l'un de mes séminaires, elle a réalisé qu'il lui suffisait d'aborder le sujet. Elle a donc demandé à Michael si le cunnilingus le rebutait. Il en a été atterré. « Me rebuter ? s'exclama-t-il. Mais cela fait des années que j'en rêve. Je pensais que tu n'aimais pas ça ! Tu ne me l'as jamais demandé ! » Retenez bien cela : ne supposez pas, posez plutôt la question.

7. Mesdames, vous souvenez-vous des fellations d'antan ?

D'abord, laissez-moi vous rappeler qu'au fil du temps le désir pour tel ou tel acte sexuel évolue, telles les phases de la lune, croissante et décroissante. Et, comme pour tout acte intime, ce qui marche pour un couple ne marche pas toujours pour un autre. Cela étant dit, je me dois de vous prévenir : ne tombez pas dans le panneau… Depuis plus de dix ans, de nombreux couples m'ont confié que certains aspects de leur sexualité étaient très satisfaisants *avant* leur mariage ou leur vie commune, mais quasi inexistants *après*. C'est souvent le cas des relations bucco-génitales, et notamment de la fellation. Il en va ici de même que pour les baisers : une fois le couple installé dans son petit confort, il se contente de ce qu'il a, dans une sorte d'autosatisfaction. Et puis, pour certaines femmes, la fellation tient davantage du « devoir » que de l'envie. Je vais vous raconter une histoire édifiante, qui montre tout le cynisme de la situation.

Dans un de mes séminaires, j'ai entendu les deux commentaires suivants : « Mon mari n'a le droit à une fellation qu'une fois par an, pour son anniversaire. Oui, je le faisais plus souvent quand on sortait ensemble, mais plus maintenant. » C'est alors qu'une autre participante a enchaîné : « Hé, tu as déjà les enfants et la maison de campagne, tu n'as plus besoin de te forcer ! » Le cynisme de ces deux femmes ne doit sans doute pas être généralisé, mais elles n'en sont pas moins représentatives de ce qui se passe dans beaucoup de couples.

Mesdames, voilà dix ans que j'écoute les hommes, et je dois vous dire qu'ils sont loin d'être ravis quand leur compagne cesse un jour de les gratifier de cette partie de leur répertoire sexuel. Cela tient tout simplement à la manière dont les hommes appréhendent leur propre masculinité : ils veulent se sentir désirés sexuellement, et que leur partenaire prenne soin d'eux. Or, concernant la majorité des hommes, la fellation est le moyen le plus sûr de combler ces désirs. À vous de vous mettre en phase avec votre désir pour donner du plaisir à votre partenaire, ce qui vous mènera à *votre* plaisir. Les deux vont de pair. Et il faut noter que les hommes ne semblent pas rencontrer le même problème : eux continuent de pratiquer le cunnilingus malgré les années. Pourquoi ? Parce qu'ils aiment ça !

8. Laissez sa masculinité s'épanouir

Mesdames, plus vous êtes féminines, plus sa masculinité s'exprimera. Et plus vous honorez et suscitez sa masculinité, plus l'énergie sexuelle entre vous sera intense. La féminité que vous exprimez sexuellement laisse d'autant plus de place à sa virilité. Cela est lié à l'idée (souvent passée sous silence) que c'est la femme qui contrôle l'accès à la sexualité : alors, plus vous assumez votre féminité dans la relation, plus vous lui permettez d'être homme. Une femme, entrepreneur, a un jour résumé cette dynamique subtile mais puissante de la manière suivante : « Tous les jours, au travail, c'est moi qui mène la barque, mais quand je suis avec mon compagnon, je suis aussi douce et féminine que j'en ai envie ; ce qui reflète autant sa masculinité que ma propre féminité. Je sais combien je suis féminine en fonction de son niveau de masculinité, en public comme en privé. » Qu'est-ce à dire ? Ce n'est pas une histoire de gros bras. Cet effet miroir remonte à la nuit des temps. Certaines femmes ont ce sens inné de leur féminité qui fait que leur partenaire se sent comme « le roi du monde ». Cela peut paraître cliché, mais plus un couple a conscience des bonnes manières en société, plus son identité sexuelle trouvera à s'exprimer derrière la porte de sa chambre. Beaucoup d'hommes m'ont confié que rien ne les excitait davantage qu'une femme féminine : « Je prends conscience que je suis un homme. Quand je sors avec ma femme, je veux que les autres hommes m'envient. Superficiel ? Non ! Je vous dis ce que tous les hommes pensent vraiment. » Cela tient à la magnifique différence entre les sexes. Une femme féminine au bras d'un homme le rend plus viril, et Dieu sait que les hommes adorent cela.

9. Vivez le présent

Mon conseil, ici, est de penser votre sexualité au présent : considérez la personne avec laquelle vous vivez aujourd'hui, et non vos expériences passées. À moins que ce ne soit votre première histoire, vous avez certainement un passé amoureux. Mais peu d'hommes ou de femmes aiment que leur partenaire évoque ses anciennes relations.

On apprécie un partenaire expérimenté, mais on ne veut pas savoir comment il (elle) a acquis un tel savoir-faire ! Cela posé, à vous de faire en sorte que l'histoire que vous vivez soit la plus satisfaisante sur le plan sexuel. Il est facile, lorsque l'on fait référence à d'anciennes amours (heureuses ou moins heureuses), de s'extraire mentalement, émotionnellement ou physiquement de celui que l'on vit. Tirez des leçons du passé, mais n'en devenez pas prisonnier et ne laissez pas les comparaisons perturber le présent.

10. Précieuses fragilités

Nos fragilités nous montrent, et montrent à ceux qui nous entourent, en quoi les autres peuvent nous aider. En quoi l'attention d'un être peut faire toute la différence. On peut dire les choses autrement : les gens restent dans votre vie, mentalement ou physiquement, tant qu'ils sentent qu'ils vous apportent quelque chose. Quand ils n'ont pas d'espace, pas l'occasion de le faire, ils s'en vont. Vos fragilités leur donnent souvent cette occasion. Vous savez que lorsque vous pouvez être là pour quelqu'un, surtout si cette personne vous est chère, cela procure un réel sentiment de satisfaction, quasi physique. Plus cette personne est importante pour vous, plus ce sentiment est intense. Juste un petit conseil ici : la dernière chose que vous voulez que les autres sachent sur vous, est généralement la première qu'ils apprennent, que vous en parliez ou non. Si vous êtes très timide et que vous pensez qu'une attitude froide, distante, vous fait paraître plus sûr(e) de vous, pensez-y à deux fois. Les gens s'en rendent compte. C'est votre vraie personnalité qui est séduisante, précisément parce qu'elle est authentique. Est-ce agréable de dire aux autres ce que vous pensez, de vous montrer avec tous vos défauts ? Non, mais une relation qui grandit, qui évolue, n'est pas toujours agréable non plus, et plus vous partagez vos points faibles, plus ceux qui vous aiment sont susceptibles de vous venir en aide. Pourquoi ? Parce que les fragilités de ceux qu'on aime sont aussi les nôtres. Pensez-y : les amants ne doivent pas craindre d'être vulnérables.

11. Le sentiment de confiance

C'est vous et vous seul(e) qui pouvez faire le don de la confiance à votre partenaire. La confiance crée un patrimoine qui ne cesse de se transmettre au sein du couple. Elle est la base sur laquelle peuvent éclore les autres aspects de votre vie amoureuse – dans votre chambre. C'est le préalable le plus fréquemment cité par les couples dont la passion perdure. Ils se font confiance, dans l'intimité comme au-delà. Et ces couples mettent souvent la confiance sur le même plan que le respect mutuel.

12. Le refuge du couple

Tout comme votre chambre est un sanctuaire, votre couple est un refuge – à l'abri des obligations familiales, des contraintes professionnelles et des impératifs de la vie en général. Vous devez le considérer comme le point d'ancrage de votre vie, un repère, qui vous laisse cependant assez d'espace pour grandir, apprendre, exister en dehors de lui. Les couples qui s'envisagent ainsi disent à quel point cela les aide à réaliser davantage de choses – dans tous les domaines. Il va sans dire que plus on est détendu, plus on est efficace dans ce que l'on fait. Quand le couple est un havre de paix, c'est un filet de sécurité, une force et une « satisfaction ». Beaucoup de gens me l'ont décrit ainsi. Comme l'a dit un homme, lors d'un de mes séminaires :

« Quand je rentre à la maison, j'aime sentir que je laisse le monde dehors. Une fois chez moi, je sais qu'elle est de mon côté. » Nous sommes tous soumis à beaucoup de stress – et, soyons honnêtes, nous en produisons pas mal nous-mêmes ! Les couples qui parviennent à créer un tel climat quand ils sont ensemble se renforcent mutuellement, dans leur relation et au-delà. Et même s'il ne fait pas bon mettre le nez dehors, ils savent que le cocon émotionnel qu'ils ont créé est toujours là, et les attend pour leur apporter le réconfort, la paix et, bien sûr, le sexe.

13. La liberté intellectuelle

Certaines personnes sont tout de suite attirées intellectuellement l'une par l'autre. Dès leur première rencontre, la littérature, le cinéma ou la peinture nourrissent leurs discussions passionnées. Ce dialogue se transforme en sorties puis, finalement, en moments plus intimes… D'autres sont apparemment moins chanceux, et il faut plus de temps pour que leur intellect se connecte avec une telle énergie. Ce qui ne veut pas dire que ce soit difficile : cela peut être aussi simple que de choisir un film ensemble, l'apprécier et en parler après la séance. Le fait de créer une complicité intellectuelle avec son partenaire donne une dimension supplémentaire à la relation. La complicité vient de l'échange d'idées et de points de vue. Non seulement cette stimulation garde votre esprit en éveil, mais elle maintient une interaction mentale dans le couple. Vous êtes-vous déjà demandé ce qu'il pense vraiment ? N'aimeriez-vous pas qu'elle ait une opinion qui vous surprenne ? Ce type d'allers et retours apportent du piment à votre relation et vous aident à rester vigilant(e) : on ne pourra pas dire que vous êtes devenu(e) d'un ennui redoutable ! Comment cette énergie intellectuelle stimule-t-elle votre vie sexuelle ? Exactement comme vous pouvez le supposer : votre intellect éperonne votre organe sexuel le plus puissant, votre cerveau. Votre partenaire redouble d'intérêt. Vous avez donné un coup de fouet au désir !

14. Chérir

Si vous voulez éviter le piège qui consiste à ne voir que ce qui ne vous plaît pas dans la relation, il vous faut savoir apprécier les qualités de votre partenaire. Ce conseil peut paraître surfait au premier abord, mais écoutez-moi bien : quand on s'habitue à la présence de l'autre dans notre vie, et que l'on s'installe dans ce confort, on bascule souvent dans un état d'esprit négatif. On tend alors à se focaliser sur ce qui nous plaît le moins. Pourquoi ? Parce que l'état de grâce dans lequel on était en tombant amoureux a disparu. Tout ce que l'on voyait alors, c'étaient les qualités de notre partenaire. Voici mon conseil : soyez pleinement conscient(e) de tout ce que vous appréciez, aimez, admirez chez votre partenaire. C'est cela, mes chers, que signifie « chérir ».

15. L'amour et le désir

Quand on rencontre quelqu'un et que l'on tombe amoureux, la frontière entre l'amour et le désir est très mince. On passe de l'un à l'autre naturellement – les moments sexuels sont baignés d'amour, et tous les instants à deux sont emplis de désir. Mais, à mesure que la relation évolue, on sépare peu à peu amour et désir, et leur communion devient moins évidente. C'est un processus inconscient, mais bel et bien réel. Bien sûr, un certain stress accompagne cette dichotomie. Vous devez savoir deux choses : la première est que la relation, comme le bon vin, doit mûrir pour donner toute la saveur de ses fruits ; la seconde, que la seule chose à faire est de maintenir des passerelles entre l'amour et le désir. Certains soirs, un désir sauvage vous poussera à vous jeter l'un sur l'autre et à faire l'amour en plein milieu de la cuisine. Certains matins, vous vous regarderez au fond des yeux, sur l'oreiller, et sans dire un mot, vous ressentirez tout l'amour qui vous lie. C'est la synergie entre l'amour et le désir qui maintient une relation – sur les plans sexuel et émotionnel. Alors essayez de vous familiariser avec ce jeu de l'amour et du désir, et vous apprendrez à passer tout naturellement de pulsions ardentes en moments d'amour complices – parfois dans un même élan. Aucune loi ne dit que vous n'avez pas le droit de varier le tempo. C'est comme si l'on vous demandait de garder un même pas de danse toute une soirée !

16. Affirmez vos droits

Vous avez des droits au sein de votre couple. Pas tous les droits. Je veux parler ici de ce qui est lié à l'engagement réciproque de deux individus. De quels droits s'agit-il ? Le droit de demander à l'autre où il est et où il va. Le droit de lui demander de faire des efforts vestimentaires quand il (elle) sort avec vous. Le droit de lui demander où il (elle) en est dans sa vie professionnelle, et de donner votre avis. Je ne suis pas en train de dire qu'il faut contrôler l'autre. Mais il est parfaitement compréhensible et légitime de s'impliquer dans certains aspects de sa vie quand ils ont un impact sur le couple. Tout comme le respect et la confiance, ces droits ne vont pas de soi : ils se gagnent. Un des meilleurs exemples auxquels je pense pour illustrer mon propos est une jeune femme qui, un soir, à 23 heures, a reçu un coup de téléphone d'un homme avec qui elle sortait depuis moins d'un mois. Cet appel a eu le don de l'indigner, et elle m'a fait ce commentaire, alors que nous en parlions par téléphone (il était 23 h 30) : « C'est totalement prématuré qu'il m'appelle si tard. » J'ai éclaté de rire et lui ai demandé : « À partir de quand il en aura le droit, alors ? » Et elle avait, de fait, une idée très précise du moment à partir duquel un homme pouvait se permettre de l'appeler tard. Au-delà du côté comique de ces « règles », il y va du respect des limites personnelles de l'autre. Les amants doivent prêter la plus grande attention à ces privilèges arbitrairement accordés.

17. Des racines profondes

Soyez proches et restez-le, afin de donner des racines profondes à votre intimité, qui conduit à l'épanouissement sexuel. Nous sommes ici sur le terrain émotionnel, et certains sont plus à l'aise que d'autres en la matière. Mais il est important que tout le monde travaille dans le sens de cette proximité. Cela signifie continuer à demander à l'autre comment s'est passée sa journée de travail, ce qu'il (elle) pense de ci ou de ça. Il est important de savoir comment se sent son partenaire, par rapport à la vie en général, au couple, à la vie à deux. Observez. Écoutez. Réagissez. Inquiétez-vous de savoir comment il ou elle va. N'attendez pas qu'une crise éclate, ou qu'un silence pesant envahisse le foyer. La bonne entente sexuelle d'un couple dépend certes de beaucoup de choses, mais la capacité à rester proche de l'autre est un facteur primordial.

18. La variation est dynamique

Comme les marées connaissent le flux et le reflux, il y a un cycle sexuel naturel dans la plupart des couples. Je connais certaines personnes qui s'en accommodent très bien, car elles savent que des rapports plus ou moins fréquents signifient aussi des rapports variés. Ces personnes voient le verre à moitié plein, au lieu de le voir à moitié vide. Elles ont confiance en elles, savent qu'un break est parfois nécessaire. Quand les relations reprendront, elles revivront ce qu'elles ont déjà vécu ou essaieront quelque chose de nouveau.

19. Le calme avant la tempête

La télévision et le cinéma nous donnent souvent l'image tumultueuse de couples qui se déchirent, se séparent, se retrouvent… La vérité des couples épanouis est autre. Posez-vous la question : comment avez-vous su que vous étiez amoureux(se) ? J'ai souvent demandé à des personnes ensemble depuis longtemps comment elles avaient su que c'était « la bonne personne ». Presque toujours, elles m'ont parlé d'un sentiment de sérénité qui les a immédiatement submergées. Comme l'a formulé une femme : « Il n'y avait aucun bruit dans ma tête et mon cœur était calme. » Ce calme renvoie à une confiance inébranlable et difficile à décrire. Et il est annonciateur d'une bien agréable tempête, qui va bientôt bouleverser les sens.

20. Délectez-vous du plaisir que vous lui donnez

« De moi à moi » : c'est ainsi qu'une Canadienne décrit la synergie émotionnelle qu'elle crée quand son corps et ses gestes donnent du plaisir à son partenaire. En vérité, vous seul(e) pouvez savourer ces moments, après l'amour, où le plaisir brille encore dans les yeux de l'autre.

Vous seul(e) connaissez la satisfaction de lui avoir offert du bien-être. La prochaine fois que vous ferez l'amour, appréciez pleinement les moments qui suivent, et délectez-vous de la manière dont vous avez rendu votre partenaire fou de plaisir.

21. Et si vous parliez crûment ?

Cette suggestion vous surprend ? Chaque fois que vous vous laissez aller à de nouvelles expériences, vous faites preuve d'ouverture d'esprit sexuelle. Je veux vous encourager ici à oser utiliser un langage explicite en public. Mais si cela vous met trop mal à l'aise, il n'y a aucune obligation ! Cependant, pensez à la manière dont vous vous sentez quand vous portez un nouveau vêtement... Quelque chose d'extérieur peut avoir un pouvoir érotique ; quelque chose qui vient de l'intérieur aussi. Commencez par ces quelques travaux pratiques :

- chuchotez quelques mots très crus en public, alors que vous ne pouvez pas les mettre en pratique ;
- mesdames, au moment d'appliquer une dernière touche de rouge sur vos lèvres, continuez donc : sur la pointe de vos seins, sur vos lèvres intimes... Puis, une fois dehors, dites-lui ce que vous avez fait.

22. Acceptez-vous les stimulateurs ?

Tous les couples qui essayent les stimulateurs découvrent de nouvelles sensations, un nouvel aspect de leur sexualité, ludique. On pense souvent que les stimulateurs se limitent à des accessoires sexuels, et pour ainsi dire à un seul type d'objet : les vibromasseurs. Il est vrai qu'ils sont nombreux, mais il existe bien d'autres choses. Cette bouteille d'huile d'amande près du vinaigre balsamique, dans votre cuisine, peut certes agrémenter votre prochaine salade, mais aussi rendre des caresses très agréables. Les stimulateurs aiguisent nos sensations, et nous avons cinq sens. Préférez-vous l'aromathérapie ? Voulez-vous tester les effets aphrodisiaques de quelques gouttes d'huile essentielle de jasmin dans votre bain ? Peut-être votre partenaire préférera-t-il le patchouli. Qu'est-ce qui stimule le plus vos pulsions sexuelles : les huîtres ou le chocolat ? À quel stimulus visuel êtes-vous sensible : un livre, une vidéo ou une séance de *lap dance* ? Quelle musique aimez-vous écouter lorsque vous dînez ? Écouteriez-vous la même chose si vous étiez *sur* la table ? Laissez vos cinq sens vous guider vers les stimulateurs qui augmenteront votre plaisir (reportez-vous aussi aux nos 203 à 211). Dans le chapitre consacré aux fantasmes, vous trouverez un choix de nombreux accessoires (voir p. 241).

23. Soyez des consommateurs perspicaces

Je vous conseille de vous laisser tenter par les stimulateurs, mais je dois vous mettre en garde contre les produits qui n'ont pas fait l'objet de tests et peuvent se révéler dangereux. Cela d'autant plus que j'ai été contactée récemment par un représentant qui m'a demandé de référencer un de ses produits. Quand je lui ai demandé si tous les tests avaient été effectués, je me suis entendu répondre : « Cela prend trop de temps de recruter des femmes. » Vous pouvez imaginer ma réponse. Voici quelques produits récents envers lesquels je vous recommande la plus grande méfiance :

- Viacrème : une crème supposée développer la libido et la sensibilité sexuelle des femmes. Les recherches sur le Viagra sont à l'origine de ce produit. Son fabricant avance que ce qui marche pour l'homme quand il prend du Viagra marche aussi pour la femme. Mais aucun résultat de recherches n'a été publié en ce sens.
- Enzyte : un produit supposé augmenter la taille du pénis et la durée de l'érection.
- Her Turn : un autre produit censé développer la libido et la sensibilité sexuelle des femmes ; mais son site web n'offre pas d'informations complémentaires fiables sur le produit en lui-même.
- Avlimil : là encore, aucun résultat de recherches publié concernant ce produit supposé « corriger » la dysfonction sexuelle féminine.

D'une manière générale, lisez toujours très attentivement la notice du produit et, si vous avez des questions, appelez la société qui le commercialise. Ayez en tête les trois points suivants :

- vérifiez qu'elle a publié les résultats de ses recherches (avec double test utilisant un placebo) dans des revues reconnues ;
- soyez vigilant : le marketing peut avoir utilisé certaines données de différentes enquêtes publiées, et les présenter comme les résultats d'une pseudo-enquête ;
- essayez de savoir sur combien de personnes les tests ont été faits.

Certaines sociétés ont de beaux discours pour vous faire utiliser leurs produits dans le but d'améliorer votre vie sexuelle. Mais n'essayez jamais deux fois un produit si son effet a été nul la première fois, ou en cas d'irritations ou de douleurs. C'est votre corps, ne l'oubliez pas : assurez-vous de la qualité des produits que vous utilisez.

24. Ayez le courage de partager vos fantasmes les plus intimes

Comme vous le verrez plus loin, je vous propose de nombreuses idées pour pimenter un peu vos relations sexuelles. Mais avant d'y regarder de plus près, vous devez vous préparer mentalement : êtes-vous prêt(e) à partager vos fantasmes les plus intimes ? Celui qui embrase vos sens quand vous êtes seul(e) dans votre lit, mais dont vous n'avez jamais osé parler à votre partenaire ? Ceux d'entre vous qui en ont trouvé la force savent que le simple fait de partager un fantasme est grisant – quoi qu'il se passe après... Aucun fantasme n'est scandaleux. Aucun non plus n'est si original. On a pourtant peur que l'autre réagisse mal, qu'il soit choqué. Néanmoins, si vous pouvez compter sur deux certitudes, vous trouverez sans doute le courage de vous exprimer : la confiance en votre partenaire et la confiance en vous.

25. Soyez prêt(e) à modifier votre apparence pour plaire à votre partenaire

Le but est toujours de créer et de faire vivre l'énergie sexuelle entre vous. S'il aime que vous ayez les cheveux lâchés, parce que ça l'excite terriblement, alors le jeu en vaut sans doute la chandelle... Une femme m'a expliqué que son mari perdait la tête quand elle mettait du rouge à ongles : « Il visualise mes doigts autour de Tom Pouce... » Ai-je besoin d'en dire davantage ? Comme toujours, je ne vous force pas à faire des choses qui vous mettraient mal à l'aise : mais certains ajustements peuvent faire toute la différence pour votre partenaire. Par exemple, je connais une femme qui adore tripoter les petits cheveux que son mari a sur la nuque. Alors, quand ce dernier va chez le coiffeur, il lui demande de ne pas les couper trop courts. Moins de travail pour le coiffeur, plus de plaisir pour lui ! Pourquoi est-ce si important ? Lorsque vous acceptez de faire ces petits efforts, vous prouvez à votre partenaire, tacitement, que vous l'avez écouté(e), et que ses goûts comptent à vos yeux. Vous lui prouvez que vous voulez lui faire plaisir. C'est peut-être pourquoi, au bout d'un moment, certains couples tendent à se ressembler. Mais je déconseille tout de même fortement le sweat-shirt de monsieur assorti au chemisier de madame !

26. Écoutez les reproches qu'il (elle) a à vous faire

Personne n'est parfait ! Il nous arrive parfois de décevoir, ennuyer ou blesser notre partenaire. Certes, nous ne le faisons pas volontairement (du moins, je l'espère !), et le stress de nos vies agitées en est souvent la cause. Mais quand vient l'heure des reproches, il est essentiel de laisser l'autre s'exprimer, sans parler, sans vous défendre et sans chercher à justifier vos comportements. L'explication – humble et en bonne intelligence – ne peut venir qu'après avoir écouté tout ce que votre partenaire a à vous dire, après avoir compris ce qu'il (elle) ressent et entendu sa version des faits. Ce qui est important quand il (elle) vous parle, c'est que vous *l'écoutiez*. Et souvenez-vous : quand votre partenaire se sent écouté(e), les explications se terminent souvent sur l'oreiller…

27. Quand vous lui reprochez quelque chose, soyez délicat(e)

Quand c'est votre tour de faire des reproches, essayez d'être délicat(e), de bien exposer la situation telle que vous l'avez vécue, sans culpabiliser votre partenaire. L'objectif est de lui montrer que vous avez été blessé(e) ou déçu(e), et de lui donner l'occasion de s'excuser, ou de changer son comportement. Si votre message est chargé d'énervement ou de colère, votre partenaire se sentira agressé(e). Il (elle) n'entendra pas votre peine, votre besoin de recevoir des excuses, ni votre amour. Et pour votre gouverne, mesdames, les hommes n'aiment guère les femmes en colère – et c'est réciproque.

28. Ne soyez pas sur la défensive, mais dans un état d'esprit de respect mutuel

Le respect mutuel dans le couple implique une approche douce, conciliante, même en cas de colère ou de frustration. C'est là une valeur essentielle pour une relation de couple épanouie. Pourquoi ? Le respect mutuel crée un lien entre deux personnes, alors que les critiques et le fait d'être sur la défensive séparent le couple, dans une spirale d'énergie négative. Le respect mutuel, à l'inverse, nourrit une spirale d'énergie positive qui aide à résoudre les problèmes.

29. Plaisir d'offrir…

« Il est plus agréable de donner que de recevoir » : pour beaucoup de couples, cet adage n'est pas un truisme, c'est une attitude qui permet à chacun de ressentir ses prouesses sexuelles et d'être davantage connecté à l'autre.

Pour accéder à une intense communion physique, il faut être capable de donner sexuellement. Un courtier m'a résumé ceci de la manière suivante : « Il n'y a rien, absolument rien qui me fasse davantage sentir que je suis un homme, que savoir que je suis capable de lui donner autant de plaisir. Aucune somme d'argent, aucun contrat ne me font cet effet-là. »

30. … joie de recevoir

Si les femmes aiment qu'on leur offre des bijoux ou des cadeaux, elles ont souvent du mal à recevoir sexuellement. Pourquoi ? Les idées reçues ont la vie dure. On dit encore que les femmes qui attendent une satisfaction sexuelle de la part de leur partenaire sont « égoïstes » ou « exigeantes ». Pourtant, rien n'est plus loin de la vérité – surtout si l'on en croit les hommes. La première chose qu'un homme attend d'une femme est qu'elle soit ouverte à la sexualité, à le recevoir. Quand je dis cela en séminaire, on me regarde parfois d'un air ahuri. Recevoir ? Comment ? Et quoi ? Pour comprendre la quintessence de mon propos, pensez à une conception un peu démodée de la sexualité, et cela vous paraîtra plus clair. Il y a bien longtemps, on parlait d'être ouvert à son amant, pour le recevoir entre ses bras, accepter ses mots, ses caresses, l'accueillir dans son lit, dans son corps. D'une certaine manière, les femmes ont oublié cet art simple mais puissant. Certes, d'un point de vue physiologique, la femme reçoit l'homme à l'intérieur de son corps. Mais l'art de recevoir n'est pas seulement physique. Il est aussi psychologique, émotionnel et spirituel. Alors, mesdames, quand vous faites l'amour, recevez votre amant comme si votre corps était un palais dans lequel il s'abandonne avec délice. Déployez votre amour et votre passion, et faites-lui savoir le plaisir qu'il vous donne. Quand vous êtes ensemble, appréciez pareillement, avec la même ouverture, un cadeau, un baiser sur votre joue ou son bras autour de votre taille. Car les Grands Amants savent que le secret de la synergie entre donner et recevoir, c'est que l'un ne va pas sans l'autre.

31. Il n'y a pas d'âge pour une sexualité épanouie

Vous devez accepter que l'amour et la sexualité n'ont rien à voir avec l'âge. J'aime entendre le Dr Bernie Zilbergeld expliquer que les gestes sexuels d'une personne d'une vingtaine d'années sont aussi ceux d'un octogénaire. Il n'y a pas d'âge pour une sexualité épanouie, et l'âge donne au moins l'avantage de l'expérience. Même si l'image d'Épinal en la matière met en scène des corps robustes et sans défauts, quiconque a conscience de sa sexualité sait que, quelque merveilleux qu'aient pu être ses ébats de jeunesse, la beauté et la vaillance des corps ne suffisent pas à la véritable volupté. Ou, du moins, elles n'en garantissent pas la longévité. Votre date de naissance n'a pas grand-chose à voir avec le plaisir que vous êtes capable de donner ou de recevoir. Comme le dit le Dr Zilbergeld, la révélation sexuelle peut venir à 18 ans comme à 85 ans. Peut-être un corps plus âgé n'est-il pas aussi réactif ou endurant, mais il reste sexuellement actif tant que nous voulons qu'il le soit, et tant que nous sommes en assez bonne santé.

32. « Elle me fait encore complètement craquer »

J'ai une amie dont le père, chaque soir, quand il rentre du travail, lance à son épouse (ils sont mariés depuis 40 ans) : « Jane, tu peux venir, s'il te plaît ? » Et le couple de se diriger alors vers sa chambre – cela arrive parfois même en milieu de journée. J'ai demandé à cette amie quel était le secret de ses parents. « Ma mère fait encore complètement craquer mon père », m'a-t-elle répondu. Puis elle m'a expliqué que petits, ses cinq frères et sœurs et elle savaient qu'ils ne devaient déranger leurs parents sous aucun prétexte quand la porte de leur chambre était fermée. J'y vois la preuve que lorsqu'on veut, on peut donner à sa sexualité une place importante, aussi remplies que soient nos vies. Si vous voulez entretenir la flamme, faites du sexe une priorité – quels que soient les années passées ensemble ou le nombre d'enfants.

33. Le lien des larmes

Les larmes et le sexe ont deux points communs : ils sont chauds et humides, et ils sont le résultat d'une émotion. Certains le savent bien, un échange sexuel particulièrement intense peut se finir dans les larmes. Celles-ci dévoilent nos points les plus sensibles. Quand vous pleurez devant votre partenaire, ou avec lui (elle), vous lui exprimez tacitement à quel point le lien entre vous est particulier. Alors laissez couler vos larmes – qu'elles soient dues au stress, à une émotion soudaine ou au fait que vous ayez renversé la gamelle du chat sur vos chaussures neuves. Elles expriment vos sentiments et permettent à votre partenaire de trouver un chemin vers vous. Comme l'a dit Dinah Shore * : « Les problèmes font partie de la vie, et si on ne les partage pas, on ne donne pas à la personne qui nous aime la chance de nous aimer vraiment. »

34. Toucher le cœur et l'âme

On ne connaît pas toujours les raisons pour lesquelles on est amoureux, ou on a du mal à les exprimer clairement. Mais quand on apprend à toucher l'âme et le cœur de notre partenaire, non seulement on se montre très séduisant, mais on resserre les liens que l'on partage. C'est particulièrement vrai quand l'autre ne s'y attend pas. Une attitude spontanée peut littéralement établir une ligne à haute tension entre deux cœurs. Parfois, de toutes petites choses peuvent toucher l'autre. À d'autres moments, la préparation sera telle que votre partenaire ne pourra pas croire que vous avez fait tout ça *pour* lui (elle). Quand on a une pleine conscience de tout ce qui touche l'autre, on sait comment lui faire vraiment plaisir.

Bien sûr, connaître les zones sensibles physiques de son partenaire est très important. Mais je parle ici de l'émotionnel. Voici un exemple : Greg a reconnu en Sandy l'amour de sa vie le jour où cette « bonne fée » l'a réconcilié avec Noël. Sandy adorait Noël, mais Greg était un peu avare : il détestait cette période de l'année parce qu'elle lui rappelait la mort de son père, quelques années plus tôt. La mauvaise humeur de Greg empêchait Sandy de profiter pleinement des fêtes de fin d'année, comme elle l'avait fait depuis son plus jeune âge. Mais Sandy était quelqu'un de plutôt imaginatif, aimant relever des défis : elle a décidé que Greg pourrait changer d'état d'esprit. Elle a défini des règles : pour Noël, leurs cadeaux ne devaient pas dépasser

* Actrice américaine (1916-1994).

20 dollars, et chacun devait dire ce qu'il souhaitait. Greg a demandé à Sandy quelque chose en cuir. Le matin de Noël, Sandy a offert à Greg un petit arbre de Noël sans aucune décoration, un petit magnétophone et une lettre. Celle-ci demandait à Greg d'écouter la cassette et de suivre ses instructions pour trouver douze décorations cachées par Sandy. Dans cette chasse au trésor, chaque décoration portait un adjectif, décrivant une qualité que Sandy aimait chez Greg. Elle donnait aussi un indice pour trouver l'objet suivant. Quand il eut trouvé les douze ornements de son arbre de Noël, Greg dut encore ouvrir son cadeau : c'était un vêtement en cuir que Sandy porterait pour lui faire plaisir. Greg m'a confié que ce qui lui avait paru si incroyable ce jour-là, c'était la conscience de lui dont avait fait preuve Sandy à travers son cadeau : « Elle a su me toucher au plus profond de moi. Maintenant, je partage son amour pour Noël. »

35. Vouloir avoir toujours raison peut mettre en péril votre relation... et vos relations

Dans un couple, il y a toujours deux voix, et l'une ne doit pas se faire entendre plus que l'autre. Cet échange est vital pour l'équilibre entre ce que l'on donne et ce que l'on reçoit. Quand cet esprit est rompu, quand l'un ou l'autre *doit* toujours avoir raison, une faille se creuse dans le couple, l'harmonie de la communication est mise à mal. Ruth et John, mariés depuis 8 ans, avaient toujours eu une relation très saine. Avocats tous les deux, ils avaient une forte personnalité et aimaient échanger leurs points de vue. Les joutes verbales ne leur faisaient pas peur – à vrai dire, cette énergie combative avait plutôt tendance à mettre le feu aux poudres de leurs ébats. Jusqu'à ce que John se mette à gagner beaucoup d'argent. Il a touché le gros lot en Bourse, a gagné un procès très important et a décroché une place d'associé dans son cabinet, tout cela au même moment. Du jour au lendemain, l'argent a coulé à flots et John s'est mis à vouloir avoir toujours raison. Selon Ruth, ce changement de statut social a bouleversé John, et il a commencé à mettre sur le même plan ces nouvelles rentrées d'argent et son pouvoir personnel. Très peu de temps après, la dynamique de leur couple a changé. « Quel que fût le sujet, explique Ruth, il fallait qu'il ait raison. Il s'est fait un trip de pouvoir. Mais le plus dur, c'est qu'il a arrêté de m'écouter. Et moi, j'ai arrêté de faire l'amour avec lui. C'était la seule chose que je pouvais faire. » En restant focalisé sur son point de vue et en refusant d'écouter l'avis de sa femme, John a sapé leur harmonie et détruit le délicat équilibre des forces dans leur couple. Cette seule attitude a très rapidement provoqué le détachement de Ruth. Malheureusement, leur couple est aujourd'hui encore dans l'impasse. Pour éviter de tomber dans ce piège, il faut rester ouvert et accepter les compromis. Encore une fois, si l'un de vous tient à avoir toujours le dernier mot, autant qu'il érige une pancarte : « Va-t'en, ton avis ne m'intéresse pas ! »

36. Soyez fiers l'un de l'autre

Le fait de reconnaître en présence d'autres personnes que vous êtes fier(ère) de votre partenaire permet de réaffirmer à tous la force de ce qui vous unit. Nous avons tous été témoins de ces démonstrations en public qui veulent se faire passer pour ce qu'elles ne sont pas. Ce n'est pas de cela dont je parle, mais des amants qui ont la capacité de prendre fait et cause pour leur partenaire, en privé comme dans un restaurant bondé. Leur fierté se lit dans leurs yeux. Un des exemples les plus connus est la manière dont

Nancy Reagan regardait son président de mari pendant ses discours. La presse l'a appelée « Le Regard ». Son adoration et sa fierté pour son mari étaient si manifestes ! Tous les témoins ont pu s'en rendre compte, mais, pour elle, la seule chose importante était que lui en soit conscient. Et il l'a toujours compris. Dans ce cas, la fierté est réconfortante, protectrice ; ce n'est pas ce sentiment que nous avons l'habitude de considérer comme médiocre et mesquin.

37. Ne considérez jamais l'amour comme un travail

Vous devez sans doute déjà avoir pas mal de listes de choses à faire, dans tous les domaines. Votre vie sexuelle ne doit pas faire l'objet d'une énième liste ! Il ne s'agit pas de travail, il s'agit… de vie, d'un privilège. La seule liste sur laquelle votre sexualité pourrait à la limite se retrouver est celle de vos priorités !

38. Souvenez-vous que votre état d'esprit à 8 heures a un impact sur son état d'esprit à 20 heures

Vous devez être conscient(e) que tout ce que vous faites ou dites a un impact sur votre partenaire. S'il est 7 heures, que c'est la course pour vous doucher, préparer le petit déjeuner des enfants et les conduire à l'école, et que l'un de vous dit un mot désagréable à l'autre, ces paroles résonneront tout au long de la journée, jusqu'au soir. Tom et Mary parlent toujours d'eux comme d'un « couple vraiment proche » : « Nous avons de la chance, insistent-ils. Voilà quinze ans qu'on est ensemble, et on est toujours collés-serrés sous la couette ! » Quand je leur ai demandé comment ils faisaient pour avoir une relation aussi stable tout en entretenant la flamme, ils m'ont répondu : « Nous faisons très attention l'un à l'autre. Même si on est de mauvaise humeur, on ne le fait pas peser sur l'autre. » Soyons francs, il nous arrive à tous d'être excédés ou irritables. Qui donc pourrait être de bonne humeur en permanence ? Mais nos états d'âme doivent-ils conditionner la manière dont on se comporte envers son partenaire ? Absolument pas. Stress aidant, il nous arrive, bien sûr, de faire une entorse à nos bonnes résolutions. Il faut assumer son comportement et ne pas déverser son stress – ou quelque autre sentiment négatif – sur l'autre. Alors si vous voulez que la nuit soit douce, gardez bien cela à l'esprit. Et notamment le lien qui existe entre ce que vous dites *maintenant* et ce que vous voulez pour *plus tard*. Si vous aspirez à une soirée en tête à tête, avec champagne et lumière tamisée, est-ce bien nécessaire de commencer la journée en rabâchant à votre partenaire qu'il (elle) a oublié de faire telle ou telle chose ? Les actes en disent plus long que les paroles, et l'on doit toujours mettre en relation nos intentions et notre comportement. Si vous partez au travail sans lui dire au revoir, pourquoi vous attendre à ce que l'on vous accueille à bras ouverts le soir venu ? L'inverse, bien sûr, est vrai aussi : si vous vous faites un ou deux câlins avant de vous lever, si vous lui offrez un bisou dans le cou avant de partir, vous semez les graines d'une merveilleuse intimité ! « Tony et moi, nous avons un rituel matinal, m'a confié Marie : pendant cinq minutes, avant de nous lever, nous paressons au lit – notre chat se prête généralement au jeu, il se love entre nous ! Quand on quitte la maison, on emporte ces moments avec nous. » Prenez le temps d'être attentionnés, proches l'un de l'autre, et les câlins de la matinée pourraient bien se transformer en quelque chose de beaucoup plus exaltant.

39. Protégez ce qui vous appartient

Soyez conscient(e) que si vous trouvez votre partenaire séduisant(e), d'autres aussi. Je suppose que vous savez que la majorité des gens ont des yeux et qu'ils n'hésitent pas à s'en servir ; alors si vous trouvez votre bien-aimé(e) attirant(e), il est probable que certains pensent que vous avez bon goût et que vous avez bien de la chance. Et cela durera tant que vous ne tomberez pas dans l'autosatisfaction. Je ne suis pas en train de vous inciter à la jalousie. Mais dans les premiers temps de votre relation, je parie que vous ne vous lassiez pas de faire savoir à votre partenaire que vous le (la) trouviez plus que désirable. Eh bien, il ne faut toujours pas vous en lasser – jamais !

40. Le sexe, c'est bon pour la santé !

Connaissez-vous tous les bienfaits d'une sexualité fréquente et régulière pour votre santé ? Jugez plutôt ; l'activité sexuelle :

- renforce le système immunitaire ;
- aiguise l'acuité mentale ;
- brûle des calories ;
- tonifie les muscles ;
- renforce le système cardio-vasculaire ;
- règle le métabolisme ;
- réduit les effets du vieillissement.

(Sources : *Superimmunity*, Dr Paul Persall ; *Secrets of the Super Young*, Dr David Weeks.)

41. « Elle me rajeunit »

Un médecin d'une cinquantaine d'années a fait ce commentaire sur sa fiancée, âgée de 45 ans : « C'est comme si nos relations sexuelles me donnaient un peu plus de vie. Pour décrire l'effet qu'elle a sur moi, je ne trouve qu'un mot : elle me rajeunit. J'ai l'impression d'avoir 18 ans ! » Cet homme avait vécu un divorce douloureux, et il fut stupéfait de retomber amoureux. C'est l'intensité sexuelle de cette nouvelle histoire qui lui a fait dire : « Cette femme est celle avec qui je veux prendre mon petit déjeuner tous les jours. Elle est trop importante à mon cœur et à mon corps pour la laisser partir. » J'en tire deux enseignements. Le premier, c'est que l'on peut faire des rencontres sexuelles tout au long de sa vie, et qu'il ne faut pas fermer la porte ni renoncer à cette éventualité ; le second, que le sexe est une source de jouvence – mentale, spirituelle et physique.

42. Le triumvirat du désir

Pourquoi devez-vous développer votre désir sexuel ? Parce que vous le pouvez. Parce que si vous ne le faites pas, vous pourriez bien vous couper de la source de votre sensualité. Quel est le meilleur moyen de réveiller un désir déclinant, ou de conforter un désir déjà intense ? C'est d'être connecté avec votre être sexuel. Avez-vous parfois l'impression d'être entièrement cérébral(e) ? ou d'être obsédé(e) par votre corps – kilos en trop, mauvaise mine, manque d'énergie… ? Dans nos vies bousculées, il est facile de s'éparpiller, d'oublier son corps. La conséquence immédiate est que l'on se détache de sa propre sexualité. Pour éviter cela, il faut aimer son corps : en prendre soin, l'accepter et apprécier ses sensations. Le désir découle de ce triumvirat.

43. De solides fondations

Pour qu'une maison soit solide, ses fondations doivent être saines. Tout le monde connaît l'histoire des *Trois Petits Cochons*… Sérieusement : vous êtes en couple, vous vous engagez dans cette relation, et vous voulez y croire. Êtes-vous sûr(e) de lui avoir donné des bases assez solides pour qu'elle résiste par temps de crise ? On n'est jamais assez prudent… Voici comment étayer les fondations de votre couple :

- évoquez régulièrement votre histoire, ensemble ; rien de tel que ces souvenirs en commun pour ancrer une relation ;
- donnez corps à votre amour en utilisant des symboles – classiques ou pas : un pêle-mêle de photos, une citation que vous aimez… ;
- demandez à votre partenaire de vous raconter encore une fois la première fois où il (elle) vous a vu(e), ou le moment où vous êtes tombés amoureux.

Le point important, ici, est d'exprimer, de confirmer à l'autre et à vous-même que votre histoire d'amour est importante : ainsi, vous fortifiez le cœur même de cette relation.

44. Acceptez que certains problèmes n'aient pas de solution

J'encourage toujours à faire des compromis pour résoudre les problèmes, mais je sais aussi que certains d'entre eux n'ont pas de solution. En d'autres termes, on ne peut pas toujours contrôler les réactions des gens – ami, père ou mère, belle-famille… Quand quelqu'un d'extérieur à votre couple pose problème, vous avez le choix : vous pouvez rester chacun sur votre position, ou vous pouvez faire front, à deux, et refuser de laisser ce problème vous séparer. Pendant trois ans, Laetitia a « laissé [sa] belle-mère [la] rendre folle », et son couple s'en ressentait. « Mon mari et moi avons fini par en parler. On s'est mis d'accord sur une limite de temps passé avec sa mère. Immédiatement, notre vie sexuelle s'est améliorée. La raison n'en était pas tant que nous voyions moins sa mère, mais que nous avions fait front ensemble. Comme je le dis à mon mari : “Elle n'est plus derrière la porte de notre chambre !” » Une vie sexuelle épanouie n'est pas liée à l'absence de problèmes, mais à votre capacité à les gérer. Vous pouvez toujours vous focaliser sur ce qui ne va pas, mais vous pouvez aussi apprécier ce qui va bien – en sachant de quelle marge de manœuvre vous disposez pour faire évoluer les choses.

45. Au-delà de l'orgasme

Dans nos sociétés axées sur la performance, il est facile de céder au mythe de l'orgasme comme but suprême du sexe. Tout le monde adore les sensations merveilleuses que procure un orgasme, mais à trop le considérer comme une fin en soi (pour soi ou pour l'autre), on peut passer à côté d'un grand nombre de plaisirs sexuels. La prochaine fois, faites l'expérience : appliquez-vous à retarder l'orgasme, ou même à y résister. Délectez-vous longuement de vos caresses, de vos baisers et de vos jeux. Appréciez toutes ces sensations, laissez-les s'épanouir pleinement. Si l'orgasme n'est plus votre objectif ultime, vous vous donnez la chance de développer une sensibilité plus fine pour tous les autres plaisirs. Et si cette tension sexuelle doit finalement éclater en un bouquet final, il n'en sera que plus explosif.

46. Restez dans l'état d'esprit d'un novice

Je vous ai déjà dit que vous deviez vous donner le droit de *ne pas* savoir. Ce conseil s'adresse plus spécialement à ceux qui croient qu'ils doivent devenir des experts en un temps record, en matière de relations intimes et de techniques sexuelles. L'histoire d'une femme me revient à l'esprit. Sandy est venue à l'un de mes séminaires après 27 ans de mariage, qui s'étaient soldés par un divorce. À un moment donné, elle a timidement levé la main pour prendre la parole : « J'ai beau avoir été mariée pendant longtemps, j'ai l'impression d'être une débutante. » Je lui ai demandé ce qu'elle entendait par là ; elle a expliqué qu'elle était vierge quand elle s'est mariée, et qu'elle avait eu très peu de relations sexuelles avec son mari, dans la mesure où leur mariage avait vite battu de l'aile. « Je n'y connais rien. Je me sens encore vierge ! » conclut-elle, un peu gênée. Voici ce que je lui ai répondu : « Ma chère, vous ne le savez peut-être pas, mais vous êtes aujourd'hui dans la meilleure situation qui soit ! Oui, vous êtes une débutante, et les débutants ne sont pas censés savoir. Vous apprenez et vous explorez. Et il y a des chances que le prochain homme que vous allez rencontrer se réjouisse que vous n'ayez eu qu'un seul amant ! Et même si vous n'êtes pas à proprement parler novice en matière sexuelle, vous êtes dans la situation idéale pour en avoir l'attitude, ouverte et curieuse. » Rien ne vous garantira davantage une attitude ouverte que de penser qu'il y a toujours à apprendre.

47. Sachez apprécier ce que vous avez

Beaucoup d'entre nous ont tendance à considérer les relations amoureuses comme un produit de consommation, quelque chose qu'il « faut avoir ». À force d'être bombardés de publicités qui nous incitent à acheter la dernière nouveauté, on a l'impression d'avoir toujours besoin de quelque chose, et on finit par ne plus voir que ce qui nous manque, et non ce que l'on a déjà. Notre culture nous incite à mesurer ce que l'on est à l'étalon de valeurs extrinsèques : la maison, le jardin, les bijoux, la situation professionnelle… C'est sur le même mode que l'on regarde aussi nos partenaires : que possèdent-ils, que peuvent-ils nous apporter ? Comme si les qualités d'une personne étaient palpables, chiffrables… Tout cela a une conséquence importante : souvent, on voit ce que l'autre n'a pas, au lieu de voir ce qu'il a.

Pour leurs amis, Kane et Elizabeth sont un couple modèle, solide et amoureux. Non qu'ils soient particulièrement démonstratifs, mais trente et quelques années de mariage n'ont pas réussi à entamer les sentiments qu'ils se portent – malgré les épreuves qu'ils ont traversées. Leur premier fils est mort, les parents d'Elizabeth sont décédés brutalement, leur second enfant est atteint d'une maladie chronique, Kane a connu une longue période de chômage… Ils ont eu leur part de tourments. Dans ce contexte, beaucoup auraient parié sur l'échec de leur mariage. Et pourtant non. Pourquoi ? Quand je leur ai demandé comment ils avaient géré toutes ces années de mariage et préservé leur vie sexuelle, Elizabeth m'a répondu : « J'apprécie vraiment Kane et, croyez-moi, je ne le vois pas à travers des lunettes roses ! Je l'apprécie pour ce qu'il est, avec ses défauts. Au début de notre relation, j'ai pris une décision : j'ai choisi de faire ce que ma mère n'avait pas fait, de regarder ce qui marchait dans mon couple au lieu de me rendre malade avec ce qui n'allait pas. J'aurais tout aussi bien pu ne retenir que ce qui m'agace chez Kane, mais j'ai préféré aimer ce qui me plaît en lui. C'est grâce à cela que j'ai pu traverser les épreuves de la vie de manière moins douloureuse. Je savais qu'il faisait de son mieux, même quand ce n'était pas grand-chose. » Appréciez l'autre pour ce qu'il est – et pas pour ce que vous voudriez qu'il soit – et acceptez la réalité de votre relation. Si vous vous focalisez sur ce qui lui manque, vous entretenez un climat d'insatisfaction, et vous verrez toujours l'herbe plus verte chez le voisin. Quand un couple sait apprécier ce qu'il a, il cultive une confiance mutuelle et sa sexualité se déploie sur une base saine. Comme me l'a dit un homme de 65 ans : « Quand me prend l'envie de plus verts pâturages, je commence par arroser mon propre jardin. »

48. Nourrissez vos valeurs communes

Quelles que soient les valeurs que vous avez en commun avec votre partenaire, il est essentiel de les cultiver, car elles sont au fondement de votre attirance mutuelle. Elles peuvent être morales, spirituelles, il peut s'agir d'un style de vie, d'un goût commun pour les chemises en coton… Peu importe : le fait que vous partagiez cela crée un lien entre vous, et c'est toute la relation qui s'en trouve renforcée. Ce terreau commun est des plus fertiles et aide votre couple à grandir, à s'épanouir. Les quatre points suivants sont quatre grands types de valeurs que les couples peuvent partager et cultiver ensemble.

49. Les valeurs familiales

J'inclus ici le rapport à la famille au jour le jour, et notre relation au passé, au présent et à l'avenir. Lorsque deux personnes comprennent les différences de leurs histoires familiales respectives, il devient plus facile de définir ce qu'elles souhaitent, ensemble, pour leur propre famille.

Quand Caroline et Allen se sont rencontrés, ils travaillaient tous les deux et savaient depuis longtemps qu'ils voulaient plusieurs enfants. Caroline avait grandi au milieu de cinq frères et sœurs, et connaissait les joies et les délires d'une famille nombreuse. L'histoire de la famille d'Allen était différente, mais tout aussi marquante : sa famille se résumait à quatre personnes, ses parents, sa sœur et lui. Ses parents avaient perdu toute leur famille pendant la Seconde Guerre mondiale, dans les camps de concentration. Caroline et Allen venaient d'univers très différents, mais ils avaient une envie commune : créer une famille. Une envie qui a eu une conséquence directe sur leur vie sexuelle : « Allen est un homme dont je ne me lasse pas, dans ma vie comme dans mon lit. Heureusement que nous ne nous sommes pas rencontrés plus tôt, sinon nous aurions dix enfants aujourd'hui ! » Unis dans ce but commun, Caroline et Allen ont fait grandir leur amour et resserré leurs liens. Que vous vouliez avoir des enfants ensemble, que vous en ayez, ou que vous considériez que votre couple est la famille à laquelle vous aspirez, entretenez ce trait d'union entre vous. Ce faisant, vous créez une entité qui vous dépasse et renforce votre relation de couple.

50. Les valeurs spirituelles

Qu'on les appelle spirituelles ou religieuses, les valeurs qui se rapportent à cette force intérieure, la « foi », ont aidé de nombreux couples à traverser les épreuves difficiles, sans parler de la dimension supplémentaire qu'elles ont conférée à leur vie sexuelle. Et ceci, qu'ils soient chrétiens, musulmans ou juifs. Qu'ils croient en un dieu ou en un « esprit ». Une spiritualité partagée donne au couple une force tout intérieure. Pour beaucoup de gens, cela prend forme au début de la relation, et un mariage religieux est une manière de le revendiquer. Aller à la messe, à la mosquée ou à la synagogue fait alors partie de leur vie, et ils transmettent cette valeur à leurs enfants. Pour d'autres, le phénomène est plus discret, les parcours individuels sont plus subtils… Certains événements de la vie sont souvent des déclencheurs : l'arrivée d'un enfant, la maturité qu'apporte l'âge, etc. « La foi était une notion très impalpable dans notre couple, jusqu'à la quarantaine, explique Marian. Et puis nous nous sommes posés, et nous nous sommes demandé : "Et maintenant, où est-ce qu'on va ?" On attendait autre chose de la vie, plus que ce que notre travail ou d'autres centres d'intérêt nous apportaient. On s'est rendu compte qu'on avait des valeurs spirituelles communes : une envie d'être attentionné, généreux, de donner en retour. Ces valeurs avaient toujours été présentes en nous, mais nous leur avons alors donné une plus grande place dans notre couple. Elles nous guident chaque jour, et le soir, elles sont un cadeau que l'on se fait l'un à l'autre. » Les couples qui développent leur relation spirituelle et y puisent énergie et soutien acquièrent souvent une dimension supplémentaire, qui les renforce, individuellement et en tant que couple.

51. Les valeurs professionnelles

Le quotidien est beaucoup plus facile pour les couples qui partagent un même point de vue sur le travail, qui prennent autant de plaisir dans leur métier, et qui savent qu'il y a un temps pour la vie professionnelle et un temps pour la vie privée. Chacun peut avoir sa propre définition du travail, mais la manière dont on l'envisage et le degré de priorité qu'on lui donne comptent beaucoup dans une relation de couple. Par exemple, si l'un de vous adore son métier et a du mal à quitter le bureau, alors que l'autre a un travail alimentaire, la situation peut devenir conflictuelle. Un de mes clients, Jim, m'a dit : « Carmen et moi, on se disputait tout le temps, parce que je la trouvais accro à son travail. Elle n'avait jamais de temps pour moi. Ce n'est que lorsque je le lui ai dit explicitement – “tu n'as pas de temps à me consacrer” – qu'elle a fini par comprendre ce que j'essayais de lui dire. Elle s'était habituée à en faire toujours plus, c'était sa vie. Quand elle a saisi à quel point son rapport au travail me pesait, on a mis les choses à plat et réfléchi à une nouvelle gestion du temps qui nous permettrait de mieux harmoniser nos besoins personnels et professionnels. Maintenant, on arrive à préserver des moments pour nous deux. Et ça fait toute la différence. » Si vous vous mettez d'accord sur ce que le travail représente pour chacun de vous, vous pourrez plus facilement gérer vos priorités. Par exemple, vous pouvez décider de consacrer tant d'heures par jour, ou tant de jours par semaine, à votre vie professionnelle ; de vous accorder deux heures de loisirs tous les deux jours ; ou trois nuits par semaine à la maison – pour faire l'amour ou simplement pour vous détendre.

52. La relation à l'argent

L'argent est souvent la troisième dimension de la relation. Partager un même rapport à l'argent (les dépenses, l'épargne, les loisirs) rend les choses bien plus simples. La personne qui gagne le plus dans le couple a souvent tendance à prendre le dessus. Et c'est là un sujet de conversation aussi délicat à aborder que de savoir qui est le plus amoureux... Par ailleurs, deux personnes peuvent avoir des conceptions si différentes de l'argent qu'elles en arriveraient à douter qu'elles parlent bien de la même chose. Un couple me revient à l'esprit.

Margaret et Ted avaient tout du couple idéal : jeune, aisé, sans enfant. Mais cette belle image cachait nombre de tensions et de frustrations. Ted travaillait à la Bourse et gagnait beaucoup d'argent. Leur rapport à l'argent a changé quand Margaret a repris ses études à l'université. Margaret n'ayant plus de revenus, la tension a commencé à monter entre Ted et elle, à tel point qu'ils n'avaient plus de relations sexuelles. Jusqu'à ce que Margaret mette des mots sur ce malaise : « Si tu penses que tu es le seul à avoir une opinion valable parce que tu gagnes de l'argent, on a un gros problème. Très franchement, je pense que tu vas être très content tout seul avec ton argent, parce que je suis à deux doigts de m'en aller. » Ils se sont rendu compte qu'après dix ans de vie commune il fallait qu'ils réinventent leur relation à l'argent. Qu'ils se demandent ce que l'argent signifiait pour chacun d'eux, ce qu'ils en attendaient, et comment ils voulaient le dépenser. À partir de ce moment, leurs rapports se sont améliorés, quasiment du jour au lendemain. Il est essentiel que vous soyez parfaitement clairs sur la place de l'argent dans votre vie, pour que ce sujet ne soit l'occasion d'aucun obstacle entre vous.

53. Continuez de lui faire la cour

Faire la cour est autant une attitude qu'un état d'esprit. À l'époque de l'amour courtois, on parlait de l'être « élu ». Aujourd'hui, beaucoup d'entre nous glissent dans une sorte de léthargie dès qu'ils sont en couple. Au moment où l'on tombe amoureux, on fait très attention à l'autre, on prend toutes les précautions possibles. La raison en est que l'on ne connaît pas encore ses réactions. Et puis on apprend à mieux se connaître, et on découvre alors ce à quoi l'autre est sensible, ce qui le fait rire, tout ce qui va faire de l'autre un être à part à nos yeux. Une des meilleures manières de le lui montrer, c'est de lui accorder toute notre attention, de prendre en compte son opinion. Peu à peu, la relation grandit et on s'habitue à l'autre ; notre attention décline. Or il faut maintenir cette énergie du début de la relation : non seulement elle entretient le romantisme, mais elle montre à l'autre qu'il a toujours une place particulière dans votre cœur et que rien n'est acquis. Inspirons-nous donc de l'amour courtois ! Il y a deux grandes façons d'en faire vivre l'esprit : d'abord, n'oubliez pas que l'art de la cour est en grande partie lié à votre présentation physique. Je suis sûre que vous faisiez plus attention à votre façon de vous habiller lors de vos premiers rendez-vous… Il n'y a pas de raison de vous relâcher ! Ensuite, ayez toujours ces attentions qui vous étaient si naturelles quand vous êtes tombés amoureux. Voici quelques suggestions :

- choisissez quelques films romantiques au vidéo-club et proposez un week-end cinéma sur petit écran ;
- messieurs, tendez-lui la main lorsqu'elle sort du taxi ;
- mesdames, préparez-lui ses gâteaux préférés et dégustez-les en prenant le petit déjeuner au lit.

54. Le « je ne sais quoi » en plus

C'est ce quelque chose en vous, un étrange catalyseur chimique auquel votre partenaire est ultrasensible, mais qui défie toute description. J'entends souvent ces mots entre les amants : « Il y a un truc spécial en toi… » Ils ne cherchent pas à le définir plus précisément ; ils sont simplement tout excités d'avoir ce « je ne sais quoi » en plus. Beaucoup de gens dans mes séminaires me l'ont dit, l'attirance pour quelqu'un n'est pas une affaire d'idéalisation. Elle relève de ce quelque chose de particulier en l'autre. Alors voilà mon conseil : parfois, il vaut mieux accepter de ne pas savoir pourquoi vous êtes attirés l'un par l'autre ou pourquoi vous vous aimez. Vous préservez ainsi la part de mystère qui nourrit l'ardeur de votre relation.

55. Les saisons de l'amour

Quoi de plus naturel que le changement dans une vie ? Tout comme l'on se régénère au rythme de l'alternance des saisons, acceptons que des variations altèrent notre vie sexuelle pour mieux la renouveler. Pour ceux qui trouvent que la routine s'est installée, voici un petit jeu que j'ai appelé « les saisons de l'amour ». L'idée m'en est venue grâce à un couple qui m'a confié que, l'été, leurs relations sexuelles s'adaptaient à leur maison de vacances, qui n'avait pas l'air conditionné ! « Il y fait vraiment trop chaud », a commenté l'un d'eux ; pendant leurs week-ends à la mer, ils avaient donc seulement des rapports oraux. À la fin du premier été, ils avaient baptisé cela « le sexe d'été ». Le printemps suivant, ils décidèrent de faire un enfant, aussi choisissaient-ils, quand ils faisaient l'amour, des positions permettant une pénétration très profonde. Vous l'aurez deviné, ils ont surnommé cela « le sexe de printemps ». Pour jouer à ce petit jeu, la seule règle à respecter est de trouver votre position préférée pour chaque saison. « Non seulement nous avons dû nous demander quelles étaient nos positions préférées, m'a dit une femme, mais, en plus, c'est devenu un code secret qu'on utilisait quand on voulait se faire passer des messages en public. » Un exemple : « J'ai hâte de voir tes amis cet été. » Traduction : J'ai envie de sucer tes testicules. « Maintenant, on a même élargi notre répertoire en y incluant les fêtes du calendrier. Le sexe de Thanksgiving est un de mes grands favoris ! »

56. Pas de sexe à heure fixe !

Ne laissez pas le calendrier imposer ses diktats ! Je sais que j'ai l'air de me contredire par rapport au conseil précédent, mais il n'en est rien. Ce dont je veux parler ici, c'est de cette tendance à faire l'amour le mercredi matin à 7 h 30, parce que c'est l'heure où les enfants regardent les dessins animés, et qu'on a à peu près vingt minutes tranquilles pendant *Maya l'abeille*. Quand l'amour devient tellement rodé que l'on en répète tous les gestes sans plus y penser, la plupart des gens font la sourde oreille et évitent le sujet. Il est très important de saisir les opportunités qui se présentent : vous ne voudriez pas passer à côté, simplement parce que ce n'était pas prévu ? Tara et James, jeunes parents, profitent de ce qu'ils appellent le « sexe light » : « Quelques minutes seulement, pendant lesquelles nous avons un contact physique intense, tout en sachant très bien qu'on n'a pas le temps d'aller jusqu'au bout. Au début, je pensais que ça me frustrerait, mais au contraire ; je m'en vais avec l'impression qu'il est encore en moi, et je sais que le meilleur reste à venir… »

57. Soyez ambitieux – pour vous, votre partenaire et votre couple

Comme l'a dit Mark Twain : « Vous avez beau être sur les bons rails, si vous n'avancez pas, le train vous écrasera. » Ne restez pas statiques, sans ambitions pour vous et pour votre couple. Continuez toujours d'envisager le « nous » d'une relation comme un élément dynamique, en constante évolution, et qui doit porter les fruits dont vous avez semé les graines. Cela concerne aussi la manière dont vous appréhendez la vie en général : voyez-vous le verre à moitié vide ou à moitié plein ? Si le verre est à moitié plein, vous vous donnez la chance de grandir, d'attendre plus de la vie. La conséquence sur votre sexualité ? Vous cherchez toujours à découvrir quelque chose de nouveau, d'inattendu. Vous pensez que « plus » est toujours possible. Une femme m'a raconté ceci : « Ma sœur aînée a été un modèle pour moi. Elle disait qu'on devait constamment se demander ce que l'on attend l'un de l'autre dans une relation, sexuellement et affectivement, et qu'il ne fallait jamais penser à la limite du possible. Voilà onze ans que je suis en couple, et je peux vous dire qu'elle avait raison. » Face à la vie à deux, souhaitez toujours ce qu'il y a de mieux : vous retrouver tous les deux, encore et toujours, dans la passion, l'amour et le désir. Mais d'abord, il faut commencer par le vouloir.

58. Ne vous trompez pas d'ambitions – pour vous, votre partenaire et votre couple

Les médias véhiculent nombre de leçons sur la manière dont il « faut » se comporter dans le couple, sur ce que l'on « doit » faire ou être. Ne vous rendez pas prisonniers de cette pression. Nous sommes tous tellement inondés par ce genre de messages qu'il est difficile de les ignorer. Mais, pour reprendre une idée commune à de nombreuses philosophies, écouter ce qui vient de l'extérieur au détriment de ce qui vient de l'intérieur nous déconnecte de la réalité de ce que l'on vit. On n'est plus dans l'instant présent, on pense à ce que l'on devrait faire, au lieu de le faire concrètement ! Quand on s'efforce de faire du mieux que l'on peut, on s'autorise alors à savourer le plaisir qui en découle. Sur le plan sexuel, cela signifie que l'on vit le moment pleinement, de l'intérieur. Voici ce que Kyle a expliqué, lors d'un séminaire : « J'ai participé à tous les ateliers possibles et imaginables. Je passais mon temps à chercher un hypothétique Graal sexuel que je n'aurais pas encore trouvé. Ce n'est que lorsque j'ai rencontré ma femme, qui est bouddhiste, que j'ai compris : j'avais l'impression qu'il me manquait quelque chose, parce que je cherchais cette chose hors de moi. Quand je me suis concentré sur ce que je vivais concrètement, j'ai réalisé que j'avais toujours dévalorisé mes expériences sexuelles, qui étaient pourtant – et sont encore – fabuleuses ! » Quand les amants apprennent à s'accepter et à accepter leur sexualité, généralement leur plaisir sexuel s'amplifie.

59. Faire l'amour est une récompense, pas une obligation

Si l'un de vous pense que faire l'amour est une corvée ou un devoir, il faut revoir le casting du couple, ou son attitude… Le problème surgit souvent lorsque les deux partenaires ont des natures sexuelles différentes. Merritt et Thomas ont décidé de s'inspirer de leurs enfants : puisqu'ils leur donnent une récompense quand ils sont sages, pourquoi ne pas se récompenser eux aussi quand ils le méritent ? « Non seulement, cela nous a permis de chasser la monotonie de nos relations, mais nous avons étendu notre terrain de jeux… Chacun de nous a en tête la liste des “bonnes actions” qui méritent récompense. Par exemple, si je suis contente que Thomas soit allé chercher les enfants après le foot, je le lui dis, et il peut me demander la récompense de son choix. Et vice versa. C'est comme ça que je me suis rendu compte que je peux avoir à peu près tout ce que je veux grâce à une simple tarte au citron meringuée ! »

60. Ne vous laissez pas aveugler par la performance

On veut tous faire les choses bien, mais, en matière de sexualité, l'important n'est pas ce que l'on voit dans les films, mais bel et bien ce qui se passe *entre nous*. Permettez-moi une analogie : vous portez vos vêtements, ce ne sont pas vos vêtements qui vous portent. De la même manière, vous vivez votre sexualité, ce n'est pas l'acte sexuel qui vous utilise. Les hommes comme les femmes deviennent souvent la proie d'une obsession de la performance. Certaines femmes m'ont dit : « En trois minutes, il a pris six positions différentes ; je me suis dit “ouah, où est la caméra ?” » Des hommes m'ont confié : « Elle criait tellement fort que j'ai dû mettre ma main devant sa bouche. » La performance, c'est parfait pour le spectacle, pour la scène – pas quand on fait l'amour. Quand vous faites l'amour, concentrez-vous sur votre plaisir et celui de votre partenaire, et pas sur la qualité de vos déhanchements.

61. L'amour et la sexualité font partie de vos choix de vie

Vous faites bien des choix concernant l'endroit où vous voulez vivre ; la sexualité fait partie de la manière dont vous voulez vivre. Au cours d'un séminaire, un homme et une femme ont exprimé leur volonté de ne pas tomber dans le piège de beaucoup de leurs amis : une fois parents, fini le sexe ! Bien sûr, ils étaient conscients que leur sexualité serait différente après l'arrivée d'un enfant, mais ils étaient déterminés à préserver leur complicité sexuelle. « On a des vies très chargées, tous les deux, mais notre sexualité est une chose trop importante pour qu'on laisse les événements en décider. On trouve bien du temps pour s'occuper de notre corps, faire du sport ; c'est pareil pour le sexe. Maintenant, il faut qu'on soit plus créatifs. On a choisi de faire l'amour, plutôt que de ne plus faire l'amour tous les jours. » Privilégier sa sexualité doit être un choix de vie conscient.

62. Vous êtes impliqués 24 h/24

S'impliquer dans une relation, c'est reconnaître que l'on a embarqué pour un voyage au long cours, et en être conscient chaque jour, chaque heure. Cela signifie que l'on agit en fonction de ce que l'on attend pour la relation. Quand deux personnes veulent que leur couple perdure quoi qu'il arrive, elles peuvent s'appuyer sur une base solide. « Quand j'ai épousé Evan, explique Hillary, je me suis rendu compte qu'il fallait que j'abandonne mon côté "de toute façon, je pars quand je veux". Ç'avait été pour moi un principe de base jusqu'alors. J'avais toujours un pied dans la relation, et un autre dehors. Inutile de préciser que cela se ressentait dans mon attitude ! Depuis que j'ai appris ce qu'était l'engagement, je trouve très confortable de savoir qu'Evan et moi sommes l'un pour l'autre des filets de sécurité ; en même temps, cela me fait un peu peur. » Hillary pointe là le revers de la médaille, d'où mon conseil : soyez bien conscients tous deux de votre engagement mutuel, cela vous aidera à l'honorer.

63. Différences de styles

Dans un couple, il faut accepter que l'autre ait son propre mode de communication. En vous écoutant vraiment et en vous exprimant sincèrement, vous trouverez des moyens de surmonter vos différences. Genny savait que Clark, bien que très matinal, n'était pas prêt à entendre quoi que ce soit avant d'avoir bu son premier café. Elle s'en amusait et appelait cela « le sas de la caféine ». Clark, lui, savait que la meilleure manière de perdre Genny était d'élever la voix, comme il en avait eu l'habitude dans sa famille méditerranéenne. Genny ne supportait pas une telle attitude. La solution ? Genny s'est résolue à attendre que Clark ait bu son café et pris une douche avant d'entamer la moindre conversation, tandis que Clark a réservé ses éclats de voix pour sa famille et adopté un style plus posé pour les explications en tête à tête. Soyez attentif(-ve) à la manière de communiquer de votre partenaire ; si vous voulez qu'on vous écoute, laissez vos émotions de côté.

64. Soyez indulgent(e) envers vos défauts

On a souvent tendance à considérer comme des défauts des aspects de nous-mêmes sur lesquels on a peu de contrôle. Je parle ici du physique, pas du comportement (mauvaise humeur ou hypersensibilité).

Quand on n'aime pas quelque chose en soi, c'est souvent parce que quelqu'un nous a dit qu'il ne l'aimait pas. Je vous encourage à être lucide sur vos « imperfections », et à les accepter. Sam avait toujours été complexé par sa pilosité. Cela remontait à son adolescence : ses grandes sœurs ne cessaient de le taquiner à ce sujet. Quand il a rencontré Leah, sa petite amie, il a complètement changé d'état d'esprit. Alors qu'ils allaient à la piscine, Leah a fait mine d'embrasser Sam sur l'épaule. Par réflexe, il s'est dégagé et lui a dit : « Eh, pas la peine de te forcer à faire ça. » « Faire quoi ? » lui rétorqua-t-elle. « Embrasser ça », répondit-il en montrant les poils sur son épaule. Leah a souri et lui a dit : « Pourquoi penses-tu que j'ai posé mes lèvres là ? J'adore cette partie de toi, toute douce et soyeuse ! » À la seconde même, Sam a cessé de considérer sa pilosité comme un problème.

65. Soyez indulgent(e) envers les défauts de votre partenaire

Le conseil précédent s'applique aussi à votre partenaire. Bien sûr, il ou elle a ses défauts. Bien sûr, il ou elle n'est pas parfait(e). Avez-vous jamais cru qu'il ou elle l'était ? Non. Alors pourquoi perdre du temps et de l'énergie à critiquer ou à juger votre partenaire ? « Quand on s'est rencontrés, explique Blaine, Gary avait très peur de découvrir comment je réagirais au fait qu'il ronfle. Son ex-femme passait son temps à s'en plaindre, à tel point qu'ils avaient fini par faire chambre à part. Il lui a fallu des mois pour être convaincu que ce n'était pas un problème pour moi. En plus, je lui ai conseillé de se tourner légèrement sur le côté pour dormir, ce qui a apporté un début de solution à ses ronflements ! » Si vous êtes indulgent(e) envers les défauts de votre partenaire, vous lui donnez une immense preuve d'amour, et vous vous donnez toutes les chances, pour ainsi dire, d'une grande paix sexuelle.

66. Tous les aspects de votre relation ont un impact sur votre sexualité

Si vous êtes abattu(e) ou stressé(e) par votre travail (vous détestez votre nouveau chef), à cause d'un problème familial (un de vos proches est tombé gravement malade) ou d'une crise personnelle (vous avez peur de vieillir), attendez-vous à ce que votre sexualité en soit affectée. Une fois que vous avez conscience de cette relation de cause à effet, vous pouvez faire en sorte que les conséquences ne soient pas trop graves. Comment ? D'abord, par cette simple conscience, vous diminuez l'impact négatif du problème sur votre sexualité. Ensuite, accordez-vous certains extras qui vous aideront à vous sentir mieux : vos sentiments négatifs auront moins de chance d'empiéter sur votre libido. Enfin, essayez de considérer votre sexualité comme un refuge, un havre de paix vers lequel on se dirige quand la vie vous joue de mauvais tours.

67. Séparer les différents aspects de votre relation peut être périlleux

Ce conseil s'adresse plus spécialement aux hommes : les hommes ont plus que les femmes tendance à cloisonner les choses. Beaucoup d'hommes se concentrent sur un sujet à la fois, alors que les femmes vont plus naturellement jongler d'une activité à l'autre, en étant capables de se concentrer en même temps sur deux ou trois sujets. Les hommes ont tendance à scinder leur vie en plusieurs domaines : le travail, la maison, la famille, le sexe, le sport et le reste. Le risque est de trop s'investir dans l'un de ces sujets au détriment des autres. Pensez à votre voiture : vous avez besoin de ses quatre roues pour avancer en toute sécurité, et elles doivent être toutes les quatre suffisamment gonflées. De la même manière, il faut préserver un équilibre dans tous les domaines de la vie. Je connais beaucoup d'hommes accros à leur travail qui sont aujourd'hui célibataires malgré eux, pour n'avoir pas accordé assez d'attention à leur ex-femme ou petite amie…

68. Acceptez les « mises au point »

Vous pouvez demander l'aide d'un conseiller conjugal ou faire ces mises au point tous les deux, en passant en revue tous les rouages de votre couple. Je dois ce conseil à un couple qui a connu d'énormes difficultés, mais dont il est sorti plus fort. Kim et Daniel ont connu une période extrêmement pénible après que Kim eut trompé Daniel. La confiance avait complètement disparu. La colère était profonde et destructrice. Ni l'un ni l'autre n'avaient l'espoir de sauver leur couple mais, dans un ultime effort, ils ont tout de même décidé de consulter un conseiller conjugal. Et ils ont découvert que, s'ils parvenaient à dépasser leur colère (ce qui fut loin d'être facile), ils étaient encore capables de savoir pourquoi ils étaient tombés amoureux l'un de l'autre, et pourquoi leur amour avait grandi. Kim et Daniel se sont efforcés de panser leurs plaies, de se pardonner et de réinvestir leur relation de couple. Ils ont alors compris une des raisons de l'infidélité de Kim : ils en étaient arrivés à se perdre au jour le jour. En manque d'affection et d'attention, Kim avait fini par reprendre contact avec un ex – ce qui n'était sans doute pas la meilleure solution. Daniel a compris que Kim l'aimait toujours. Aujourd'hui, cinq ans plus tard, non seulement ils s'accordent chaque mois du temps pour eux, mais ils font des mises au point avec leur conseiller à chaque fois qu'ils en ressentent le besoin. Ce conseiller leur apporte une aide complémentaire, dans un climat moins lourd à supporter.

69. Sortez de votre « zone de confort sexuel » !

Ceci est une petite mise en garde pour tous ceux qui se laissent aller un peu trop vite à la douceur du confort... Bien sûr, il est humain de se contenter d'activités familières et confortables, en matière sexuelle comme dans tous les domaines de la vie. Mais si vous vous cantonnez à votre « zone de confort sexuel », vous ne faites que limiter votre expérience sexuelle et votre plaisir (et celui de votre partenaire). Alors la prochaine fois que vous êtes en passe de céder à la facilité, essayez donc de prendre un autre chemin. Et il n'en manque pas – vous n'avez qu'à lire ce qui suit !

70. Si ce n'est pas important pour vous, ça l'est peut-être pour elle/lui

Un jour, une de mes amies a dû partir une semaine à cause de son travail. Elle a demandé à son mari d'arroser les plantes en son absence. Quand elle est rentrée, toutes ses plantes étaient mortes, ce qui l'a passablement énervée ! Mais la principale raison de son énervement était que son mari n'ait pas accordé d'importance à sa requête, et ne se soit même pas rendu compte que ses plantes comptaient pour elle. Ce genre d'histoire se passe dans beaucoup de couples. Messieurs, si vous pensez que la Saint-Valentin est une niaiserie, alors que vous savez que votre femme n'est pas de votre avis, vous devez faire ce petit effort pour elle – même si vous n'êtes pas vraiment « dedans ». Et vous, mesdames, n'oubliez pas que les hommes aussi aiment se sentir aimés : ne commettez pas l'erreur de penser que vos démonstrations d'amour sont suffisantes. Qu'il s'agisse de plantes, de livres en édition originale ou de dés en feutrine, à chaque fois que vous prouvez à l'autre que vous savez ce qui est important pour lui, vous lui envoyez un message d'amour en plein cœur. Et du cœur aux autres parties de son anatomie, le voyage n'est pas long…

Le comportement des Grands Amants

Maintenant que le bon état d'esprit commande à tout ce que vous faites, vous voilà prêt(e) à mettre vos pensées, vos sentiments et vos désirs en action – dans votre chambre à coucher ou en dehors. Comme 90 % des préliminaires se passent hors de la chambre, vous devez garder à l'esprit que la manière dont vous vous comportez avec votre partenaire a une grande influence sur vos relations sexuelles. Nourrir une relation de couple, c'est s'assurer une sexualité épanouie. Dans ce chapitre, vous allez apprendre à renforcer les fondations de votre couple, à mettre en action davantage de vos intentions, et à réveiller l'amant(e) qui est en vous.

71. Parlez-vous comme au premier jour

On se rend particulièrement compte de l'importance de ce conseil lorsque l'on partage un bureau avec quelqu'un. Il m'est arrivé de travailler dans le même bureau que deux autres personnes, l'une sur le point de se marier, la seconde mariée depuis plus de trente ans. Le visage de Sue s'illuminait dès qu'elle avait un appel de son fiancé, Jay. Mais le plus touchant était de voir ce grincheux de Jerry s'attendrir en un instant, en répondant « Bonjour, chérie », quand sa femme, Carole, l'appelait. Continuez d'entretenir ce pétillement des premiers temps de votre amour. Quand vous lui faisiez la cour, quand vous vouliez le (la) séduire, votre intention était de lui montrer à chaque instant qu'il (elle) comptait pour vous. Et cela se ressentait dans votre voix. Aujourd'hui encore, si vous vous souvenez de cette intention, elle se fera entendre dans votre voix. Je vous le promets. Deirdre, une femme d'affaires toujours débordée, a un principe auquel elle ne déroge jamais : quand son mari l'appelle, elle répond. Son raisonnement est simple : « C'est l'homme le plus important dans ma vie, alors je trouve toujours le temps de lui parler. »

72. Messieurs, rappelez-lui qu'elle est irrésistible

Les femmes adorent qu'on leur rappelle comment elles vous ont fait tourner la tête. Était-ce ce chemisier bleu qu'elle portait lors de votre premier rendez-vous ? La manière dont ses cheveux laissaient apparaître sa nuque ? Cette petite jupe noire qui révélait ses formes ?... Si vous ne vous le rappelez plus, réfléchissez encore. Alan s'en souvient comme si c'était hier : « Pour notre premier rendez-vous, Cheri avait une robe en lin verte terriblement moulante ! Et ses talons lui faisaient de ces jambes !... » Il se rappelle aussi s'être dit, un peu plus tard dans la soirée : « Je suis complètement envoûté par cette femme. Depuis (ça fait deux ans qu'on est ensemble), j'accroche cette robe verte sur la porte de la chambre en partant au bureau chaque fois que je veux lui rappeler à quel point elle est irrésistible. » Vous aussi, vous avez certainement une façon de prouver à votre bien-aimée *aujourd'hui* qu'elle est toujours irrésistible.

73. Mesdames, rappelez-lui qu'il est irrésistible

Les hommes ont *besoin* de savoir qu'ils vous attirent. Ils veulent ressentir ce qu'ils ont ressenti la première fois que vous êtes sortis ensemble : qu'ils ont quelque chose d'irrésistible et que vous en demandez encore. Dites-le-lui et montrez-le-lui. Il ne s'agit pas ici de faire attention à lui « à la ville », mais bien dans la chambre… Quand il se déshabille, regardez-le. Quand il sort de sa douche, regardez-le. Léchez les petites gouttes d'eau sur son épaule (c'était tout simplement trop tentant !). Quand il est prêt à partir, retenez-le et embrassez-le avec passion. Les hommes interprètent vos faits et gestes comme autant d'indices : soirée câline en perspective ?

74. « Je ne peux pas me passer d'elle »

Le père d'un de mes amis a longtemps été le riche célibataire par excellence : à la tête d'une importante société pharmaceutique, toujours en voyage, il était pourchassé par les femmes sur tous les continents ! À cinquante ans, il a fini par se marier. Mon ami, au courant des nombreuses aventures qu'avaient eues son père, savait que sa mère devait avoir quelque chose de très particulier pour avoir réussi à gagner le cœur d'un homme aussi incorrigible. Il a posé la question à son père : « Comment as-tu su que c'était Maman et pas une autre ? » Son père lui a répondu d'un trait : « Je ne pouvais pas me passer d'elle, à l'époque ; et c'est toujours le cas aujourd'hui. » Mon conseil ? Posez-vous cette question test : si vous n'envisagez pas une minute d'en avoir assez de votre partenaire, alors c'est le bon !

75. Prenez le pouls de votre relation au jour le jour

Être attentif, conscient et actif : si vous pouvez revendiquer ces trois qualificatifs, vous êtes de ceux qui ne supposent jamais *a priori* que tout va bien dans leur couple. Il y a quelques années, Karl et Keren ont sauvé leur mariage, après douze ans de vie commune. Ils étaient si accablés par le vide de leur relation qu'ils avaient abandonné l'espoir de faire renaître leur passion. Keren se souvient de cette période : « On était devenus tellement routiniers. On avait même renoncé à essayer de communiquer ou de s'amuser ensemble. Karl partait travailler. Je partais travailler. On allait se coucher tous les soirs, en se tournant le dos. J'avais l'impression de dormir avec mon frère. » Qu'est-ce qui a changé ? Une amie de Keren leur a suggéré d'assister à l'un de mes séminaires. « On s'est dit qu'on n'avait rien à perdre », commente Karl. Une lueur d'espoir s'est mise à poindre quand ils ont constaté que d'autres couples passaient du bon temps ensemble et, surtout, que ce bon temps était lié à leur histoire d'amour. « On s'est regardés, se souvient Keren, et on a réalisé qu'on avait arrêté d'y croire. »

Parlez-vous tout le temps. Toutes les semaines, tous les jours, tous les mois. Demandez à l'autre comment il va, comment il se sent dans son travail, avec ses amis, avec sa famille. Ne supposez pas que vous savez tout ce qu'il y a à savoir sur l'autre. Soyez actif(ve) dans votre couple, considérez-le comme un organisme vivant, qui a besoin d'air et de nourriture pour respirer et grandir. Et surtout, ne pensez pas que, puisqu'on ne dit rien, c'est qu'il ne se passe rien. Soyez pro-actif(ve) ! N'acceptez pas le silence à moins d'être vraiment certain(e) que votre partenaire est heureux. Peg et Mike ont bien appris la leçon. Dans les premiers temps de leur mariage, ils pensaient que le silence était une bonne chose. Jusqu'à un certain samedi après-midi où Peg a dit à Mike qu'elle allait faire du shopping avec ses copines. « Je me souviens encore de son regard, commente Peg. C'était un regard noir de colère. Quand je lui ai demandé ce qui n'allait pas, il a hurlé que je le laissais tomber tous les samedis. Il voulait que ce soit un jour pour nous, pour notre couple. Je n'en savais rien ! Je lui ai demandé pourquoi il ne me l'avait jamais dit, et il m'a répondu : "Je pensais que tu le savais." »

« Je pensais que tu le savais. » Cette phrase vous rappelle quelque chose ? Si c'est le cas, il est temps de passer à l'action. Vous devez mettre un point d'honneur à savoir ce qui se passe dans le cœur et dans la tête de votre partenaire. Quand j'ai demandé à Peg comment Mike et elle avaient résolu le problème, elle m'a dit qu'ils avaient arrêté de faire confiance au silence. « L'ironie de l'histoire, c'est que j'étais flattée qu'il veuille passer ses samedis avec moi – je pensais qu'il préférait regarder les matchs à la télé. Depuis cet incident, on a décidé de se dire ce qu'on avait envie de faire le week-end. On ne veut pas toujours faire les mêmes choses, mais on ne commet plus l'erreur de ne pas le savoir. » Si vous ne vous parlez pas au jour le jour, vous perdez le pouls de votre couple, et vous risquez de perdre votre partenaire. Posez des questions, suggérez des choses. Votre couple est une entité vivante, qui mérite toute votre attention.

76. Mesdames, reconnaissez ce qu'il fait pour vous

C'est souvent à travers ce qu'ils font pour nous que les hommes nous montrent leurs sentiments : ne le négligez pas. Je sais que ce conseil peut paraître un peu simpliste, mais ayez bien à l'esprit que si vous ne dites pas à votre partenaire que vous avez apprécié ce qu'il a fait pour vous, il ne le saura pas. On n'a pas toujours conscience de la fierté qu'un homme éprouve à assumer un « travail d'homme » : s'occuper du jardin, déblayer la neige devant la maison, conduire votre voiture au garage pour le contrôle technique… Ce sont des choses qu'un homme fait en pensant à vous – à votre plaisir d'admirer un beau jardin, et à votre confort. Comme me l'a dit une mère de trois enfants : « Je félicite toujours Dean, je lui dis qu'il a fait du bon boulot. C'est directement relié à notre sexualité. Je sais que s'il ne se sent pas apprécié, je ne serai pas appréciée, et j'aime trop faire l'amour avec lui pour risquer ça ! » Alors mesdames, faites-lui savoir que, grâce à lui, la vie est plus agréable !

77. Messieurs, accordez-lui toute votre attention

N'oubliez pas : pour séduire son corps, il faut d'abord séduire son esprit. Et la meilleure façon d'y parvenir est de lui accorder toute votre attention. Les femmes adorent ça. Faites-moi confiance si je vous dis que vous serez récompensés au centuple ! Les femmes ont besoin de se sentir en sécurité, aimées, pour s'ouvrir à un homme. En fait, il n'y a sans doute rien de tel pour qu'une femme soit attirée par un homme que le sentiment d'être vraiment comprise. C'est une loi prouvée et éprouvée : prêtez la plus grande attention à ce qu'elle veut, à ses besoins, ses pensées et ses sentiments, et vous voilà détenteur d'un des plus grands secrets de séduction de tous les temps ! Vous voulez une preuve ? Regardez n'importe quel film – pour une fois, les films reflètent plutôt bien la réalité : même le plus empoté des hommes finit par emballer sa belle… Pourquoi ? Parce qu'il se rend compte que s'il se met vraiment à écouter ce qu'elle veut, il finira par l'avoir. Un exemple typique est celui de Bill Murray, dans le film *Un jour sans fin* (1993), qui parvient finalement à séduire Andie MacDowell.

Malheureusement, après la lune de miel, beaucoup d'hommes ont tendance à oublier cette botte secrète, et perdent de vue à quel point il est important de continuer de rester à l'écoute de l'autre… Et je ne parle pas ici de ce que veut votre partenaire pendant l'amour – cela va sans dire. Il s'agit d'être à son écoute dans tous les domaines de la vie. C'est absolument primordial pour perpétuer votre entente sexuelle. Le plus délicat est sans doute de savoir comment faire mouche. L'attention peut se manifester de bien des manières, depuis l'écoute (c'est souvent le plus important) jusqu'à lui montrer que vous la *connaissez* vraiment, que vous *prenez soin* d'elle, que vous la *comprenez*, et que vous avez pris le temps de traduire cette conscience par des actes. Alors, écoutez-la. Écoutez-la lorsqu'elle vous dit ce qu'elle ressent, et répondez-lui. Écoutez-la lorsqu'elle vous parle de son enfance, ou de la dispute qu'elle a eue avec son patron, ou des films, du vin, des chansons, des endroits qu'elle aime. Écoutez tout ce qu'elle vous dit, par des paroles ou par des actes, aussi attentivement que vous l'écoutiez au tout début de votre histoire, quand elle était la personne qui comptait le plus au monde. Plus vous serez à l'écoute, plus vous saurez quoi faire pour la séduire, corps et âme. Voici quelques idées glanées auprès des couples que je rencontre. Certaines d'entre elles, peut-être toutes, pourront vous inspirer, mais n'oubliez pas : quelle que soit la manière dont vous lui montrerez que vous faites attention à elle, votre initiative doit traduire votre intention. En d'autres termes, ce que vous faites et la manière dont vous le faites auront un impact seulement si cela prouve que vous savez ce qui rend *votre partenaire* heureuse. Proposer un week-end de randonnée à une femme qui adore faire la grasse matinée le dimanche n'a aucun intérêt, tout comme un magnifique bouquet de fleurs aura peu de chance de plaire à une femme allergique au pollen…

- Ses parents vous rendent visite, ce qui la stresse, et vous le savez : faites en sorte qu'elle se détende. Réservez une séance de massage la veille de leur arrivée, ou essayez de calmer les choses si l'atmosphère devient houleuse. Pour elle, ce sera très important de vous savoir de son côté.

- La prochaine fois qu'elle porte un vêtement que vous aimez, même si vous l'avez déjà vue ainsi, dites-lui que vous la trouvez ravissante.

- Si vous savez que sa semaine de travail va être pénible, envoyez-lui un petit cadeau qui lui rappellera que vous pensez à elle. Je sais que c'est un peu facile, mais je sais aussi que ça marche ! Les femmes fondent quand leur bien-aimé leur fait un cadeau. Vous lui rendrez sa semaine moins difficile, et toutes ses collègues seront jalouses.

- Si elle a l'air débordé, offrez-lui votre aide. Vous pouvez aller faire les courses à sa place, ou vous occuper du rangement pendant qu'elle va prendre un bon bain, l'esprit tranquille.

- Si elle vous dit qu'elle n'a aucune envie de voir certaines personnes, essayez de limiter les occasions de rencontres. Un homme, dont l'un des collègues déplaisait particulièrement à sa femme, refusait poliment mais régulièrement toutes ses invitations à dîner. Forcer une femme à passer une soirée avec des gens qu'elle n'apprécie pas est la plus sûre manière de passer une nuit bien chaste.

- Louez le film qu'elle veut voir (même si vous l'avez déjà vu), servez le vin qu'elle préfère (même si vous boiriez bien une bière), offrez-lui le dernier disque de son groupe favori (même si vous le trouvez catastrophique), achetez ses yaourts 0 % en rentrant du bureau (même si vous avez envie d'un énorme banana split en dessert).

Les petits gestes font la différence. N'oubliez jamais que vos attentions sont une partie importante de votre séduction. Et retenez bien, messieurs, que les femmes disent souvent les choses les plus importantes de la voix la plus discrète…

78. Identifiez et réglez les problèmes sans tarder

Tous les couples ont leurs crises ! Conflits, désaccords… C'est le lot de chacun tôt ou tard. C'est la vie ! L'important est de réagir vite pour identifier et régler le problème. Si vous êtes tous les deux très investis dans la relation, vous aurez naturellement conscience de ce qui se passe en vous et en l'autre. Quand ils étaient étudiants, Gary et Glen partageaient un appartement, aussi quand Glen a trouvé un travail dans la ville où habitaient Gary et Carla, ceux-ci l'ont accueilli dans leur cercle d'amis. Les problèmes ont commencé quand Glen s'est mis à s'inviter à tous leurs rendez-vous. Au début, Carla a été patiente, mais ça l'a vite énervée de « sortir avec deux hommes »… Gary et elle étaient ensemble depuis trois ans, et Glen faisait figure d'« intrus ». Elle tenait à ce que Gary règle le problème. Pour Carla, c'était « à lui » de se rendre compte que Glen n'avait pas à être là à chacun de leurs rendez-vous ; elle n'en a donc rien dit. Quelques mois ont passé ainsi, jusqu'à ce que Carla explose, un week-end : « Je n'en pouvais plus, je devenais folle. J'étais sur le point de quitter Gary ! » Elle en a finalement parlé à Gary, qui a abondé dans son sens et a reconnu qu'il avait laissé Glen envahir leur couple. Carla aurait pu éviter beaucoup d'énervement et de frustration si elle avait parlé plus tôt. Les problèmes et les conflits sont tout à fait naturels dans un couple. L'important est de les résoudre, d'en parler avec confiance, et de prendre ses responsabilités – quelle que soit la personne à blâmer. Si vous abordez un problème dans cet état d'esprit, vous avez toutes les chances de le résoudre. La prochaine fois qu'un sujet vous tracasse, choisissez le bon moment, réfléchissez à ce que vous voulez dire et partagez ce que vous ressentez avec votre partenaire. Neuf fois sur dix, vous trouverez une oreille attentive.

79. Apprenez de vos erreurs

On a tous (ou presque) une histoire passée à propos de laquelle on se dit qu'on n'aurait pas dû agir de telle ou telle manière. Même si c'est lui qui vous a quittée. Même si c'est à cause d'elle que vous êtes parti. Dans un couple, on est toujours deux, et si ça ne marche pas, ce n'est jamais la faute d'une seule personne. Parfois, les relations se délitent naturellement, et chacun se rend compte, plus ou moins en même temps, que le couple n'a plus de sens. Point à la ligne. Après une rupture, il est nécessaire de vraiment tourner la page pour être disponible pour une nouvelle relation. Mais cela ne signifie pas qu'il faut fermer les yeux sur ses erreurs, et les renouveler. En d'autres termes, il faut apprendre de ses erreurs. Messieurs, je crains que ce conseil ne vous soit particulièrement destiné. Les femmes semblent plus enclines à tirer des leçons du passé. Les hommes, eux, ont une fâcheuse tendance à oublier. Et, à vrai dire, à ne même pas se demander ce qui s'est vraiment passé ! Mais tout le monde fait des erreurs, et personne n'est parfait. On a tous des habitudes pénibles, des moments d'indifférence – chacun de nous est capable de mettre l'autre hors de soi ou de lui faire de la peine. Si vous voulez que votre couple fonctionne, il faut que vous soyez tout à fait honnête et lucide quant à vos défauts, pour que votre histoire ne se heurte pas aux écueils habituels, connus de vous. Qu'est-ce qui n'a pas marché dans votre précédente relation ? Si c'est la première fois que vous vivez une histoire d'amour, en quoi avez-vous pu blesser vos amis ou votre famille ? Bien sûr, ce n'est pas amusant de se pencher sur les aspects les moins glorieux de notre personnalité. Mais une fois qu'on les connaît, on peut y travailler. Un jour, j'ai demandé à un jeune homme pourquoi sa dernière histoire d'amour avait capoté : « Elle m'a dit qu'elle en avait assez que je passe mon temps à jouer au golf », m'a-t-il répondu. « N'est-ce pas la raison pour laquelle vous aviez divorcé ? ai-je enchaîné. Kathy ne se plaignait-elle pas que vous ne passiez pas assez de temps tous les deux ? » Il me regarda d'un air surpris : « Si. » Son visage s'est empli de tristesse : « J'ai vraiment essayé de faire en sorte que cette histoire fonctionne. Je suppose que mes habitudes ont malgré tout pris le dessus. » Je lui ai suggéré, en faisant simplement appel au bon sens, de sortir avec une femme qui joue au golf… Il n'est pas facile de changer ses habitudes, et ça ne s'arrange pas avec l'âge. On peut tout de même éviter certains comportements qui pourraient blesser ou peiner l'autre. En un mot, il faut que notre histoire actuelle assimile d'une manière positive nos expériences passées.

80. Soyez des explorateurs

Dans le chapitre précédent, vous avez appris à quel point il est important de développer votre ouverture d'esprit sexuelle, au sens le plus large. Dans ce chapitre, c'est votre comportement qui nous intéresse. Comment avoir non seulement l'état d'esprit, mais l'attitude d'un explorateur ? Chacun doit aider l'autre à rester vigilant, lui donner envie de faire de nouvelles choses, de vivre de nouvelles expériences à deux. Qu'est-ce que je veux dire par là ? Je vais vous en donner quelques exemples :

- Si vous êtes plutôt casaniers, du genre à passer le week-end devant quelques bons DVD, prévoyez un week-end au grand air – une simple marche en forêt peut être excellente pour vous rafraîchir les idées.
- Si vous avez l'habitude de vous partager les tâches le week-end – il ratisse les feuilles mortes, elle fait les courses, ou vice versa –, changez cette routine : ratissez les feuilles mortes ensemble, faites les courses tous les deux… L'important ici est de faire des choses *ensemble*.
- Si vous aimez passer du temps seulement tous les deux, il est peut-être temps d'organiser une petite soirée entre amis, chez vous ou dans un restaurant. Pourquoi ne pas envisager un menu aphrodisiaque ? Vous n'en toucherez un mot aux convives qu'après le dessert…

Toutes ces idées n'ont qu'un but : changer vos habitudes et vous faire découvrir de nouvelles façons de passer du temps ensemble. Plus vous vous amuserez ensemble, plus vous vous apprécierez l'un l'autre. Et cela aura des conséquences directes sur votre intimité sexuelle.

81. Pas de sexe mental !

Vous ne pouvez pas demander à votre partenaire de lire dans vos pensées. Croyez-moi : les amants qui ont osé se parler en ont récolté les fruits, sur un plan intime. Je sais que c'est plus facile à dire qu'à faire, parce qu'on a tous peur d'être jugés ou de mettre en péril des sentiments. Mais il est important d'être honnête et d'exprimer ce que l'on veut. Si vous n'êtes pas à l'aise avec cette idée, plutôt que d'aborder le sujet en pleine lumière, parlez-en quand vous êtes couchés, blottis l'un contre l'autre – pas en pleine action. De cette manière, dans les bras l'un de l'autre, vous vous sentirez rassuré(e), et vous percevrez les réactions physiques de votre partenaire, qui vous indiqueront si vous pouvez continuer ou s'il vaut mieux changer de sujet.

Voici un exemple. Carrie aimait beaucoup la pénétration anale, mais avec Marcus ils ne l'avaient jamais pratiquée. Elle le désirait vivement. La première fois qu'elle aborda le sujet, ce fut devant une scène de pénétration anale d'un film porno qu'ils regardaient ensemble, blottis au lit l'un contre l'autre. Elle a dit qu'elle aimerait essayer. Elle l'a formulé de manière à ne pas offenser Marcus. En disant « je voudrais connaître ça », Marcus n'avait pas besoin de savoir comment et avec qui elle avait pratiqué la pénétration anale. Quoi qu'il en soit, quand vous faites part de vos désirs, vous devez être clair(e) ; votre partenaire a besoin de détails et de consignes pour répondre à vos requêtes comme vous le souhaitez. S'il ou elle a touché un point sensible, soulignez-le d'un « Oh, recommence » ou d'un « J'adore quand tu joues avec mes lèvres comme ça ». Gardez à l'esprit ce petit conseil : il est toujours préférable d'éviter de révéler la source de vos désirs si celle-ci remonte à l'une de vos anciennes relations…

82. Motus et bouche cousue

La sexualité est une affaire très privée, et la dernière chose que l'on souhaite, c'est d'entendre parler de la manière dont on fait l'amour ! Il n'y a probablement pas de plus grand cauchemar pour un homme que de savoir que sa femme livre des détails intimes sur son compte. Pourquoi ? Parce qu'il ne veut pas que l'on conçoive des images mentales de ce qu'il peut faire au lit. Les femmes parlent plus facilement de leur vie sexuelle que les hommes. Et pas d'une manière égrillarde ou fanfaronne – plutôt sur le ton innocent d'une discussion intime entre amies. Mais il vaut toujours mieux être discret. Le cliché veut que ceux qui ont beaucoup d'argent n'aiment pas en parler. Il en va un peu de même ici : la force d'un couple se nourrit de l'intimité qu'il préserve – que le sujet soit l'argent, les émotions ou le sexe. L'ironie est que tout le monde saura que votre vie sexuelle est ardente parce que vous n'en parlez pas… Alors limitez les discussions intimes au cercle des principaux intéressés : vous et votre partenaire, et votre plus proche entourage amical ou familial. Il n'est pas nécessaire de s'en ouvrir au monde entier. Je ne veux pas dire qu'il faut être distant ou évasif sur le sujet. Au contraire, si l'on vous pose des questions, répondez-y honnêtement, mais en termes généraux : « C'est un charmant amant », « Nous nous entendons très bien », « Elle est merveilleuse »… La discrétion ne relève pas du secret, mais de quelque chose de plus spécial : l'intimité.

83. Ne vous comparez à personne, et surtout pas aux stars

Pour avoir une vie sexuelle épanouie, vous devez être à l'aise avec vous-même, assumer votre apparence, votre séduction propre. Je ne le sais que trop bien : j'ai une sœur jumelle. On se ressemble beaucoup, mais on a toujours eu un charme bien distinct. Ma sœur et moi n'avons jamais attiré les mêmes garçons, puis les mêmes hommes, et réciproquement. Notre conscience de cette personnalité unique nous a donné confiance en nous-mêmes, et dans nos relations amoureuses. Vous devez garder à l'esprit que le soi-disant « charme naturel » des stars du cinéma est le résultat du travail d'une armée de stylistes, maquilleuses, photographes et autres coiffeurs. C'est précisément cela, le travail d'un acteur : être beau devant une caméra. Ai-je besoin de mentionner toutes les retouches numériques sur la poitrine des mannequins ou le corps des acteurs de films X ? De plus, n'oubliez pas que les représentations de l'amour et de la sexualité sur le grand et le petit écran sont forgées de toutes pièces. Si vous résistez à la tentation de vous comparer aux stars ou à d'autres avatars factices du sex-appeal, vous pouvez reporter toute votre attention sur vous-même, être mieux dans votre peau et confiant(e) dans votre propre pouvoir de séduction.

84. Vivez votre propre scénario, jouez votre propre partition

Vous serez un(e) bon(ne) amant(e) si vous comptez sur vous-même pour définir ce qu'est une sexualité épanouie. Les médias nous bombardent d'images en la matière : deux belles et jeunes personnes aux corps de rêve –

musclés ou affinés par la magie de la retouche numérique. Non seulement ces idées empestent le factice, mais elles créent une illusion de ce qu'est censé être l'épanouissement sexuel. L'épanouissement sexuel, c'est ce qui marche pour votre couple – et seules deux personnes ont la légitimité de se prononcer sur le sujet. C'est votre satisfaction, votre plaisir.

85. Cultivez le romantisme

Ce conseil pourra vous sembler démodé, et je m'excuse par avance de paraître un peu vieux jeu, mais il est tellement important que je ne peux pas ne pas vous le donner. Et je le formulerai sans détour : si vous laissez le romantisme déserter votre couple, l'âme sexuelle de votre relation périra également. L'âme est au centre de toute relation. Soit elle est légère, auquel cas le couple est plein d'énergie ; soit elle est pesante, comme une pierre, et il tombe dans les affres du désespoir. Ai-je besoin d'en dire davantage ? Dois-je vous donner des conseils pour être romantique ? J'en doute. Chaque couple a sa façon de l'être. Simplement, vous devez continuer. Et souvenez-vous que la recette du romantisme, c'est neuf volumes de préparation et un volume de réalisation. Les actes n'ont pas besoin d'être grandioses : c'est l'intention qui compte vraiment. En voici quelques exemples :

- La première fois qu'Audrey est venue dans la maison de campagne de la famille d'Howard, ce dernier avait préparé une banderole : « Bienvenue à La Jolla, Audrey », qu'il avait placée sur la fenêtre du pignon. Il continue de le faire à chaque fois qu'elle y séjourne.

- Comme elle savait qu'Eric adorait le cheesecake, Iris lui en a préparé un en suivant la recette de sa mère, et l'a transporté à travers tout le pays dans une glacière. Eric a beaucoup apprécié ce dessert, mais surtout le fait qu'Iris l'ait fait pour lui.
- Le travail de Thalia l'amène à voyager énormément. Avant leur mariage, Robert se débrouillait toujours pour savoir dans quel hôtel elle se rendait, et s'arrangeait pour faire livrer dans sa chambre ses fleurs préférées, des lis de Casablanca. Dix ans après, Robert perpétue cette attention. Ainsi, quand Thalia « rentre » à son hôtel, même s'il n'est pas là physiquement, il est toujours présent par la pensée.
- Après avoir fait attention aux voitures que son mari regardait dans les magazines, Deirdre lui a acheté une Jaguar pour ses quarante ans. Quand il est rentré à la maison ce soir-là, la voiture l'attendait dans l'allée, dans un énorme ruban rouge. Comme Deirdre ne savait pas conduire, elle avait dû la faire livrer. Ça, c'est de l'organisation !

86. Ne mettez jamais votre partenaire dans l'embarras

Votre partenaire et vous êtes les mieux placés pour connaître les points sensibles de l'autre, et il n'y a rien de pire pour provoquer un raz-de-marée émotionnel que de les exposer en public. Que vous soyez tous les deux ou avec d'autres personnes, vous ne devez pas mettre votre partenaire dans une situation désagréable ou vexante. Vous trouvez peut-être que c'est très spirituel de raconter une anecdote ou de faire une remarque sarcastique, mais c'est tout simplement mesquin. Même si l'ironie est considérée comme la crème douce-amère de l'humour, n'oubliez pas que le mot important ici, c'est « amer ». Pensez-vous vraiment que quelqu'un que vous venez d'humilier va avoir envie de faire des galipettes sous la couette avec vous ? Je ne le pense pas…

87. Gardez votre dignité

Garder sa dignité en tant qu'amant(e) est impératif pour notre santé mentale et émotionnelle, mais aussi pour la santé de la relation. Sans cela, très honnêtement, elle finira par vaciller et s'éteindre. On a tous besoin que notre âme sexuelle soit traitée avec respect : c'est ce qui nourrit le cœur de la relation tout entière. Cette vérité a éclaté aux yeux de Paul quand, après qu'il eut décidé de quitter sa femme qui le trompait régulièrement, son père lui dit : « C'est bien, il est temps que tu retrouves ta dignité. » En entendant les mots de son père, il s'est rendu compte qu'il avait perdu la notion de son amour-propre dans son couple. Comment cela arrive, on peut se le demander. Dans le cas de Paul, il avait eu si peur de la vérité (reconnaître que sa femme avait trahi leurs liens) qu'il avait sacrifié le respect de sa propre personne. La bonne nouvelle, c'est que l'on peut toujours retrouver sa dignité sexuelle en gardant à l'esprit ces synonymes de « dignité » : respect de soi et noblesse. Et il n'y a pas d'attitude plus noble que demander à être traité, sexuellement, de la manière que l'on préfère.

88. Diplomatie en chambre

La chambre est le lieu, plus que tout autre, où votre sens de la diplomatie et vos talents de négociation vous seront utiles. Le sujet n° 1 en la matière est l'envie de faire l'amour – manifestée par un baiser sur l'épaule ou une approche verbale plus directe : « Ce soir ? » La diplomatie est importante dans la manière dont vous saisissez ou laissez passer l'occasion qui se présente. En d'autres termes, si vous êtes délicat(e), vous avez plus de chances de maintenir ouvertes les portes de la volupté. Gardez en vue l'objectif à long terme (le bonheur et la bonne entente sexuelle) plutôt que l'objectif à court terme (« pas ce soir »), et laissez-vous guider par ce qui marche le mieux dans votre couple. Et si vous ne pouvez vraiment rien donner physiquement, parlez-en. La clé est de toujours essayer de parvenir à un compromis « gagnant-gagnant », même s'il faut négocier.

89. Parlez-vous…

… de la vie en général, des petites choses du quotidien et de votre histoire. De cette manière, la toile de fond de votre couple restera vivace. Nous sommes des êtres de parole. On s'appuie sur le langage pour communiquer. Sans cette forme d'échange, on se coupe les uns des autres. Et c'est d'autant plus vrai (et plus important) dans un couple. Il est bien trop facile d'arrêter de se parler une fois qu'une forme de familiarité et de routine s'est installée. On oublie la vie de l'autre, ou on pense qu'on la connaît. Ne pensez pas : parlez ! partagez ! Soyez ouvert et actif – n'attendez pas qu'on vous pose des questions. Soyez curieux, montrez votre intérêt. Et montrez à votre partenaire, par tous les moyens, que vous faites attention à lui. Chaque jour.

90. Apprenez à faire des compromis

Quand les choses vont mal, le compromis est un outil précieux. Ne pensez pas que c'est une forme « d'abandon », d'aveu de défaite. Envisagez plutôt le compromis comme une situation où tout le monde est gagnant. Chacun de vous a « gagné » quelque chose quand le couple sort renforcé d'une dispute, et non brisé. Que faut-il pour parvenir à un compromis ? Une capacité à reconnaître les choses, à écouter et accepter le point de vue de l'autre – même si l'on n'est pas du même avis. Si vous êtes d'accord avec le fait que les disputes peuvent être saines (voir n° 93) et qu'il est dangereux de vouloir avoir toujours raison (voir n° 35), alors vous êtes sans doute habitué(e) à faire des compromis pour le bien de votre couple. Pour Jamie et Louis, les vacances étaient une sorte de casse-tête : « Je n'aime pas le ski et il n'aime pas la plage, explique Jamie. Alors il a fallu trouver un compromis pour que tout le monde soit content. La première fois que le problème s'est posé, c'était pour notre lune de miel. On savait que si ni lui ni moi n'étions contents, ça voudrait dire moins de sexe, et ça, ça ne faisait pas partie des hypothèses envisageables. Maintenant, on "mixe" nos vacances, pour être sûrs que chacun y trouve son compte. L'année dernière, nous sommes allés au Costa Rica, où il y a de magnifiques plages mais aussi une forêt tropicale où Louis pouvait faire des randonnées. »

91. Soyez jaloux, mais avec goût…

C'est très agréable de savoir que l'on suscite des émotions intenses chez son partenaire. La jalousie n'a pas toujours de raison d'être, mais quand on est amoureux, il arrive que l'on se montre possessif, en privé ou en public.

C'est une réaction honnête, une forme d'autoprotection. Quand vous utilisez des adjectifs possessifs (mon mari, ma femme, ma copine...), vous n'êtes pas un monstre égocentrique ; vous exprimez votre attachement à une personne, et votre besoin de le dire clairement, concrètement. C'est une forme de jalousie qui relève d'une honnêteté viscérale face aux liens qui vous unissent, et se manifeste souvent par un geste gentiment possessif, surtout en public : une phrase comme « Chérie, tu veux boire quelque chose ? », un baiser dans le cou ou un bras passé derrière la taille... Autant de déclarations publiques qui signifient qu'une personne a sa place dans l'intimité d'une autre. Traduction : « On est ensemble. » Qu'on le veuille ou non, la jalousie existe. Nous sommes tous nés comme ça. Alors, au lieu de nous rebiffer contre Mère Nature, utilisons ses œuvres à notre avantage.

92. N'appuyez pas là où ça fait mal

La spécificité d'une relation se niche dans les détails – la manière de se parler, les surnoms que l'on se donne, les secrets que l'on partage. Tout cela crée le terreau de l'intimité. On tombe amoureux parce que, lorsqu'on est ensemble, on se comprend si bien qu'on se stimule mutuellement, de manière souvent inattendue. Malheureusement, comme beaucoup de couples me l'ont confié, le fait de très bien se connaître est une force qui peut devenir un danger pour le couple si on l'utilise mal. Albert et Charlotte le savent bien : très amoureux l'un de l'autre depuis leurs vingt ans, ils ont toujours été les meilleurs amants et les meilleurs amis du monde. Mais ils savent aussi s'agacer l'un l'autre en moins de temps qu'il n'en faut pour le dire. Si Albert veut irriter Charlotte, il suffit qu'il lui parle de ses cuisses ; pour exaspérer Albert,

Charlotte n'a qu'à lui rappeler qu'il a dû passer deux fois l'examen du barreau. Ils conviennent tous deux que ce n'est pas très brillant de se « chercher » sur ces terrains-là. Aussi, quand ils sentent qu'ils sont en colère, plutôt que d'appuyer là où ça fait mal, ils prennent le temps de parler, de se demander ce qui ne va pas : est-ce le travail, quelque chose que l'autre a fait ?... Une fois qu'ils ont réussi à formuler cela, ils parviennent à se ressaisir avant de faire *la* remarque désobligeante qui pique l'autre à vif.

93. Il peut être sain de se disputer

La colère fait partie de toute relation. Chaque couple a son lot de différences et de désaccords. Et, d'après ce que je peux constater, les couples les plus sains sont ceux qui laissent s'évacuer la pression avec une bonne engueulade ! Ce n'est pas la dispute en elle-même qui pose problème, mais plutôt ce qui la sous-tend. Quelles sont les deux personnes qui seront d'accord sur tout, tout le temps ? Même pas Bogart et Bacall, ni Antoine et Cléopâtre... Et il ne fait pas de doute que certaines de leurs disputes ont dû attiser le feu de leur passion charnelle. On a tous notre point de vue sur le monde, rien de plus naturel. Il est donc normal que nos différences sèment le désaccord et la discorde. Il y a deux voix dans un couple, et l'une n'est pas plus importante que l'autre. Cette égalité est vitale, elle garantit l'échange, qui prouve que deux personnes communiquent vraiment. Quand l'équilibre disparaît, on se ferme l'un à l'autre. Comment gérez-vous ces différences d'opinions qui peuvent dresser des murs entre vous ? Il faut parvenir à maintenir la communication pour ne pas créer l'impasse émotionnelle où pourrait vous cantonner votre colère. Imaginez une vie sans différences ! Vous seriez des robots ! Souvent, les petites choses dont on ne parle même pas se révèlent les plus gênantes. Acceptez le fait que vous n'ayez pas les mêmes avis, admettez le point de vue de l'autre, écoutez-vous. Quel est l'impact de la colère sur vos relations sexuelles ? Eh bien, comment voulez-vous vous blottir contre quelqu'un si le mur de Berlin se dresse entre vous ? Le plus court chemin vers une impasse sexuelle, c'est de ne plus se parler – épilogue inévitable de toute dispute dans laquelle on refuse d'écouter l'opinion de l'autre. Comme le dit Mark : « Parfois, quand je suis en colère, je veux le rester. Mais je sais bien que le climat pourrait beaucoup se rafraîchir sous la couette »… Dans ces cas-là, Mark et sa femme Ilene prennent leur respiration. « Au début, c'était une sorte de blague ; un ami nous avait dit : "Respirez, la respiration est votre amie !" Et puis c'est devenu une habitude, et ça marche ! » explique Ilene. « Quand on respire profondément, on se calme et, généralement, la discussion houleuse retombe ; le problème n'est plus si important. On finit toujours par éclater de rire quand l'un de nous lance : "Respire !" »

Comme dans de nombreuses autres situations, changer de rythme dans une dispute se révèle très efficace. Pour Mark et Ilene, c'est ce petit jeu de respiration. Mais cela peut être autre chose : un signe de paix, un geste de la main pour signifier un temps mort… À vous de décider. Ce qui est important, c'est de trouver un signal aisément reconnaissable pour dire à l'autre qu'il serait bon de prendre un peu de recul, de ne pas se laisser envahir par la colère. Elle peut avoir un effet cathartique bénéfique pour le couple. À condition qu'elle ne tue pas le dialogue.

94. Apprenez à gérer les conflits

Il n'est pas étonnant que la plupart des gens n'aient pas la moindre idée de la manière de gérer les crises : à deux ans, c'est en découvrant le mot « Non ! » qu'on a appris à exprimer nos envies et nos besoins. Enfant, quand quelque chose nous déplaisait, notre réaction de mécontentement était souvent impulsive, extrême. En grandissant, grâce au langage et à une plus grande capacité de raisonnement, on parvient à s'exprimer de manière plus habile, mais beaucoup de gens extériorisent encore de manière primaire ce qui les énerve, ce qui ne va pas. Rien de surprenant, à 30, 40 ou 50 ans, de réagir comme des enfants à ce que dit notre partenaire. C'est tout juste si on ne se roule pas par terre en tapant des poings ! Tout à coup, on est submergé par ses émotions. On a beau se dire « Pourquoi je me comporte comme un gosse ? », on lâche un « Je ne veux pas y aller ! », « Qu'est-ce que tu insinues ? », « Où est-ce que tu vas ? »... Soyez rassurés, vous n'êtes pas les seuls dans ce cas ! Pour ce petit cours d'expression personnelle, j'ai fait appel aux conseils avisés du Dr Jackie Jaye-Brandt, une remarquable thérapeute de couple de Los Angeles :

1. **Pratiquez l'écoute active.** Recevez ce que l'autre a à dire. Ne réfléchissez pas à ce que vous allez répondre. Pas de réaction.
2. **Transformez les critiques en requêtes.** Cherchez à résoudre les problèmes à travers la discussion et les compromis.
3. **Pas d'exigences.** Cherchez toujours le compromis. Souvenez-vous que le point de vue de votre partenaire vaut le vôtre, même si vous n'êtes pas d'accord.
4. **Un sujet à la fois.** Soyez précis ; l'écoute active demande de la concentration.

5. **Chacun son tour.** Si possible, faites en sorte que chacun exprime ce qu'il a à dire à la fois. Ne mélangez pas tout.
6. **Seulement les problèmes du moment.** Ne déterrez pas de vieilles histoires !
7. **Pas d'accusations !** Ne stigmatisez pas l'autre, ne cherchez pas à le condamner.
8. **Ne vous trompez pas d'objectif.** Votre but doit être de trouver une solution, pas d'entériner un problème.
9. **On ne compte pas les points !** Ne faites pas référence à des conflits passés, et à la manière dont vous les avez résolus.
10. **Prenez vos responsabilités.** Assumez votre rôle dans le problème en question, et dans sa résolution.
11. **Pas de railleries.** Ça ne se fait pas.
12. **Pas d'étiquettes !** Ce sont des jugements péremptoires qui détournent du problème à résoudre.
13. **Pas de digressions.** Concentrez-vous sur le sujet principal.
14. **Soyez impliqués.** Montrez-vous concernés par le sujet… et par votre couple.
15. **Ne haussez pas le ton.** C'est contre-productif.
16. **Pas d'a priori.** Ne supposez jamais que vous savez ce que pense votre partenaire, ou que vous savez comment il va réagir.

95. Avez-vous une bonne hygiène ?

C'est un sujet dont il faut avoir conscience. Comme me l'ont répété plusieurs femmes, séminaire après séminaire, la propreté du corps est cousine de celle de l'âme !

Le degré de « propreté » que chacun attend de l'autre est une affaire de goût : c'est donc un sujet dont vous devez parler à deux. Et si vous n'êtes pas aussi exigeants l'un que l'autre, vous pouvez faire passer la pilule en mettant cela sur le compte de votre côté tatillon, ce qui vous évitera de faire passer votre partenaire pour un rustre. Ce qui est important, c'est que chacun se sente à l'aise dans la relation sexuelle, et qu'un défaut d'hygiène ne constitue pas un problème. Une répugnance même minime peut gâcher un moment d'intensité sexuelle. Pourquoi prendre le risque ? Si votre partenaire a une mauvaise haleine, prenez un bonbon à la menthe et proposez-lui-en un. Ou, quand vous vous lavez les dents, préparez-lui gentiment sa brosse. Vous pouvez aussi lui dire que vous adorez son souffle mentholé sur certaine partie de votre anatomie… Prenez une douche avant de vous coucher, débarrassez-vous des poils disgracieux (narine, maillot…), brossez-vous régulièrement les dents, prenez soin de vous. Et vous, messieurs, n'oubliez pas de vous raser sous la lèvre inférieure !

96. Demandez, il vous sera donné

La manière dont vous demandez est plus importante que l'objet de votre demande. Vous ne savez pas demander ? Trouvez quelqu'un de confiance dans l'entourage de votre partenaire, et demandez-lui comment vous devriez vous y prendre. Emily voulait que Greg utilise son vibromasseur lors de leurs jeux amoureux, puisque c'est une de ses manières préférées d'atteindre l'orgasme ; mais elle n'osait pas le lui demander. Elle en a parlé à son ami Matthew, qui lui a révélé que certains hommes avaient peur de se voir remplacés par de tels accessoires. Forte de cet aperçu de psychologie masculine, Emily a pu aborder le sujet de manière à ne pas effrayer Greg. Depuis, ils vibrent gaiement.

97. Prenez le temps de construire votre histoire, même si la patience n'est pas votre fort

Un couple ne naît pas du jour au lendemain. Si vous vivez une histoire que vous croyez, espérez être la bonne, écoutez-moi bien : prenez votre temps. Surtout vous, mesdemoiselles ou mesdames : oubliez le calendrier. Ne mettez pas la pression sur votre partenaire, ni sur vous-même, pour dire ou faire des choses. Ne commettez pas l'erreur que j'ai constatée si souvent, et qui consiste à se marier parce qu'« il est temps », et non parce que c'est la bonne personne. L'engagement, et tous les symboles qui vont avec, viendront quand la relation sera mûre et suffisamment forte.

98. Prenez votre temps

David et Hélène, un des couples les plus passionnés que je connaisse, pensent tous deux qu'on a souvent tendance à se précipiter sur le sexe au début d'une relation. Lors d'une de nos discussions, Hélène a été très émue quand David a confié à un autre couple : « Hélène m'a réellement plu lorsqu'elle m'a dit : “Je dois te dire quelque chose : ça ne m'intéresse pas de coucher avec toi.” Ça m'a vraiment impressionné, et l'avantage fut double : la pression est retombée d'un coup et, bien sûr, j'avais encore plus envie de coucher avec elle ! » Hélène a poussé un soupir de soulagement : elle avait suivi son instinct en refusant d'aller trop vite en besogne…

99. N'attendez pas la satisfaction immédiate

Ce conseil est en rapport avec le précédent : vous devez vous montrer patient(e) dans la relation, et envers vous et envers votre partenaire. Dans la société actuelle, on est formaté pour vouloir des résultats instantanés, et il est souvent difficile de résister à la tentation de la satisfaction immédiate. C'est particulièrement vrai en matière de sexualité. Oui, nous attendons tous cette intensité tangible que le sexe donne à une relation. On pense qu'une fois « le pas franchi », l'affaire est conclue. Mais pas d'emballement. Pensez-y à deux fois. Soyez patient. Le sexe est une merveilleuse satisfaction – mais seulement si les deux personnes partagent le même désir et la même attente. Et être sûr de cela prend du temps quand on découvre une personne. Alors ne vous précipitez pas. Aaron et Marcela en sont un bon exemple. Ils ont attendu quatre mois avant de consommer leur union. Pourtant, à 40 ans passés, ils étaient plus que conscients de ce qu'ils manquaient physiquement ; mais ils ont attendu d'être prêts tous les deux avant d'avoir des rapports sexuels. Quand vous êtes prêts, tous les deux, à vivre pleinement ce qu'une relation sexuelle peut vous offrir – sur les plans émotionnel, physique et, oui, même spirituel –, la récompense qui vous attend sera tout simplement prodigieuse.

100. L'argent fait partie de la dynamique du couple

L'argent occupe une place importante dans la plupart des couples, et peut avoir un impact positif ou négatif sur la sexualité. Dans beaucoup de couples, les problèmes liés à l'argent ont tendance à devenir envahissants. Au lieu de seulement considérer ce que vous dépensez, demandez-vous quel est votre rapport à l'argent en général. Croyez-moi, il faut parfois des années pour qu'émergent nos véritables attentes au sein du couple. Une femme, mariée depuis plus de dix-huit ans, m'a avoué qu'elle préférerait divorcer plutôt que de parler d'argent avec son mari. Cela faisait longtemps qu'elle se plaignait que son mari et elle n'eussent jamais eu le même rapport à l'argent. Je lui ai demandé : « Est-ce que vous le lui avez dit ? » « Je sais exactement ce qu'il va me dire… » m'a-t-elle répondu. Elle a tout de même fini par faire part de ses craintes à son mari. Elle s'inquiétait pour la stabilité financière de leur foyer. Son mari ne s'était jamais douté le moins du monde que ce sujet la tracassait depuis tant d'années. Le fait d'en parler lui a permis de chasser les vieux démons qui la hantaient.

101. Entretenez votre couple comme une entité vivante

Deux personnes sont attirées l'une par l'autre en raison des qualités propres de chacune, puis, ensemble, elles créent une nouvelle entité, un « nous ». Cette nouvelle entité doit être considérée comme unique, vivante. On doit la nourrir, lui prêter attention, panser ses plaies. Vous vous dites peut-être que vous avez déjà entendu ça. Mais je vous demande : est-ce que vous pensez que votre couple est un organisme vivant, qui a besoin de solides racines pour croître, d'un espace dans lequel bouger librement, de nourriture pour vivre et de sérénité ? Dès le début de leur relation, Sandra et Barry ont eu cette conviction. « Nous sommes invités ici ou là à longueur de temps, commente Barry. Mais nous déclinons les invitations, à moins que la soirée ou l'activité proposée ne soit bénéfique pour notre couple. Avant de nous marier, chacun décidait de son emploi du temps. Maintenant, on prend nos décisions en commun. »

102. Soutenez votre partenaire dans ce qu'il (elle) fait, et respectez-le (la)

Souvenez-vous que « tout ensemble dépasse la somme de ses parties ». Soutenir quelqu'un dans ce qu'il fait, c'est déjà un premier pas vers la démonstration de cet adage. Et quand le respect s'y ajoute, la synergie entre les deux donne à cette personne une grande liberté pour réaliser sa passion ou son rêve – quels qu'ils soient. Cela ne veut pas dire que vous devez donner carte blanche à votre partenaire, au mépris de l'équilibre du couple. C'est une question de bon sens. Si vous trouvez que sa passion nuit à votre histoire, dites-le-lui ! C'est aussi là une manière de soutenir et de respecter votre partenaire, et votre couple. S'il (elle) ne ressent ni respect ni soutien, votre partenaire sera frustré(e) dans son envie de partager, de vous inclure dans son monde. Et sans cette disponibilité, vous mettez forcément aussi en péril le partage physique. Le message sous-entendu est : « Il (elle) ne me comprend pas. » C'est un sujet délicat. Soyez attentif à ce que fait votre partenaire, c'est plus important que les mots. Par exemple, un présentateur de talk-show disait régulièrement à son amie qu'il était fier de sa carrière et qu'il soutenait sans condition la femme émancipée qu'elle était (je sais, ce simple mot laisse présager de ce qui va suivre). Pourtant, chaque jour, après la fin de son émission matinale, il l'appelait au bureau et s'énervait quand elle n'avait pas une demi-heure à lui consacrer. En d'autres termes, son soutien n'avait rien d'inconditionnel : il voulait qu'elle reste disponible pour lui. Beaucoup d'hommes me disent aussi que leur femme leur reproche de ne jamais les voir. Malheureusement, cela creuse souvent un fossé entre eux.

103. Laissez-vous de l'espace

Même si vous adorez votre partenaire plus que tout, la plupart des couples ont besoin d'espace, pour un certain nombre de raisons – ne serait-ce que pour trouver un peu de calme et recharger les batteries. Alors, au lieu de vous faire des idées, d'imaginer que l'autre est en train de prendre ses distances, de vous délaisser, retenez plutôt la leçon de cette femme : « L'une des meilleures choses qui nous soient arrivées, c'est lorsque mon mari, qui a un travail très prenant, a suivi ses cours hebdomadaires de peinture. Il se ressourçait, c'était vraiment du temps pour lui, ce qui est rare. Grâce à cela, nos échanges se sont renouvelés, enrichis. Le résultat s'est vu sur les murs de la maison, mais aussi dans notre chambre. »

104. Battez-vous pour votre couple dans les moments difficiles

Toute relation de couple connaît ses hauts et ses bas : dans les moments de crise, unissez vos forces au lieu de laisser s'installer la désunion. S'il vous est déjà arrivé de vous battre pour obtenir quelque chose ou atteindre un but, vous connaissez la force de cette petite flamme intérieure. C'est cette flamme qui permet de ne jamais perdre de vue le couple, même quand on est face à des problèmes, quels qu'ils soient – fatigue, soucis financiers, familiaux…

Voici un des meilleurs exemples que je connaisse : ce producteur était marié depuis cinq ans quand il tomba fou amoureux d'une autre femme. Sa femme et lui se sont séparés pendant près d'un an. Puis ils ont entamé un long chemin de réconciliation, au cours duquel ils ont beaucoup travaillé pour retrouver la confiance et effacer la colère et la peine causées par cette rupture. Sept ans plus tard, ils forment un couple très uni et ont maintenant deux enfants. Quand j'ai demandé à cet homme comment sa femme et lui étaient parvenus à reconstruire leur couple, il m'a répondu : « Notre couple n'est pas parfait. C'est ce que les autres nous disent ; mais pour nous, il l'est, nous nous sommes battus pour cela, réellement battus, et, *grâce à cela*, ce qui nous lie aujourd'hui est plus précieux, plus important que ce qu'on aurait jamais pu imaginer. » On dit souvent qu'on ne se connaît jamais mieux que dans l'adversité : ce n'est jamais plus vrai que sur le terrain des relations amoureuses. Quand tout va bien, on n'a pas de mérite à avancer en roue libre. Et c'est bien appréciable ! Mais la vie n'est pas toujours aussi simple. Les défis auxquels elle soumet chacun d'entre nous ont toujours un impact sur le couple. Mais il y a de la grandeur à se battre pour ce que l'on aime.

105. Écoutez la petite voix intérieure

Cette petite voix, c'est souvent ce que vous dit votre cœur. C'est vous, et seulement vous qui savez ce que vous ressentez. Cela ne veut pas dire que vous êtes seul(e) : mais vous devez écouter la petite voix qui résonne à l'intérieur, et pas les sondages d'opinion sur votre couple ! Doug et Lauren se sont rencontrés à l'université, lors du bizutage : ils sont tombés amoureux au premier regard. Tout allait bien tant qu'ils sortaient ensemble. Mais le jour où ils ont décidé de se marier, leurs familles respectives n'étaient plus si heureuses. Pourquoi ? Parce que Doug est catholique et Lauren, juive. Et pour leurs familles, il n'était pas question de mariage. Au lieu de céder à la pression, Doug et Lauren ont écouté leur cœur et ont continué de croire en leur couple. Le jour de leur mariage, le frère de Doug lui a même dit : « Tu peux encore renoncer, je te reconduirai à l'aéroport. » Mais ils se sont bel et bien mariés. Doug et Lauren ont écouté la petite voix qui leur disait d'avoir confiance. Ils savent bien que, souvent, la raison occulte l'importance de cette voix. Douze ans et deux enfants plus tard, la force de leur couple est, pour beaucoup, un modèle exemplaire du triomphe de l'amour.

106. Apprenez à toucher

La peau est le premier vecteur de l'énergie sexuelle et émotionnelle. Bien sûr, le cerveau, les mains et d'autres parties du corps jouent un rôle essentiel dans la montée du désir, mais je crois beaucoup au pouvoir du toucher, pour soigner les maladies, rapprocher les couples et entretenir la flamme de la volupté. La peau est notre plus grand organe sexuel, et il est normal que notre corps aime être touché, caressé, embrassé – partout. De nombreuses études scientifiques montrent que le fait de toucher entraîne une réaction chimique dans le cerveau et tout le corps. Mais nul besoin d'avoir recours à la science pour prouver à quel point le toucher est important entre les amants. Comment vous sentez-vous lorsqu'elle vous mordille le lobe de l'oreille (ou un autre point stratégique), ou lorsqu'il pose la tête sur vos cuisses par un dimanche pluvieux ? Le toucher est une forme profonde, primale, de connexion. Si vous pensez à utiliser vraiment votre sens tactile, vous verrez que cette forme de communication résonnera dans chaque dimension de votre relation. La sensualité ne se limitera plus aux quatre murs de votre chambre à coucher. Touchez au lieu de parler, massez au lieu de faire la sourde oreille, embrassez au lieu de vous renfermer devant la télévision ou l'ordinateur : c'est ainsi que vous nourrissez le désir entre vous, et vous en serez largement récompensé. Je connais une femme dont le compagnon vit dans une autre ville mais qui aime tellement la manière dont il la touche qu'elle en ressent les effets même quand ils sont séparés. « Ses mains sont magiques, c'est comme s'il savait exactement comment il doit me toucher, même quand je ne le sais pas moi-même. » Comment fait ce magicien ? Quand ils marchent côte à côte, il pose sa main au creux de ses reins, comme pour accompagner ses mouvements. Quand ils sont au restaurant, il baise sa main puis la pose sur sa cuisse. C'est comme si son toucher s'imprimait à travers la peau. Messieurs, ne pensez pas que vous pouvez toucher une femme n'importe comment. Ce n'est pas le fait de la toucher qui importe, mais la manière dont vous posez les mains sur elle. Il faut qu'il y ait une énergie dans ce geste. Est-ce un geste doux, protecteur, érotique ? Quel message voulez-vous transmettre ? Un geste peut dire « Je suis là, auprès de toi », « Tu es belle » ou, bien sûr, « J'ai envie de toi ». Le toucher est un véritable langage. Vous pouvez apprendre à parler au-delà des mots. Par exemple, si votre partenaire a besoin de réconfort, essayez peut-être une chaleureuse étreinte. Si vous la trouvez particulièrement jolie et que vous voulez le lui dire, vous pouvez lui caresser sensuellement la joue. Si votre but est d'allumer une petite étincelle, le fait d'effleurer doucement sa poitrine en l'aidant à mettre son manteau devrait produire l'effet désiré.

Et vous, mesdames, n'ayez pas peur de lui montrer comment vous aimez qu'il vous touche. Je veux dire, lui montrer avec vos propres mains, en les posant sur les siennes. Il y a trois raisons à cela : d'abord, la plupart des hommes aiment voir une femme se toucher ; ça les excite terriblement. Ensuite, il appréciera le conseil. Et enfin, vous apprécierez le résultat. Alors ne soyez pas timide : dites-lui où, à quelle vitesse, avec quelle intensité vous aimez sentir ses mains, sur votre sexe ou ailleurs. Voici quelques manières simples d'accorder une place plus importante au toucher dans votre couple, d'une manière régulière – sans que ce soit sexuel ; cela ne fera que renforcer votre sensibilité tactile quand vous en serez là :

- Quand vous regardez la télévision, asseyez-vous l'un près de l'autre au lieu de vous isoler dans vos petits fauteuils respectifs.
- Serrez doucement son épaule quand vous marchez côte à côte. Comme l'a dit une de mes clientes : « Quand mon mec me fait ça, je me sens tellement aimée ! »
- Si elle a un cil sur la joue, enlevez-le d'un geste doux.
- Le matin, quand vous partez travailler, ou le soir, lorsque vous vous apprêtez à sortir, brossez sa veste pour enlever les éventuels poils de chat ou de chien… Au besoin, vous pouvez retarder un peu votre départ !
- Prenez-le (la) dans vos bras lorsqu'il (elle) s'habille, téléphone ou s'adonne à toute autre activité. L'important est d'intervenir quand votre partenaire est en train de faire autre chose.
- Comme le font les amants en Inde, lorsqu'il fait très chaud, soulevez ses cheveux et soufflez doucement sur sa nuque.
- Pour terminer la journée, endormez-vous main dans la main.

107. Éteignez la télévision

Je ne pense pas avoir besoin de beaucoup m'expliquer. Si la télévision est dans votre chambre, vous serez davantage tentés de l'allumer… que d'allumer vos sens. Déplacez-la, et vous trouverez aussi plus d'occasions de vous parler. La télévision, surtout lorsqu'elle est dans la chambre, constitue un obstacle majeur à la création d'un climat érotique. Voulez-vous partager votre partenaire avec quelqu'un d'autre, et surtout avec une boîte parlante ? Si toutefois vous voulez regarder la télévision, faites-le vraiment tous les deux – en vous tenant la main, blottis l'un contre l'autre dans un lit, nus, peau contre peau. Faites en sorte que ce moment ne vous sépare pas, mais soit au contraire une expérience d'intimité partagée. Votre intérêt pour la boîte noire déclinera bientôt au profit d'activités plus exaltantes…

108. Les enfants, dans leur lit !

Ne permettez pas aux enfants de dormir avec vous régulièrement. Là encore, je crois que ce conseil parle de lui-même, mais il n'est pas inutile de le préciser, surtout si vous êtes parents depuis peu et que, pour passer des nuits plus calmes, il vous arrive d'endormir votre enfant dans votre lit. Mais voilà qu'il va avoir deux ans et que votre vie sexuelle est réduite à néant ! Oui, ces petits bouts de chou vous apportent beaucoup de joie, mais non, ils ne doivent pas dormir avec vous. Le lit conjugal vous est réservé : c'est votre sanctuaire, et vous devez le considérer en tant que tel. Si votre enfant prend place entre vous, vous ne pouvez plus être les amants que vous êtes supposés être. C'est aussi simple que cela.

109. Home, sweet home

Chez vous, créez une atmosphère voluptueuse. Vous pouvez vous inspirer des maîtres du feng-shui pour que votre lieu de vie traduise votre énergie sensuelle. Attachez-vous particulièrement à donner à chaque pièce l'atmosphère idéale, qui stimulera vos sens. Après tout, chaque pièce est un reflet de votre vie de couple. Commencez par la chambre… Puis choisissez peut-être des rideaux de soie pour le salon, un vert très doux pour le rideau de douche, ou placez des bougies dans l'entrée. Avec de simples sièges en bois dans la cuisine, un miroir dans le vestibule, vous pouvez ajouter une nouvelle dimension à ces pièces. Quels que soient vos choix, en concoctant cette ambiance, vous ouvrez, de manière subliminale, les portes de vos sens.

110. Enlacez-vous

Comme je vous l'ai déjà dit plus haut, le pouvoir du toucher, sous toutes ses formes, est énorme. Mais le fait d'étreindre quelqu'un a quelque chose de particulier : quand vous enlacez votre partenaire, vous rentrez dans son espace physique – c'est votre privilège d'amant(e). Seuls vos enfants peuvent vous appeler « maman » et « papa » : c'est leur privilège. C'est la même chose entre les amants ; les pouvoirs magiques d'une étreinte se font ressentir :

- après une dispute ;
- après avoir pleuré ;
- après le travail ;
- après l'amour ;
- à la fin de la journée ;
- au début de la journée ;
- quand on se lève ;
- quand on se couche.

111. Créez un climat de confiance

Quand un homme ou une femme se sentent en confiance avec leur partenaire, l'intimité et les possibilités d'épanouissement, notamment sexuel, sont décuplées. J'insiste sur l'importance de ce conseil. Pensez à quel point il est crucial pour un enfant de se sentir en sécurité : s'il est certain de l'amour de ses parents, il n'aura pas peur de grandir, de développer tout son potentiel. Dans le cas contraire, cela aura un impact sur tout ce qu'il fait, et sur ce qu'il pense de lui-même. Il en va de même pour les relations sexuelles. Si les partenaires ne se sentent pas en confiance, l'intégrité de la relation est compromise, les bases sont sapées. Posez-vous les questions suivantes :

- Est-ce que je peux confier des secrets à mon partenaire ?
- Est-ce que je peux tout lui dire ?
- Dans les moments de stress, est-ce vers mon partenaire que je me tourne ?
- Mon partenaire connaît-il mes angoisses ?

Si vous répondez « oui » à toutes ces questions, vous avez sans doute établi une relation de confiance. Si ce n'est pas le cas, vous devez peut-être y travailler. Je ne suis pas thérapeute, mais je suis capable de voir quand il y a un problème.

112. Messieurs, souvenez-vous que vos doigts et vos mains sont une merveilleuse source de plaisir pour votre partenaire

Tout comme elles apprécient la pénétration pendant l'acte sexuel, les femmes adorent les jeux de mains – partout. Dans les chapitres suivants, vous découvrirez l'art de vous servir de vos mains… Mais, pour l'instant, gardez simplement cela à l'esprit : n'arrêtez jamais d'utiliser vos mains pour lui donner du plaisir.

113. Transformez les plaintes en demandes

Pas la peine de nous voiler la face, nous avons tous nos défauts, de mauvaises habitudes, de petites faiblesses… Personne n'est parfait ! Pour bien communiquer et éviter que les ressentiments ne viennent pourrir la relation, apprenez à transformer les plaintes en demandes. Tous les hommes et femmes à qui j'ai parlé confirment, sans exception, l'efficacité de cette règle toute simple. Comme Mary Kate me l'a expliqué : « Il fallait que je trouve une façon de lui demander de changer… Joe conduit très vite – mais vraiment très vite, ça me terrifie. Je ne savais pas comment faire en sorte qu'il ralentisse, je passais mon temps à me plaindre. Mais c'était comme s'il ne m'entendait pas ; au lieu de ralentir, il avait même plutôt tendance à accélérer ! » Mary Kate le montre bien : ce n'est pas en se plaignant que l'on fait changer quelqu'un. Généralement, ça ne fait qu'exacerber le problème. Si vous voulez qu'on vous entende, qu'on vous écoute et qu'on change, la première chose à faire est de formuler une demande, pas une plainte. Deuxième étape : parvenir à un accord. C'est ce qu'ont fait Mary Kate et Joe ; à chaque fois que Joe conduit trop vite ou de manière stressante, Mary Kate lui rappelle : « Est-ce qu'on peut se souvenir de notre pacte ? » Maintenant, Joe est capable de l'entendre, et répond à sa demande sans être agressif ni sur la défensive. Quand les amants se transforment en plaignants, ils se divisent. Mais, pour apprendre à demander, il faut de l'énergie et une maîtrise de soi. Ces exemples pourront vous aider :

Plaintes	Demandes
Pourquoi est-ce toujours à moi de faire le ménage ?	Ce serait vraiment super si tu sortais les poubelles.
Tes mains sont glacées !	C'est tellement plus agréable quand tu te réchauffes les mains avant de me toucher.
C'est toujours moi qui viens vers toi…	J'adore quand tu veux me séduire…
J'ai l'impression que tu ne me vois pas !	Quand je sens que je compte pour toi, je me sens tellement en phase avec toi – je n'ai qu'une envie, te sauter dessus !
Tu passes tout ton temps avec tes amis, on ne se voit jamais !	J'adore les moments qu'on passe ensemble, ils sont si importants pour moi…
Je déteste faire l'amour le matin !	J'ai l'impression d'avoir la bouche pâteuse le matin ; mais après une douche, ça va beaucoup mieux.
Tu es vraiment désagréable avec ma mère !	Chéri(e), s'il te plaît, sois plus patient(e) avec ma mère – je sais qu'elle peut être pénible, mais ce serait vraiment bien.
On ne se parle jamais !	Il faudrait qu'on essaye de se parler davantage ; c'est important de rester proches.

114. Créez des moments importants, faites-vous des souvenirs

Les amants occasionnels savent bien utiliser leurs souvenirs pour faire vivre leur histoire. Ils n'ont pas besoin d'aller chercher bien loin dans leur mémoire pour nourrir et nourrir encore leur vie sexuelle. Et évidemment, plus ces souvenirs sont personnels et subjectifs, mieux c'est. Il ne faut pas négliger le trésor que constituent ces souvenirs communs, que ce soit, pour elle, la première fois qu'elle a avalé, ou pour lui, la première fois qu'il lui a procuré un orgasme du point G. Pour Erica, la bande s'est rembobinée de manière inattendue, un jour, alors qu'elle a vu un paquet de bonbons à la menthe dans une épicerie : c'étaient ceux qu'elle avait subtilisés dans le cocktail de son copain, un jour de course hippique, juste avant de le rafraîchir, dans l'arrière-salle du jockey-club, de sa bouche fraîchement mentholée…

115. Faites-le (la) rire

Avez-vous déjà rencontré des couples qui se font rire ? On se sent alors un peu voyeur : il y a quelque chose de magnétique à voir quelqu'un stimuler d'invisibles zones de plaisir chez son partenaire. Sans l'ombre d'un doute, le rire est l'un des meilleurs aphrodisiaques. Lorsqu'une personne parvient à vous faire rire, vous êtes comme involontairement connecté(e) à elle. Cette connexion crée une énergie cathartique et réconfortante, et un lien entre vous. La personne vous touche, et sait qu'elle peut continuer de vous toucher. Pour la majorité des hommes que j'ai rencontrés, l'un des sons les plus doux à leurs oreilles est le rire de leur partenaire, surtout si c'est eux qui l'ont provoqué. « Vous ne pouvez pas imaginer ce que ça me fait.

J'adore l'entendre rire. » Et comme on dit, une femme qui rit est déjà à moitié dans votre lit !

116. De l'importance des amis et de la famille

Il est bon d'avoir autour de soi quelques personnes avec qui l'on peut partager de bons moments. Soyons clairs : nous sommes des êtres sociaux, et une seule personne ne suffit pas à notre bonheur – même si notre partenaire est à la fois amant(e) et ami(e). Un seul et même être ne peut pas remplir tous les rôles. On a besoin de pouvoir compter sur d'autres, d'avoir confiance en leur soutien, de se confier à eux, surtout dans les premiers temps d'une histoire d'amour. N'oubliez pas de construire autour de vous un cercle de relations proches : vous rendrez votre couple plus fort. Il ne s'agit pas de s'attirer les bonnes grâces de quelques personnes toujours prêtes à vous dire ce que vous souhaitez entendre. Il faut au contraire s'entourer de gens clairvoyants, dont l'honnêteté vous sera précieuse. Impliquez vos amis proches et votre famille dans votre histoire. C'est un conseil très basique mais très efficace. C'est en eux que vous trouverez le meilleur soutien. Il va sans dire que nos amis et notre famille veulent notre bien, et pourtant nous l'oublions trop souvent.

117. Laissez votre partenaire raconter sa version de l'histoire

La plupart des vieux couples ont leur lot d'anecdotes ou de souvenirs communs, qui reviennent régulièrement dans les conversations entre amis, pour amuser la galerie. On a tous un côté comédien. Il n'est pas rare qu'au fil du temps une anecdote soit un peu déformée, grossie, au gré de celui ou celle qui la raconte. Parfois aussi, l'un ou l'autre s'en attribue à tort les mérites. Ce n'est pas si grave. Si votre partenaire ramène un peu trop la couverture à lui, quelle importance ? Pas la peine de l'interrompre pour le lui faire remarquer. Avez-vous vraiment envie de le couper dans son élan pour lui dire : « Je crois que c'est plutôt moi qui… » ? Qu'est-ce que cela va vous apporter de rectifier son récit – légèrement erroné – devant l'auditoire ? À part une dispute en public, il y a peu de choses qui rendent plus mal à l'aise qu'un partenaire qui vous reprend ou vous « casse » votre histoire. Je ne veux pas dire qu'il faut laisser l'autre raconter tout et n'importe quoi ; simplement, attendez d'être en privé pour les mises au point…

118. Passez du temps tout(e) seul(e)

Tout(e) seul(e), c'est-à-dire avec vous-même. Vous pouvez lire, aller au cinéma, vous promener, méditer ou même vous tourner les pouces dans votre jardin : peu importe, ce temps passé avec vous-même vous nourrira. Être en présence de quelqu'un n'est jamais neutre, même si l'on est très proche de cette personne. Quand on est seul, on se relaxe d'une tout autre manière, bien plus profonde. Un tel moment a le pouvoir de nous restaurer, de nous donner de l'énergie. Mais trouver du temps pour soi n'est pas facile – entre le travail, la famille, les tâches domestiques… Fixez-vous pour principe, dans votre couple, que si vous n'êtes pas bien avec vous-même, vous ne pourrez pas être bien avec les autres. Par exemple, occupez-vous des enfants en alternance : quand ce sera votre tour de vous reposer, vous en profiterez pleinement parce que vous saurez que votre partenaire est conscient(e) que c'est important pour vous et votre couple.

119. Passez du temps tous les deux

C'est très bien de faire des choses avec ses amis ou sa famille : c'est stimulant, on passe de bons moments, on s'amuse. Mais il est important de pouvoir se retrouver à deux – cela fait autant de bien que les moments à soi dont on vient de parler. Vous n'avez pas besoin de *faire* quoi que ce soit d'important. Ted et Alice, eux, s'installent dans leur canapé, pieds contre pieds, et lisent leurs magazines favoris. Liz et Michael adorent être dans leur jardin : Liz nourrit les oiseaux pendant que Michael fait du jardinage. La prochaine fois que vous pouvez profiter d'un week-end sans les enfants, et sans travail, profitez-en pour vous demander ce qui vous ferait plaisir et relaxez-vous tous les deux.

120. Dînez ensemble

Assis l'un en face de l'autre, ou l'un à côté de l'autre, un dîner en amoureux est l'occasion d'une communion sensuelle qui n'est pas très éloignée de la sexualité. Généralement, on n'a pas envie de faire l'amour avec quelqu'un avec qui on n'aurait pas envie de dîner. Cette connexion sexe-nourriture aiguise deux appétits à la fois.

121. Votre partenaire fait-il (elle) partie de vos priorités ?

Une relation ne peut pas durer si les deux personnes impliquées n'en font pas une priorité. Ceux qui montrent à leur partenaire que leur lien est une chose importante consacrent naturellement plus de temps à la relation – soirées en tête à tête, week-ends à la mer, délicieuses grasses matinées… Si vous suivez cette règle, les effets s'en feront sentir en cascade dans tous les domaines de votre couple : stimulez votre énergie sexuelle, et vous aurez également plus d'énergie à consacrer à vos autres priorités.

122. Réinventez les dîners

Avez-vous déjà imaginé de dîner dans la baignoire, au beau milieu d'une prairie, sur un étang, à la plage ou dans votre lit ? Oubliez couteaux et fourchettes. Inventez plusieurs manières de présenter les plats. Voici par exemple une idée un peu au-dessus de la moyenne : à Manchester, un restaurant japonais s'est mis à servir sa cuisine sur le corps des femmes. Représentez-vous la scène : les nouilles sur la poitrine, les sushis au pied du mont de Vénus… Selon les serveuses, cela faisait partie de l'expérience culturelle. La prochaine fois que vous vous mettez à table, ne vous contentez pas des assiettes ! Quelques suggestions :

- recouvrez la table d'un drap de satin ;
- mangez nus, ou dans une tenue suggestive ;
- mangez sans couverts, au naturel ;
- dînez à la mode de Manchester : servez les plats sur vous-même.

123. Faites des projets de voyage

Le point important ici, c'est de planifier. Prendre le temps de se renseigner, réserver, faire en sorte que l'idée se concrétise : voilà ce qui compte le plus. Après tout, la préparation et le désir vont de pair ; chacun de vos projets nourrit un nouveau désir sexuel qui pourrait éclore sur le balcon d'une chambre d'hôtel, dans une gondole sans gondolier, ou sur fond d'un magnifique paysage de montagne. Un autre élément essentiel à ne pas négliger : les effets bénéfiques d'une escapade à deux. Quand vous partez en voyage, pour un week-end ou deux semaines, vous oubliez plus facilement – pour un temps – les soucis du quotidien. Un week-end de ski, quelques jours en chambre d'hôtes, une semaine dans les Caraïbes ou un trekking en montagne vous rapprocheront. Vous découvrirez ensemble un nouvel environnement, vous aurez de nouveaux souvenirs. Comme le dit un homme que je connais : « Rien de mieux que le sexe à l'hôtel ! » Même si vous n'avez pas le temps de partir, pourquoi ne pas simplement passer une nuit à l'hôtel ? Le fait de changer de décor donnera un peu de piquant au quotidien, et à votre sexualité.

124. Prévoyez des sorties

Quelle est la différence entre une sortie et un voyage ? Une sortie est un petit événement du quotidien – un mini-voyage que vous pouvez faire en un après-midi. Encore une fois, l'idée est de s'extraire du cadre classique de vos journées et de partager cette aventure tous les deux. Vous pouvez par exemple vous balader dans un parc, aller faire du shopping, voir une exposition ou, si les enfants sont là, organiser un barbecue entre amis. N'importe quoi, pourvu que vous laissiez pendant un moment vos soucis de côté. On se laisse vite déborder par nos vies stressantes. Après un bol d'air, vous vous sentirez plus sereins, plus équilibrés.

125. Programmez le sexe !

Vous pensez peut-être que ce conseil est superflu. Qu'il est trop évident, ou totalement inutile. Eh bien, ni l'un ni l'autre. Vous ne vous en rendez peut-être pas compte, mais c'est pourtant vrai : au tout début d'une relation, on a tendance à « programmer » les rencontres sexuelles. Pourquoi ? Parce qu'on veut être certain qu'elles auront lieu. Même si vous êtes en couple depuis longtemps, il est important de prévoir les moments où vous faites l'amour… Pourquoi ? Pour être sûrs que vous ferez l'amour ! Un jour, j'ai donné une interview au magazine *Men's Health*, sur le sujet « Comment retrouver la sexualité débridée et spontanée des premiers temps ? » J'ai demandé au journaliste ce qu'il entendait par « spontané » ; il voulait parler de la sexualité qu'on a quand on est étudiant, dans les soirées, quand on est en vacances, ou pendant une lune de miel. Ma réponse fut simple : « Programmez-le. » « Non, allez, vous me faites marcher ! » J'ai levé un sourcil et je lui ai dit : « En quoi le sexe n'est-il pas programmé dans les exemples que vous venez de citer ? En organisant ces "événements", vous prévoyiez et espériez qu'il se passe quelque chose sur le plan sexuel. » Si vous programmez le sexe, il a toutes les chances d'arriver.

126. Prenez soin de votre santé

Plus vous prenez soin de vous, plus votre corps est résistant, plus vous êtes sensible à la stimulation sexuelle, plus vous résistez aux effets du vieillissement, et plus vous avez d'énergie. Je ne dresserai pas ici la liste exhaustive de ce qu'il faut faire pour prendre soin de votre santé, mais voici quelques lignes directrices :

- **Alimentation.** Mangez équilibré, beaucoup de fruits et de légumes, des fibres, des céréales complètes. Attention aux viandes grasses.

- **Exercice.** À vous de définir votre rythme, l'essentiel étant d'en faire régulièrement. Plus souvent vous en ferez, mieux vous vous porterez. Trouvez quelque chose qui vous convienne et qui vous fasse plaisir. Quinze petites minutes de marche quotidiennes vous aideront déjà à éliminer la graisse superflue.
- **Méditation et yoga.** La relaxation nous aide à prévenir la maladie. La méditation et le yoga permettent de se relaxer et de doper notre système immunitaire. Moi qui joue au golf, je peux témoigner que le yoga m'a rendue plus souple et plus habile. Si le yoga ou la méditation ne sont pas votre tasse de thé, tournez-vous vers d'autres techniques de relaxation.
- **Sommeil.** On dit généralement qu'il faut dormir huit heures. Mais il est parfois difficile de les trouver… Éteignez donc cette télévision et évitez le café après 15 heures.
- **Alcool, etc.** Il est vrai qu'un verre de vin ou une bière font du bien après une journée difficile, mais l'abus d'alcool peut vous déprimer, troubler votre sommeil et vous poser des problèmes dans votre vie sociale.

127. Encouragez votre partenaire à prendre soin de sa santé

Il est de votre devoir de prendre soin de vous, pour ceux que vous aimez. Ne voulez-vous pas également que votre partenaire prenne soin de lui (d'elle) ? Votre couple dépend de votre bonne santé à tous deux. Point. Dites à votre partenaire que vous voulez qu'il (elle) soit en bonne santé. Ça ne veut pas dire qu'il faut l'obliger à faire un régime, l'inscrire de force dans une salle de sports, ou le (la) harceler jusqu'à ce qu'il (elle) fasse un check-up ! Dites-lui plutôt que c'est important pour vous qu'il (elle) prenne soin de lui (d'elle). Comme l'a dit une femme à un homme qu'elle venait de rencontrer : « J'ai attendu longtemps avant de te trouver, alors pas question que tu ne prennes pas soin de toi. Tu es trop important pour moi pour que je te laisse te négliger. »

128. Soignez votre apparence

Que veut dire un homme quand il dit : « Elle fait attention à elle » ? Généralement, il fait référence à son apparence soignée. Mais ce conseil s'adresse autant aux hommes qu'aux femmes.

- Vos cheveux doivent être bien coiffés.
- Portez des vêtements et des chaussures propres, bien entretenus. Messieurs, si vous saviez combien de femmes regardent vos chaussures !
- Enlevez les poils rebelles de votre nez ou de vos oreilles.
- Entretenez bien vos ongles – vous savez où ils vont se retrouver ! C'est aussi important pour les hommes que pour les femmes : si jamais vous voyez des mains aux ongles sales, cassés ou rongés, vous n'aurez sans doute pas envie de les imaginer sur votre corps.
- Lavez-vous les dents tous les jours, et allez régulièrement chez le dentiste. Si vous partez en voyage, n'oubliez pas d'emporter votre brosse à dents !
- Lavez-vous la bouche : la mauvaise haleine est généralement le résultat de l'action de bactéries, qui se trouvent naturellement dans la bouche, sur des particules de nourriture. Pour limiter ce phénomène,

brossez-vous la langue et le palais. Maman avait raison : il faut se brosser les dents après chaque repas ! Quand vous avez l'occasion de manger du persil, mâchez-le bien : sa chlorophylle naturelle rafraîchit l'haleine.

- Mesdames, si vous vous épilez le pubis, ne laissez pas les poils repousser : des poils de quelques jours peuvent être douloureux pour le pénis – comme une barbe de quelques jours n'est pas agréable pour votre peau ! Il est préférable d'utiliser de la cire : les poils qui repoussent sont plus fins et plus doux.
- Mesdames, pour votre toilette intime, utilisez de l'eau et un savon très doux. Vous éviterez les irritations.
- Lavez soigneusement vos parties génitales. Les glandes de l'aine sont comparables à celles des aisselles, elles sécrètent une sueur plus épaisse qui, avec l'action des bactéries de la peau, crée notre « odeur naturelle ». Cette odeur peut vite devenir très désagréable si cette zone du corps n'est pas propre.
- Mesdames, la plupart des hommes préfèrent votre parfum naturel à une pseudo-odeur de fleurs printanières. C'est aussi valable pour les cheveux : pas de shampoing trop parfumé !

129. Prenez soin de votre équilibre mental et affectif

Reconnaissons-le, nous avons tous nos problèmes, des histoires familiales à porter. Nous avons tous notre lot de déceptions et de douleurs. Mais il est de notre responsabilité de les assumer et, au lieu d'essayer à tout prix de régler les problèmes (certains n'ont pas de solution !), d'être attentifs à leur impact dans notre vie. Quand on connaît ses problèmes, il est plus facile de les gérer, et parfois ils nous paraissent moins lourds. Voici quelques conseils pour conserver un bon équilibre émotionnel :

- tenez un journal ;
- lisez des livres sur le développement personnel, allez à des séminaires sur le sujet ;
- faites votre auto-analyse à travers la méditation ;
- ayez un ami solide, bien dans sa peau, sur lequel vous pouvez prendre exemple ;
- si certains problèmes sont vraiment envahissants, pourquoi ne pas consulter un thérapeute ?

Si on ne se sent pas en harmonie avec soi-même, si on se sent « off » sur le plan émotionnel, il y a des risques qu'on se sente « off » sur le plan sexuel aussi. Vous devez avoir conscience du lien étroit entre équilibre affectif et bien-être sexuel : tâchez d'être en phase avec vos émotions.

130. N'oubliez pas d'exprimer tout le bien que vous pensez de votre partenaire

Savez-vous qu'on a généralement tendance à garder pour soi tout le bien qu'on pense de son partenaire ? Pour un tas de raisons, on retient nos compliments au lieu de les exprimer. Ma sœur jumelle, Dede, m'a raconté une anecdote édifiante à ce sujet. Un soir, après un dîner, son mari, Craig, lui a dit : « Carol est vraiment une femme merveilleuse ; elle a du cran. Elle dit toujours ce qu'elle pense. » Ma sœur lui a demandé : « Pourquoi la trouves-tu tellement à part ? » Craig a alors répondu : « Parce qu'elle te ressemble beaucoup. » Ma sœur est tombée des nues et a sommé son mari de s'expliquer : « Carol a cette qualité que j'ai toujours adorée chez toi. Mais toi, tu l'as au centuple. » La prochaine fois que vous vous direz que votre partenaire a telle ou telle qualité, dites-le-lui ! Ne restez pas silencieux. Ce que vous pensez n'a aucun sens tant que vous ne l'avez pas exprimé à la personne concernée.

131. Messieurs, faites toujours ce que vous avez promis de faire

Ce conseil est peut-être le plus important de tous ! Messieurs, sachez que les mots ne valent rien s'ils ne sont pas suivis d'actions ! Que cette action soit un coup de téléphone à passer ou une barbe de trois jours à raser, il faut toujours mettre en pratique ce que l'on a promis de faire. Si vous dites que vous rentrez « tôt », n'arrivez pas à 20 heures, une fois les enfants couchés. Si vous avez promis d'emmener les enfants au zoo, allez-y – pas seulement pour leur faire plaisir, mais pour faire plaisir à votre femme : ce sera peut-être le seul moment de la semaine où elle aura du temps pour elle. Pour les femmes, un homme qui ne fait pas ce qu'il dit part avec un gros handicap ! Cet homme-là se retrouve souvent K.O. au premier round… Comme un homme l'a brillamment résumé : « Les hommes n'arrivent jamais à se souvenir de ce qu'ils ont dit, et les femmes n'arrivent jamais à oublier un seul mot de ce qu'ils ont dit. »

132. Cherchez toujours le contact physique

Ce n'est pas un hasard si l'on prend régulièrement dans les bras les bébés prématurés qui sont en couveuse. Nous avons besoin d'un contact physique avec les autres, cela nous fait du bien et nous rassure. Dans votre recherche d'épanouissement sexuel, maintenez ce contact avec votre partenaire : assis l'un près de l'autre dans un canapé, quand vous marchez ensemble, en voiture… Il ne s'agit pas là d'effusions en public, mais de vous connecter l'un à l'autre.

133. Mesdames, investissez l'espace physique de votre partenaire

Je me rends compte que ce conseil va un peu de soi, mais beaucoup d'hommes m'ont dit à quel point cette attitude était importante. D'abord, d'un point de vue culturel, ce sont les femmes qui sont censées contrôler l'accès à la sexualité : elles ont l'habitude d'accueillir l'autre dans leur espace intime ; en d'autres termes, elles ont l'habitude que l'homme fasse le premier pas. Quand c'est vous qui investissez son espace physique intime, et que vous l'étreignez, le message que vous émettez est très fort. C'est un message dont, en tant que femme, vous n'avez pas nécessairement conscience : je veux ton corps, j'aime sentir ton corps, je suis bien près de toi. Mesdames, c'est une méthode classique pour dire à un homme que vous avez envie de lui. Samantha m'a confié ce que son copain lui avait dit la première fois qu'ils sont sortis ensemble : « S'il te plaît, serre-moi, serre-moi fort. J'ai rêvé que tu me serrais dans tes bras. » Cette phrase lui est restée. Quand elle s'est réveillée la première fois auprès de lui, il était endormi, sur le côté, le dos tourné. Au lieu de se lever, elle s'est blottie contre lui et l'a pris dans ses bras. À son soupir, elle a su qu'elle avait bien fait. Au début, elle n'a pas forcément compris, mais je lui ai expliqué qu'il était important pour un homme qu'une femme vienne dans son espace, dans son corps.

Ce que je veux vous expliquer ici, c'est comment allumer le feu du désir en lui disant de manière très physique que vous êtes ouverte à lui. À chaque fois que vous en avez l'occasion, approchez-vous de lui, prenez-le dans vos bras, serrez-le contre vous. De cette manière, vous rentrez dans son espace privé – ce que vous pouvez faire aussi en public, montrant ainsi aux autres que vous le désirez. Les hommes adorent que les autres sachent qu'une femme les désire !

134. Pour commencer la journée : un câlin

Voilà un conseil simple et direct. Tout comme je vous ai suggéré de vous embrasser ou de vous tenir la main avant de vous endormir, faites-vous un câlin au réveil. Un geste aussi simple a le merveilleux pouvoir de vous donner de l'assurance dès le début de la journée : tout va bien ! Vous vous montrez tout simplement que vous comptez l'un pour l'autre.

135. Ne cherchez pas les problèmes

Avez-vous déjà rencontré ces personnes qui ont toujours l'air de vivre un drame personnel ? Leur vie est guidée par leurs mésaventures... Au lieu de jouer au gendarme dans votre couple, de chercher ce qui ne va pas et pourquoi, changez de point de vue : concentrez-vous sur ce qui marche.

136. Achetez-vous des vêtements que vous serez les seuls à voir

Je parle bien sûr des sous-vêtements – mais si un tee-shirt sexy ou une ceinture en cuir noir aiguisent vos appétits, je n'y vois pas d'inconvénient. Comme toujours, c'est vous qui savez ce qui vous plaît. L'idée ici, c'est d'apprendre à vous donner des signes de reconnaissance qui veulent dire : « Et si on faisait l'amour ce soir ? » S'il voit que vous portez votre foulard rouge, qu'il sache ce qui l'attend. Si elle voit que vous portez le sweat qu'elle vous a offert à Noël, qu'elle sache que vous avez envie de la prendre tout de suite, sous un arbre ou sur le canapé. C'est aussi en se passant ce genre de messages secrets que l'on initie les préliminaires.

137. Accordez-lui un temps de pause après une journée de travail

Ce conseil peut paraître banal, et il l'est, d'une certaine manière, car il touche à un rituel du quotidien qui n'a rien à voir avec le sexe. Quoique… Quand vous rentrez à la maison après une journée de travail, la seule chose dont vous ayez envie, c'est de vous reposer. Même si vous adorez votre partenaire et vos enfants, même si vous avez envie de savoir ce qui s'est passé à l'école, ce temps de transition est essentiel. Souvenez-vous de ces scènes des films des années 50 : le mari arrive à la maison, sa gentille épouse l'attend, chaussons et cocktail à la main… Bon, je ne vous conseille pas d'aller jusque-là. Et je ne sais que trop bien qu'il n'est pas le seul à rentrer fatigué de sa journée de travail ! Pourtant, dans ce scénario, il y a quelque chose qu'on néglige trop souvent : la détente et quelques minutes l'un avec l'autre. Un verre de vin ou une bière ne sont pas nécessaires (bien que, parfois, ce soit bien agréable), mais il faut que vous ayez envie de vous accorder ce moment de relaxation. Cela ne prend pas plus de cinq minutes. Ensemble, trouvez une façon de marquer la fin d'une journée de travail et le début de votre soirée à la maison.

138. Ne comptez pas les points !

Si on se braque sur ce en quoi l'autre nous a énervé ou déçu, on maintient une énergie négative dans le couple. Cette énergie négative va s'auto-alimenter et se répandre dans tous les compartiments de la relation. Par exemple, vous vous dites : « Ce n'est pas vrai, il a encore oublié de passer au pressing ! » et bientôt : « Il ne tient jamais ses promesses. On ne peut pas compter sur lui. Je ne peux pas compter sur lui. Cette relation n'a aucun sens. » J'exagère à peine ! Une pensée négative a le don de se reproduire à l'infini, comme un virus. À l'inverse, si vous adoptez une attitude bienveillante, ouverte, tout en exprimant les reproches que vous avez à formuler (il ne s'agit pas d'entretenir une colère sourde), vous faites d'une pierre deux coups : vous vous libérez et vous donnez à votre partenaire l'occasion de vous répondre avant que votre ressentiment ne s'installe.

139. Appréciez les petits plaisirs de la vie

Tous les jours, de multiples occasions de petits plaisirs s'offrent à nous. Ce sont autant de « feux verts », comme je dis, pour un épanouissement sexuel. Il est important de remarquer ces moments et de les apprécier : l'odeur des roses que vous avez plantées l'année dernière ; la fierté que vous ressentez quand les autres femmes regardent votre homme à la sortie d'un restaurant ; le bonheur d'entendre gazouiller les oiseaux dans votre jardin, après une journée de travail harassante… Le plaisir que vous prenez dans les plus petites choses – seul(e) ou ensemble – nourrit votre relation.

Les jeux amoureux des Grands Amants

Les Grands Amants maîtrisent tous un certain savoir-faire – avec leur langue, leurs mains ou des parties plus intimes. Comme ils sont concentrés sur un double plaisir, le leur et celui de leur partenaire, ils ne veulent ignorer aucune voie vers la volupté. Ce chapitre vous fera découvrir les meilleures techniques pour ravir votre partenaire. Vous allez apprendre à mieux profiter des préliminaires, apprivoiser les pratiques sexuelles orales, manuelles et anales. J'ai même inclus dans ce chapitre quelques suggestions pour une sexualité plus spirituelle. Tous ces conseils et techniques me viennent de mes nombreux clients, et ont été testés par mon équipe de recherche. Je sais qu'ils marchent, mais ça ne veut pas dire qu'ils marchent pour vous. Essayez ceux qui vous inspirent ou retiennent votre intérêt et souvenez-vous : soyez ouvert. Vous ne savez peut-être pas quels fantasmes nourrit votre partenaire, ni le déchaînement sexuel que vous pourriez causer en mettant par hasard le doigt sur l'un d'eux…

140. Mesdames, soyez conscientes de ce qui l'excite

La connaissance, c'est le pouvoir. Et quand il s'agit de faire naître le désir, un minimum de connaissances peut vous emmener très loin. Ne tournons pas autour du pot : si vous savez qu'il va craquer quand vous lui lâcherez, l'air de rien, au dîner, que vous avez mis votre string en soie rose en pensant à lui, pourquoi vous en priver ? Si vous savez qu'il devient fou quand vous lui parlez de ce que vous aimeriez lui faire un peu plus tard dans la soirée, pourquoi ne pas l'allumer un peu ? Le fait de savoir ce qui excite votre partenaire est très utile pour entretenir le désir dans votre couple. J'encourage vivement à apprendre à utiliser ces petits déclencheurs. Ils ne sont pas forcément visuels – certains vêtements ou… leur absence. Un simple mot, une simple phrase peuvent avoir ce pouvoir.

Pour Zoé et Richard, ce sont les cheveux. Zoé a une belle chevelure rousse, ample, qu'elle coiffe généralement bien sagement. Mais Richard préfère quand elle a les cheveux défaits – ça le renverse totalement, même si Zoé trouve qu'elle a l'air d'une sauvage ! « J'adore voir ses cheveux comme ça, explique Richard, mais elle préfère les coiffer autrement. Alors quand elle ne s'attache pas les cheveux, je sais que c'est un signal qu'elle m'envoie : ce soir, c'est le bon soir ! » (Consciente du pouvoir de sa chevelure sur la libido de son amant, Zoé souriait en écoutant Richard.)

141. « Chérie, j'ai très envie d'une part de pizza, ce soir »

Au fil des années, j'ai appris que les Grands Amants parviennent à échanger des messages très intimes en public. Ce « langage secret » est propre à chaque couple, mais toujours très amusant et très important pour eux. Quand Timothy veut faire part à sa petite amie d'une fringale pour une certaine partie chaude et humide de son anatomie, il formule cette envie toute simple : « J'ai très envie d'une part de pizza, ce soir. » Bien sûr, elle sait très bien ce qu'il en est. Elle lui dira à son tour qu'elle rêve d'un certain dessert. Il saura ainsi qu'elle veut lui faire une fellation, et avaler.

142. Messieurs, soyez conscients de ce qui l'excite

Je n'aime pas les généralisations, mais elles sont parfois nécessaires et utiles. Dans le cas présent, messieurs, je veux que vous reteniez que ce n'est pas tant le mouvement que vous allez faire, mais bien votre façon de la détendre qui va faire naître le désir d'une femme. Alors, comment vous y prendre ? Eh bien, ça dépend de votre partenaire : qu'est-ce qui a le pouvoir de l'apaiser et de la rendre physiquement disponible au sexe ? Est-ce qu'elle aime un bon bain chaud ? Des tas de câlins ? Un dîner en amoureux où vous faites très attention à elle ? Si vous n'avez pas la réponse à cette question, il faut que vous la cherchiez ! Voici ce que vous allez faire :

Étape 1 : Posez-lui la question. Elle a peut-être la réponse sur le bout de la langue… ou de la vôtre.

Étape 2 : Voyez comment elle réagit aux options suivantes :

- préparez-lui un bon bain ;
- occupez-vous des enfants pendant une heure et demie, et dites-lui de prendre ce temps pour elle ;
- allumez quelques bougies dans la chambre, la salle de bains ou le salon ;
- proposez-lui un verre de vin, ou de sa boisson préférée ;
- proposez-lui de lui faire un massage ;
- combinez plusieurs de ces propositions.

Étape 3 : Si elle ne réagit toujours pas, continuez votre enquête de terrain et multipliez les suggestions.

Une fois qu'une femme est détendue, il n'est plus difficile d'éveiller son désir :

- faites durer les préliminaires (voir les nos 152 à 161 pour plus de détails) ;
- touchez-la sur tout le corps, sauf les zones sexuelles ;
- donnez-lui des sensations du bout de la langue.

143. Messieurs, soyez conscients de ce qui la refroidit

Il est tout aussi important de savoir ce qui peut glacer votre partenaire. Pourquoi ? Parce que vous n'avez aucun intérêt à le faire, bien sûr ! Je sais que ce conseil semble relever du simple bon sens, mais beaucoup d'hommes me disent qu'ils continuent de faire des choses qu'ils savent pourtant désagréables pour leur partenaire (comme leur pincer les tétons). Peut-être n'en sont-ils pas totalement persuadés, ou peut-être sont-ils influencés et se disent-ils que cela « doit » marcher. Quoi qu'il en soit, messieurs, si vous voulez être un bon amant, il n'y a pas de place pour de telles pratiques.

Vous devez découvrir ce que votre partenaire n'aime pas afin de ne pas le lui imposer. L'ex-petit ami de Sabine avait la mauvaise habitude de toujours porter un sweat-shirt quand ils sortaient. Pourquoi était-ce embêtant ? Parce que Sabine lui avait dit et redit qu'elle le trouvait beaucoup plus sexy avec une chemise légèrement déboutonnée. Pourquoi Sam a-t-il continué de porter ses sweat-shirts qui avaient le don d'agacer Sabine ? Nul ne le sait… Pour Sabine, en tout cas, le message était clair : « Sam était vraiment bouché ! Il savait pourtant qu'en mettant une chemise sexy, j'aurais eu certainement plus envie de faire l'amour avec lui ! » Ce que vous savez, vous devez l'utiliser positivement dans votre couple, pas à contresens !

Jeff et Michelle, eux, sont parvenus à un compromis. Jeff tenait beaucoup à ses « soirées whisky » entre copains. Mais Michelle détestait son haleine quand il rentrait. Elle lui demandait même parfois d'aller dormir sur le canapé… Jeff n'avait aucune envie de renoncer à ces soirées, mais il ne voulait pas non plus crisper Michelle ; alors il a trouvé un entre-deux : au lieu de boire du whisky, il s'est mis à la vodka – qui laisse une meilleure haleine. Commentaire de Michelle : « Il sent un peu le médicament, mais c'est bien moins horrible que le whisky ! »

Plus vous savez ce qui gouverne le désir de votre partenaire, plus votre sexualité sera épanouie. La connaissance, ici, est un aphrodisiaque.

144. Messieurs, soyez connectés !

Qu'y a-t-il de plus excitant pour une femme ? Après des années et des années passées à les écouter, la réponse est : le sentiment de connexion. Messieurs, la prochaine fois que vous avez vraiment envie de coucher avec elle, faites tout pour qu'elle se sente connectée à vous. Parfois, il suffit d'un certain regard. Un couple m'a confié que, chaque matin, sur le pas de la porte, en guise d'au revoir il lui caresse les lèvres du dos de la main. Même si vous vivez à cent à l'heure, vous devez toujours trouver le temps de prendre un appel de votre partenaire ; de lui répondre avec cette voix que lui ou elle seuls connaissent.

145. Messieurs, aimez son corps

Maintenant qu'elle se sent connectée à vous, deuxième point très important : montrez-lui que vous aimez son corps. Commencez par le lui dire. Les femmes adorent qu'on leur parle. Si un homme lui dit qu'il adore son corps – telle ou telle partie de son anatomie –, sa libido s'emballe instantanément ! Une fois que vous avez capté son attention, commencez à lui montrer ce que son corps vous inspire. Caressez-en toute l'étendue, tout en essayant de saisir son regard.

146. Les photos disent la vérité

Il y a quelques années, j'ai lu un article d'un thérapeute sur ce que révèlent les photos de couples. Si deux personnes sont à l'aise l'une avec l'autre, cela se voit sur une photo, à la manière dont les corps se touchent ou s'harmonisent, comme une confirmation tacite de leur lien. C'est très intéressant de regarder les photos de couples – célèbres ou non – dans les magazines. Elles apportent toujours la preuve qu'il y a quelque chose de particulier entre eux.

147. Messieurs, restez connectés toute la journée

Il s'agit ici de poser les bases. Je vous ai dit que, pour une femme, le sentiment d'être connectée à un homme était la meilleure manière de réveiller son désir. Mais ce sentiment n'est pas comme un robinet qu'on ouvre et qu'on ferme quand on en a envie. Il nécessite au contraire une attention constante, une *intention* constante de montrer à l'autre le lien qui vous unit. Voici quelques conseils simples :

- appelez-la à son travail ou à la maison et demandez-lui de vous rejoindre au parc pour une balade à l'heure du déjeuner ;
- le matin, alors qu'elle prend une douche, préparez-lui un café ;
- envoyez-lui souvent des mails amusants, complices, que vous serez seuls à comprendre ;
- offrez-lui des fleurs, sans raison particulière.

L'important, ici, c'est de lui faire comprendre que vous pensez à elle tout au long de la journée. Ainsi, elle aura davantage confiance dans le lien qui vous unit, et son désir de partage physique n'en sera que plus grand.

148. Mesdames, soyez conscientes de ce qui le refroidit

Je me risquerai à dire que, d'après mes nombreuses discussions, il y a deux choses qui ont le don de refroidir les hommes : les femmes qui se négligent et les femmes en colère. Les hommes, comme les femmes, ont leurs petits travers... Mais je pense que vous risquez assez peu de refroidir un homme (les femmes sont plus difficiles à satisfaire) si vous vous rapprochez de lui dans un état d'esprit qui ne laisse aucun doute sur vos intentions physiques.

149. Quels sont vos trois points sensibles ?

Régulièrement, dites-vous quels sont les trois endroits de votre corps que vous aimez qu'il (elle) dorlote. Aimez-vous qu'on vous caresse le bras de bas en haut ? Qu'on vous effleure doucement la nuque ? Qu'on vous lèche l'intérieur des jambes ? Dites-le-lui. Dites-le-vous. Le simple fait de le dire aiguisera votre sensibilité, et les caresses répétées auront d'autant plus d'impact. Certains couples n'hésitent pas à signaler par des pansements leurs zones vulnérables. Et n'oubliez pas : nos points sensibles changent, comme le temps. C'est pour cela qu'il faut toujours se parler.

150. Fiche d'appréciation

Les fans de cinéma comprendront peut-être plus vite ce que je veux dire : il vous est peut-être déjà arrivé, après un film, de noter vos réactions à tel ou tel aspect du film ? Il s'agit de faire la même chose ici, mais à propos de votre sexualité. Commencez par un exercice de 5 ou 10 minutes, où vous consignez sur le papier tout ce qui vous excite ou vous bloque sur le plan sexuel. Ensuite, échangez vos réponses – vous pourriez être surpris ou amusés. Qu'est-ce qui, chez l'autre, éveille votre désir ? Dites-le-vous ! Est-ce sa peau encore humide quand il (elle) sort de la douche ? Le jet d'eau de la douche sur votre corps ? Une caresse sur la nuque quand vous conduisez ? Certains jeux amoureux pendant les préliminaires ? Je vous le répète, plus vous en saurez l'un sur l'autre, plus vous vous donnerez du plaisir.

151. Un petit jeu de contact

Dites à votre partenaire quelles parties de son corps réveillent votre désir. Pour ce petit jeu, vous devez non seulement le lui dire, mais toucher les zones en question. À quoi êtes-vous sensible chez *lui* : les poils sur ses bras ? La courbe de ses cils ? Ses poignets qui sortent de la manche de sa chemise ? Mesdames, montrez-lui. Touchez-le. À quoi êtes-vous sensible chez *elle* : le petit creux au bas de son dos ? Son visage en plein soleil ? Sa manière de poser la tête sur sa main le matin, quand elle mange ses céréales ?

152. Faites durer le plaisir des préliminaires

Comme vous le savez, 90 % des préliminaires ont lieu hors de la chambre. Vous savez aussi probablement qu'avec le temps les couples ont tendance à aller « droit au but ». Mais si vous vous souvenez bien, au début de votre histoire, l'essentiel de cette voluptueuse ardeur qui vous animait venait de tout ce qui se passait *avant* l'acte sexuel en lui-même. Quand on commence une relation, on prend son temps pour les préliminaires parce qu'on n'est pas sûr de ce qui va suivre. Alors, naturellement, on tient à s'assurer que le désir de son partenaire est bien éveillé avant de se lancer vraiment. Les neuf prochains conseils vous donnent des idées pour aiguiser l'appétit sexuel de votre partenaire. Souvenez-vous que plus les préliminaires durent, plus ce qui suit sera intense.

153. Un indice qui ne trompe pas – pour lui

Laissez un vêtement dans un endroit spécifique, le but étant que votre partenaire le trouve. Vous connaissez les goûts de votre mari ou de votre petit ami, alors faites votre choix en fonction de cela, et choisissez bien l'endroit. D'abord, il doit comprendre le message en une nanoseconde : vous avez envie de faire l'amour avec lui. Ensuite, choisissez un endroit qui soit dans sa ligne de mire (de préférence quand il rentre à la maison, dans la chambre ou dans son dressing) et que les enfants ne verront pas. Si vous optez pour un sous-vêtement : vous savez sans doute que certains hommes préfèrent la dentelle ; d'autres, la lingerie de soie noire ; d'autres encore, le cuir – ou même le caoutchouc ; d'autres enfin, le coton, tout simplement.

154. Feu rouge, feu vert – pour elle

Messieurs, les femmes aiment se sentir détendues. On vous l'a déjà dit ? On ne pourra jamais assez vous le répéter : si une femme n'est pas assez détendue, elle ne se laissera pas complètement aller à la volupté. Vous qui connaissez bien votre partenaire, envoyez-lui un signal qui aura à la fois le pouvoir de l'apaiser et de lui faire savoir que vous voulez faire l'amour avec elle ce soir. Voici quelques suggestions :

- Laissez-lui un petit mot sur le réfrigérateur, l'invitant à l'ouvrir. Que va-t-elle y trouver ? Deux verres de Martini – un signal.
- Une fois que les enfants sont au lit, préparez un feu et deux tasses de thé, ou deux verres de vin. Choisissez une boisson dont vous savez qu'elle lui réchauffera le cœur, et les sens.
- Sous son oreiller, disposez son accessoire érotique favori. Quand elle ira se coucher, elle saura ce que vous avez derrière la tête…
- Pour une fois, allumez la télévision dans la chambre : mais pour regarder un film érotique.

Assurez-vous tout de même que cela ne va pas produire l'effet inverse de celui que vous attendez.

155. Le tiroir à chaussettes – pour lui

Je me souviens aujourd'hui encore de l'odeur qui émanait du tiroir où mon père rangeait ses tee-shirts : une odeur à la fois propre, fraîche et virile. C'était son endroit à lui, mais ça ne m'empêchait pas d'aller souvent rôder dans les parages… La plupart des hommes ont une prédilection pour leur tiroir à chaussettes ; et comme vous pouvez être sûre qu'il l'ouvre tous les matins, ce petit stratagème ne peut pas échouer ! Déposez-y un mot qui décrit ce que vous aimeriez lui faire le soir même ou le week-end suivant. Vous savez ce qui lui fait tourner la tête : alors si vous le traduisez en mots suffisamment explicites, qu'il trouvera un matin en s'habillant, pensez-vous qu'il pourra avoir la tête à autre chose pendant le reste de la journée ? J'en doute. Il ne regardera jamais plus son tiroir à chaussettes de la même façon.

156. Un appel qui en dit long – pour elle

Messieurs, appelez-la et dites-lui comment vous voulez la faire jouir ce soir. Qu'elle travaille à la maison ou au bureau, vous ne pouvez qu'attiser son désir en lui disant : « Je te veux, j'ai besoin de toi. » Même si elle est en train de vérifier des tableaux de chiffres, son corps enregistrera le message, et elle commencera lentement à se consumer. Voici quelques phrases qui ont fait leurs preuves auprès de mon équipe de recherche :

- « Chérie, où as-tu mis le… ? J'aimerais en recouvrir ton… ce soir. »

- « Je n'arrive pas à m'enlever de la tête ton image en train de… et je t'imagine en train de me… sur le balcon. »
- « J'ai envie de te prendre sur la table de la cuisine. »

Mais souvenez-vous : il faut qu'elle soit détendue. Sinon, après de telles déclarations, vous pourriez vous prendre un « Va te faire voir ! » en guise de réponse.

157. Leçon d'anatomie – pour elle

Messieurs, donnez un nom à la partie de son anatomie que vous préférez, puis laissez un message sur le répondeur (à la maison ou sur le mobile) à l'attention de cette « personne ». Quand elle entendra par exemple « Bonjour, j'essaye de joindre Gina », elle sera la seule à savoir de quoi vous voulez parler, et vous pouvez être sûrs qu'elle comprendra le « message ».

158. Jouez au mannequin – pour elle ou lui

Pendant que vous vous habillez, le matin, demandez à votre partenaire d'enfiler un vêtement que vous aurez envie de lui enlever un peu plus tard. Ce boxer sexy ? Son soutien-gorge noir ? Son porte-jarretelles ? Ça peut aussi être un vêtement beaucoup plus sage, comme un tee-shirt en coton blanc ou le foulard que vous lui avez offert pour son anniversaire. Cette technique marche à un niveau subliminal : toute la journée, votre partenaire va vous imaginer en train de le (la) déshabiller le soir même, en commençant par le vêtement en question.

159. Au spectacle

Restez dans l'entrée, regardez votre partenaire en train de se déshabiller et faites-lui savoir que cela vous fait plaisir. De quelle manière ? Vous avez deux possibilités très simples :

- dites-le-lui : avec des mots ;
- montrez-le-lui : avec des gestes, en vous touchant.

160. Dansez ensemble

Avez-vous déjà vu des couples danser ensemble, joue contre joue, jambes contre jambes, dans une harmonie de mouvement et les yeux dans les yeux ? La danse est un merveilleux préliminaire. Je pense à des danses comme le tango, la valse, la rumba ou le fox-trot – elles demandent toutes de l'adresse et du tempérament. Elles rapprochent les amants dans un échange physique qui n'est pas si éloigné de l'acte sexuel. Si vous ne connaissez pas ces danses, prenez des cours, ou dansez simplement tous les deux enlacés dans votre salon, sur une musique sexy. Musique, contact des corps, désir latent : voilà une belle entrée en matière sexuelle !

161. Draguez-vous en soirée et partez tôt

Voici le scénario : vous êtes tous les deux chez un ami qui organise une soirée. Chacun de votre côté, vous vous mêlez aux convives. Puis vos regards se croisent, d'un bout à l'autre de la pièce, comme si vous veniez de vous rencontrer. Faites durer ces regards. L'autre doit comprendre que vous pensez à lui – vous pouvez peut-être faire un signe que vous serez seuls à comprendre. Alors que vous parlez à quelqu'un d'autre, souriez et laissez vos yeux parcourir le corps de votre partenaire, de bas en haut. Quand vous passez à sa hauteur, effleurez sa nuque ou ses fesses. Finalement, quand vous sentez le moment venu, allez le voir et glissez-lui à l'oreille : « Je crois qu'il faut qu'on y aille, maintenant. » Le retour à la maison sera sans aucun doute inoubliable.

162. Quand quelque chose vous plaît, dites-le

Si vous aimez ses baisers dans le cou, si vous aimez comme elle lèche vos testicules quand elle vous fait une fellation, exprimez-le. Cela peut tenir en quelques mots – et, simplement grâce à cela, il vous en sera donné encore plus. Aaron s'en est rendu compte après qu'il eut dit à sa petite amie : « Ta langue me rend complètement fou. » C'est tout ce qu'elle avait besoin d'entendre : depuis, ses fellations l'envoient régulièrement au septième ciel.

163. Quand quelque chose ne vous plaît pas, dites-le

À l'inverse, si vous n'aimez pas certaines pratiques ou certains gestes, vous devez l'exprimer aussi. Il vous griffe le dos quand vous êtes à califourchon sur lui ? Elle vous serre trop quand elle vous fait une fellation ? Il vous fait mal quand il vous pénètre ? J'entends régulièrement des gens se plaindre à ces sujets pendant mes séminaires, et ce n'est pas difficile à corriger. Mais c'est à vous de lui dire que telle chose vous plaît moins que telle autre. Prenez soin toutefois de ne pas vexer votre partenaire. Ne critiquez pas la personne, mais l'action. Comme cela, vous avez ce que vous voulez, et votre partenaire se sent guidé(e) : il (elle) sera en mesure de vous entendre et pourra changer ses pratiques, sans mal prendre la critique.

164. À corps léger, rien d'impossible

Ne prenez pas ce conseil au pied de la lettre, mais voici ce qu'un homme m'a raconté : « J'aimais bien préparer un bon dîner en amoureux, avec au minimum trois plats et des bons vins. Mais, au moment d'aller nous coucher, on avait l'estomac trop lourd pour avoir envie de faire l'amour. » Vous pensez que vous allez faire l'amour juste après le dîner ? Mieux vaut vous contenter d'un repas frugal si vous voulez être au top.

165. L'inspiration sexuelle est partout

Comme me l'a dit une femme : « Si je veux créer le déclic, il ne me faut pas longtemps pour passer d'un état d'esprit "vertical" à un état d'esprit "horizontal"... Et pour ça, la nourriture marche plutôt pas mal dans mon cas. Vous avez déjà regardé des petits beignets au sucre dans une boulangerie, le matin ? Moi, ça me donne envie de les gober sur le corps de mon mari... » Un homme m'a confié que le fait de regarder les lèvres de la présentatrice du journal télévisé du matin lui donnait des envies de cunnilingus. Alors voici mon conseil : ouvrez grand vos yeux, vos oreilles, vos mains, vos narines et votre bouche pour ne manquer aucun stimulus qui pourrait devenir une source d'inspiration sexuelle.

166. Même si vous êtes à des kilomètres l'un de l'autre, préservez votre intimité

On dit que l'éloignement renforce les sentiments : il y a beaucoup à tirer de cet adage. Les exigences de la vie professionnelle font que beaucoup de couples sont amenés à être régulièrement séparés l'un de l'autre. Dans ces moments-là, vous devez trouver un moyen de rester en contact. « Malgré un décalage horaire de neuf heures, on se parle une à deux fois par jour, assure un homme. Bien sûr, ça demande de l'organisation, mais c'est un rendez-vous quotidien que nous désirons autant l'un que l'autre. » Cela vous permet de partager, de parler et de *planifier* : partager ce que vous avez vécu dans la journée ; parler de vous, de votre couple ; et prévoir vos retrouvailles. Ne vous contentez pas de vous demander ce que vous avez mangé à midi : tirez le meilleur de ce temps précieux, rendez votre lien palpable. Cette communication active renforcera votre intimité et vous donnera encore plus envie d'être ensemble. Profitez de chaque journée pour écrire à deux votre propre histoire.

167. Comment aime-t-il (elle) qu'on l'embrasse ?

Je ne compte plus le nombre de personnes qui m'ont dit qu'elles avaient su, en l'embrassant, que leur partenaire serait doué au lit. Je ne compte plus non plus le nombre de personnes que l'on n'embrasse pas comme elles le voudraient. À moins que vous ne disiez ce que vous aimez, vous ne pouvez pas attendre de votre partenaire qu'il (elle) le sache. Personne n'est devin, et tout le monde a besoin d'être guidé, par la voix ou par les gestes. Voici quelques pistes :

- **Étape 1 :** commencez par embrasser votre partenaire comme vous aimez qu'on vous embrasse (vous pouvez choisir n'importe quelle partie de son corps). Certains aiment les baisers doux, d'autres, les baisers plus fougueux.
- **Étape 2 :** arrêtez-vous à mi-chemin, quel que soit votre baiser, et dites à votre partenaire combien vous aimez l'embrasser. Vous pouvez dire, par exemple : « Chaque fois que je fais telle chose, je sens mon sexe qui durcit/qui s'ouvre » ou, plus simplement : « J'adore cette sensation ».
- **Étape 3 :** ensuite, dites : « Et si tu me montrais ce que ça fait quand j'embrasse ? »
- **Étape 4 :** après ce baiser, demandez-en encore : « Mmh, continue… »

Répétez les étapes 1 à 3 autant que nécessaire.

168. N'arrêtez jamais de vous embrasser

Ai-je besoin de commenter ce conseil ? Le baiser est la première et l'ultime connexion du couple. Si vous arrêtez de vous embrasser, vous arrêtez de vous connecter l'un à l'autre. Vous dressez un mur entre vous. Si vous vous embrassez encore passionnément, vous ne comprendrez sans doute pas – ou pas encore, du moins – que certains couples puissent ne plus s'embrasser. Souvent, les baisers sont très importants au début, puis la routine s'installant, on cesse de s'embrasser passionnément. Pourquoi ? Il y a comme un lien inconscient entre le fait d'embrasser et le fait de séduire : or, dans certains couples, au bout d'un moment, la séduction n'est plus jugée « utile ». On pense que tout est acquis. Ce n'est pourtant pas le cas et ce, quel que soit le chemin parcouru. Vous devez être conscients de la force d'un baiser : ce n'est pas seulement un des meilleurs préliminaires qui soient, c'est aussi un acte qui procure un immense plaisir. Voici quelques conseils :

- abordez l'acte sexuel comme un moment de séduction ;
- pour séduire, commencez par un baiser ;
- faites durer ce baiser : d'abord un baiser tendre, lèvres closes, puis un baiser plus érotique, à pleine bouche ;
- embrassez-vous de différentes manières : nez contre nez, comme les Esquimaux ; en suçant doucement la lèvre inférieure de votre partenaire ; en suçant délicatement sa langue ; et, bien sûr, n'oubliez pas le *French kiss* !
- embrassez-vous aussi en faisant l'amour ;
- embrassez-vous chaque matin avant de vous lever (ne serait-ce qu'un petit baiser de quelques secondes).

169. Mesdames, utilisez son corps pour votre plaisir sexuel

C'est ce qu'il désire. Je ne vous dis pas de le réduire au rang d'objet sexuel, mais d'utiliser son corps pour façonner votre propre plaisir. Vous ferez d'une pierre deux coups : non seulement vous allez flatter sa virilité la plus profonde, mais vous stimulerez ses sens de la manière la plus certaine qui soit en lui montrant votre excitation. Et tout cela grâce à un corps qui *vous* stimule ! Des tas d'hommes m'ont expliqué qu'ils disaient à leur partenaire des choses comme « Prends tout, ma chérie ! », « Je suis à toi ! », « Fais de moi ce que tu veux ! » Quand leur partenaire « utilise leur corps », les hommes trouvent « qu'il n'y a pas de stimulant plus puissant. Je bande rien que d'y penser ! ». Traduction : tout comme vous avez le pouvoir d'exciter les hommes en prenant l'initiative, vous avez aussi ce pouvoir en étant plus impliquée, plus absorbée par l'acte sexuel. Quand un homme offre son corps à une femme, il offre l'essence physique de sa virilité : ses érections. Utilisez-les pour votre plaisir, caressez votre clitoris avec le bout de son sexe – faites tout ce que vous voulez. Comme me l'a expliqué un jeune homme : « Avant que ma petite amie ne comprenne que je voulais qu'elle prenne son pied sur mon corps, elle se retenait. J'ai fini par le lui dire clairement, pas tant pour moi, mais pour qu'elle puisse se libérer. C'est comme si une porte s'était ouverte pour notre couple. Maintenant, on prend notre plaisir ensemble, plus séparément. Notre sexualité a atteint un tout autre niveau. » Quand vous commencez à explorer *son* corps dans l'optique de *votre* plaisir, faites-lui comprendre que son sexe est magique. Vous le toucherez alors au cœur de sa virilité.

170. Créez les opportunités

Ce conseil s'adresse tout particulièrement à ceux qui croient que les moments d'intimité tombent du ciel. Détrompez-vous : vous devez faire appel à votre imagination – que ce soit pour des scénarios que vous avez déjà vécus ou que vous aimeriez vivre. Oubliez vos barrières mentales et laissez votre esprit vous guider, créer les opportunités. L'intérêt d'être à la fois metteur en scène, producteur et acteur de votre film érotique est que cela vous donne une totale liberté. Vous savez maintenant que la plupart des « opportunités » sont en fait savamment orchestrées. Voici quelques suggestions :

- Préparez un panier de pique-nique dans lequel vous aurez caché vos accessoires préférés, sous le vin et le fromage.

- Confiez les enfants à leurs grands-parents ou à votre voisin, et préparez-vous un nid d'amour dans votre chambre : petite musique, lumière tamisée, bougies et, bien sûr, les écharpes en soie requises pour les jeux de bondage.
- Vous avez déjà imaginé faire l'amour en étant harnaché(e) ? Il existe un accessoire qui vous fera vivre une incroyable expérience sexuelle en apesanteur : le Bungee Sex. À la base, c'est un harnais de saut à l'élastique qui a été transformé, et que l'on accroche au plafond (il a obtenu le prix de la meilleure invention aux États-Unis, à l'Inpex, *Invention New Product Exposition*, en 1999).

171. L'art de transformer une soirée devant la télévision en soirée pas si sage

Étape 1 : installez-vous confortablement l'un contre l'autre, dans un canapé, un fauteuil, un sofa…

Étape 2 : choisissez une cassette ou un DVD qui vous plongeront dans l'atmosphère désirée. Par exemple, essayez *Shakespeare in love*, et attendez la scène d'amour. De manière plutôt surprenante, le choix d'un film d'horreur peut être judicieux : ça réveille les sens et les femmes ont tendance à se réfugier dans les bras de leur compagnon. À mon avis, c'est bien la preuve que les films d'horreur ont été inventés par les hommes.

Étape 3 : recouvrez-vous d'une étole ou d'une couverture pour ne pas prendre froid ; une fois que vous avez un peu chaud, enlevez un vêtement pour être « plus à l'aise ».

Étape 4 : continuez comme il se doit…

172. Prenez l'initiative

N'attendez pas de votre partenaire qu'il prenne les choses en main. Les hommes aiment les femmes qui prennent l'initiative au lit, tout comme les femmes aiment les hommes déterminés. Il faut être deux pour danser le tango. Quand c'est vous qui proposez, vous lui montrez que vous avez envie de faire l'amour avec lui. Vous lui montrez aussi que vous aimez faire l'amour. De nombreux hommes m'ont dit combien cela les excitait de voir leur femme, leur petite amie ou leur maîtresse faire le premier pas. Pourquoi ? Parce que cette démonstration de pouvoir est très séduisante à leurs yeux. Cela répond à un besoin inné qu'on s'occupe d'eux, avec en plus la satisfaction qu'on s'occupe d'eux *sexuellement*. Le simple fait que vous ayez envie d'eux a le pouvoir d'aiguiser leur désir.

173. Faites de chaque endroit un lieu propice à l'amour

Surtout, ne vous limitez pas à votre lit ou à votre chambre. Presque tous les hommes que j'ai rencontrés m'ont parlé d'une femme qui les avait surpris de ses audaces dans un lieu insolite. Et cette anecdote est bien souvent devenue leur meilleur souvenir. Les hommes adorent quand le sens de l'aventure se mêle à l'irrésistible pulsion sexuelle chez une femme ! Un homme s'est par exemple souvenu avec délice d'un soir, dans le parking d'une salle de spectacle, où sa femme lui a subitement fait une fellation alors que tous ceux qui allaient au concert passaient devant leur voiture. Un autre m'a parlé de sa petite amie qui s'était assise sur le bord de la table de la cuisine, jambes écartées, pour offrir son sexe à sa bouche. Il y a aussi ce couple qui nous a raconté, dans un séminaire :

« Quand les enfants sont à la maison, pas encore couchés, on adore faire l'amour dans la salle de bains, le robinet de douche ouvert. Ça ajoute un peu de stress, on a peur de se faire prendre, comme des adolescents ! » Alors ne négligez pas les entresols, les cages d'escaliers et autres balcons de chambres d'hôtel. Vous pouvez aussi essayer le dressing, s'il est assez spacieux… Encore une fois, c'est votre état d'esprit d'explorateurs qui est la clé.

174. Mesdames, plutôt que de vous précipiter sous la douche après l'amour, gardez un peu de sa force primale en vous

C'est le genre de conseils que j'aurais été incapable de vous prodiguer si les hommes ne m'en avaient pas parlé. Il y a quelque chose de très primal, pour un homme, à partager avec vous sa « semence », son fluide le plus viril. Et savoir que ce fluide demeure dans votre corps a le pouvoir de le connecter à vous comme peu de choses. Comme me l'a dit un homme : « Chaque fois que je passe une soirée avec elle – je sais que ce n'est pas très politiquement correct –, j'adore penser que le lendemain, alors qu'elle sera dehors au milieu d'inconnus, je serai toujours avec elle, puisqu'il y aura un peu de moi en elle ». Il y a aussi une autre bonne raison, purement physiologique, pour le garder au creux de vous : l'ocytocine, « l'hormone du lien », que l'on sécrète pendant les rapports sexuels et l'orgasme. C'est un peu comme un cadeau que Mère Nature fait aux couples. Certaines femmes se précipitent pourtant dans la salle de bains juste après l'amour – la plupart, influencées par la culture aseptisée ambiante, trouvent les fluides corporels répugnants. Ces fluides sont pourtant à la source de la vie – comment peuvent-ils être dégoûtants ? Si vous partez vous laver, non seulement vous brisez le charme du moment mais, implicitement, vous dites à votre partenaire que vous vous sentez sale. Si vous saviez combien d'hommes, dans mes séminaires, expriment à quel point ils se sentent bien quand leur femme laisse un peu d'eux en elle, vous y réfléchiriez à deux fois. Comme le disait un homme : « J'ai l'impression que nous ne sommes qu'un. » Alors, à moins que vous n'utilisiez un préservatif, permettez-lui de s'attarder en vous.

175. Messieurs, variez vos approches

D'après les femmes, un homme qui parvient à les surprendre sur le plan sexuel a un grand pouvoir de séduction. C'est particulièrement vrai quand vous essayez de la stimuler. Alors, messieurs, vous devez apprendre à varier vos approches. Moi qui joue au golf, je sais que vous passez votre temps à changer de club, à ajuster votre grip, à adapter vos coups : il faut faire la même chose au lit. Si vous savez qu'elle aime la jouissance que lui offre votre bouche, prenez le chemin de son sexe mais traînez un peu juste au-dessus de son écrin… L'idée n'est pas de la frustrer, mais d'étendre la sphère du plaisir. Même si vous savez que c'est X, Y ou Z qui lui plaisent, ajoutez A, B et C pour étoffer votre répertoire sexuel.

- Si elle aime que vous la fassiez jouir avec vos doigts, surprenez-la en enfilant des gaines, ces embouts de doigts en latex recouverts de picots, qui lui donneront de nouvelles sensations – à l'extérieur et à l'intérieur.
- Si elle s'attend à faire l'amour dans la position du missionnaire, demandez-lui de vous chevaucher pour que vous puissiez la regarder. Puis demandez-lui de se pencher vers vous et sucez délicatement ses tétons.

- Si vous savez qu'elle ne manque pas d'audace, osez attacher ses poignets à la tête de lit avec des rubans de soie ; puis faites-la jouir avec votre langue.

Messieurs, l'idée ici est de retenir son attention en la surprenant sexuellement.

176. Constituez votre bibliothèque érotique

Dans votre librairie habituelle (ou sur Internet), repérez les dernières sélections du rayon sexualité et choisissez-en quelques-unes. Ensuite, à la maison, installez-vous aux deux extrémités du lit ou du canapé, mais en gardant un minimum de contact physique (orteils entrecroisés, votre pied sur sa jambe, adossés l'un à l'autre...). Prenez deux stylos de couleurs différentes et soulignez les positions, techniques orales ou manuelles et accessoires que vous aimeriez tester. Puis échangez vos livres et recommencez. Planifiez ensuite des séances pendant lesquelles vous pourrez assouvir votre curiosité.

177. C'est la pagaïe ? Ce n'est pas grave !

Soyons sérieux : le sexe, c'est moite, chaud, humide et désordonné. Ce n'est pas supposé être propre et net. Au contraire, plus vous êtes échevelés et en sueur, plus c'est bon signe, généralement. Cela signifie que vous y étiez totalement. Alors laissez-vous aller : vous vous demandez dans quel état sont vos cuisses ? Ce n'est pas grave (il n'est pas en train de regarder, je vous promets !) ; les draps vont être sales ? Et alors, les machines à laver sont faites pour ça ; vous avez peur de casser quelque chose ? Allez-y, il va adorer ! Ce que je veux vous dire, c'est de vous donner à fond. Si le sexe vous donne des sensations, ce n'est pas parce que vous faites bonne figure, mais parce que vous êtes à 100 % à ce que vous faites.

178. Variez les façons de faire l'amour

Pensez à votre plat préféré. Maintenant, imaginez que vous le mangiez deux fois par jour, pendant un mois. Au bout de trente jours, vous supplierez qu'on vous serve autre chose ! C'est la même chose en amour : si les meilleures idées sont les meilleures, c'est précisément parce qu'elles apportent la diversité et le piquant qui manquent parfois. Les onze conseils suivants vous ouvrent quelques pistes.

179. Cache-cache sexe

Jouez à vous trouver dans le noir, à l'intérieur ou à l'extérieur : vous devez utiliser tous vos sens, surtout le toucher. Vous pouvez vous inspirer du scénario imaginé par un golfeur professionnel : le soir de son mariage, sa femme et lui, nus, ont joué à cache-cache sur le green ; il lui a fallu trois trous pour la trouver… Éteignez toutes les lumières, déshabillez-vous dans la même pièce, puis l'un de vous compte jusqu'à trente pendant que l'autre se cache. Un peu de musique sera utile pour couvrir les bruits ; et on ne regarde pas les détecteurs de mouvements !

180. Le silence est d'or

Ça peut être très excitant de devoir rester totalement silencieux en faisant l'amour, parce que l'environnement ne s'y prête pas ou parce que les murs ont des oreilles. Une femme m'a raconté une semaine de ski pendant laquelle son petit ami et elle partageaient un appartement avec un autre couple. Le fait de savoir que ces personnes étaient à quelques mètres d'eux les a rendus beaucoup plus sensibles à chaque geste, chaque mouvement. Ils ont aussi prêté une attention décuplée au moindre son émis par l'autre, pour leur plus grand bénéfice.

181. Colin-maillard

Avez-vous déjà fait l'amour les yeux bandés ? Vous pouvez vous bander les yeux tous les deux, ou seulement l'un de vous. Une écharpe, un bandana ou n'importe quel tissu doux fera l'affaire. Le fait de ne pas voir vous rendra d'autant plus réceptif à ce que vous fait votre partenaire.

182. Les plaisirs de l'habitude

On a tous un aliment sur lequel on se jette quand on a besoin de réconfort. C'est un peu la même chose ici : la plupart des gens ont une manière particulière de faire l'amour dans laquelle ils se sentent tout à fait à l'aise. Dans mes séminaires, les couples disent souvent que cette sexualité « confortable » est parmi les plus épanouissantes. Comme l'a expliqué une femme : « Raymond et moi avons à peu près tout essayé. Mais je peux vous assurer que rien ne nous plaît autant que notre manière classique de faire l'amour. On maîtrise cette danse horizontale, et comme les danseurs qui ont l'air de flotter au-dessus du sol, c'est là que l'on se connaît le mieux tous les deux. »

183. Faire l'amour pour faire un bébé

Même si votre but n'est pas de tomber enceinte (du moins pas tout de suite), si vous vous dites qu'à chaque fois que vous faites l'amour vous avez la possibilité de créer un nouvel être, vous y trouverez peut-être une excitation supplémentaire. Pour ceux qui veulent agrandir la famille, vous connaissez le proverbe : « C'est en forgeant qu'on devient forgeron. » Dans ce contexte, c'est plutôt plaisant ! Je me souviens d'une étude qui montrait que, pour certaines femmes, une des choses les plus érotiques était de savoir qu'en faisant l'amour, elles étaient susceptibles de tomber enceintes. Si vous en êtes au stade des tentatives, toutes ces positions y sont très favorables. Elles permettent une pénétration maximale, le bassin de la femme étant légèrement incliné pour que le sperme soit déposé le plus loin possible dans le vagin, près du canal cervical qui mène à l'utérus. Le sperme reste bien à l'intérieur du corps, et ces positions sont suffisamment confortables pour être maintenues quelques minutes après l'éjaculation, ce qui augmente les chances de fécondation. C'est dans la **position 1** que le bassin est le plus incliné ; dans la **position 2**, le corps de l'homme fait un léger angle : ainsi la femme ne se sentira pas étouffée quand ils prolongeront leur union après l'éjaculation. Vous noterez le coussin qui maintient l'inclinaison du bassin de la femme, pour que le sperme reste dans le vagin. Enfin, dans la **position 3**, la position de la femme et une pénétration très profonde augmentent les chances de fécondation.

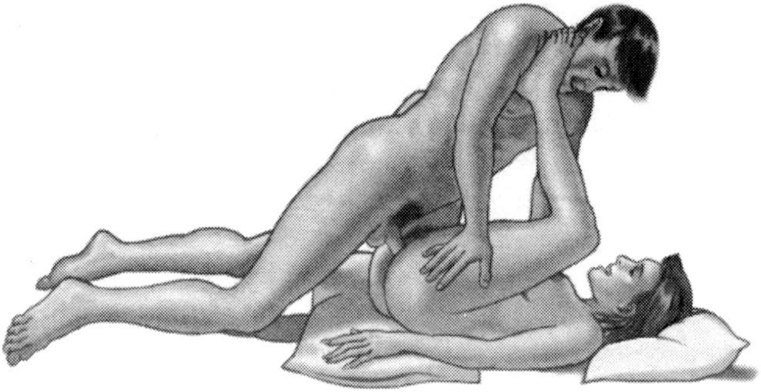

Position 1

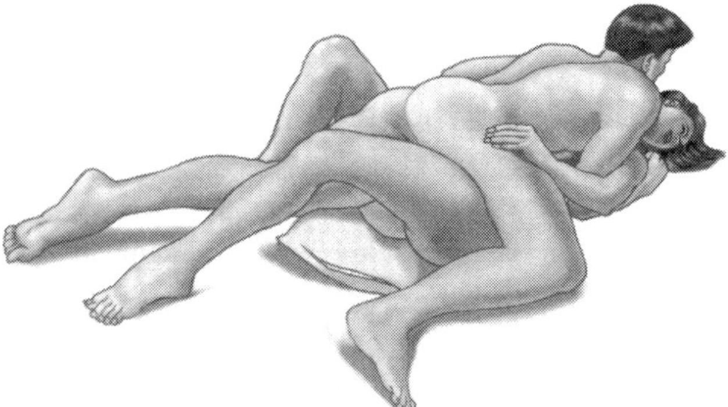

Position 2

Position 3

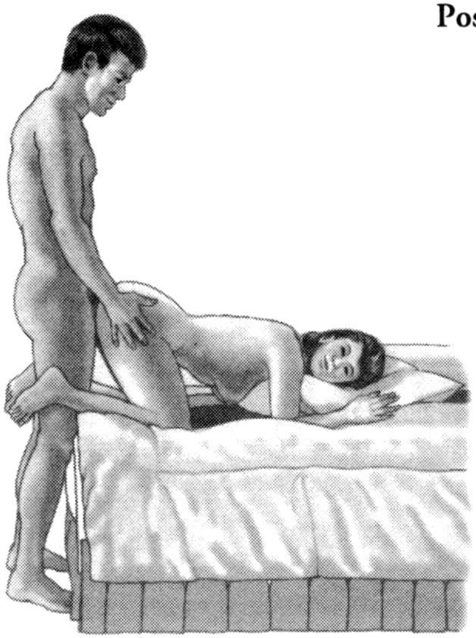

184. Quelques conseils supplémentaires

Voici quelques autres conseils pour favoriser la fécondation :

- Faites durer les préliminaires. Plus une femme est excitée, plus son milieu vaginal est alcalin, et donc réceptif au sperme.
- L'orgasme permet au sperme de remonter le canal cervical et d'atteindre l'utérus pour la fécondation. En effet, l'orgasme féminin s'accompagne et est suivi de contractions involontaires des muscles pelviens.
- Après avoir fait l'amour, restez enlacés. Cette chaleur prolongera tout simplement le potentiel particulier du moment.

185. Faire l'amour pendant la grossesse

Beaucoup de femmes m'ont dit qu'elles gardaient un excellent souvenir de leur sexualité de femmes enceintes. Pourquoi ? En raison de l'afflux de sang dans le vagin (vasocongestion) que provoque cet état. Ces femmes parvenaient plus facilement à l'orgasme. Puisque c'est l'oxygène et le sang qui provoquent l'orgasme, plus il y en a, meilleur c'est. Comme me l'a dit une femme : « Je donnerais n'importe quoi pour retrouver mes orgasmes de femme enceinte. » Certaines femmes pensent aussi que, ne craignant plus de tomber enceintes, elles étaient plus détendues en faisant l'amour et y prenaient donc plus de plaisir.

En général, à moins d'un problème d'ordre médical, il n'y a aucune raison de ne pas avoir de relations sexuelles. Une fois que vous vous êtes habituée à votre nouveau ventre et que vous avez trouvé des positions agréables pour vous deux, vous serez peut-être surprise de découvrir à quel point la sexualité d'une femme enceinte est plaisante – si vous ne tombez pas de fatigue, bien sûr. Les **illustrations 4 à 10** déploient la gamme des positions possibles tout au long de la grossesse. Pendant les trois premiers mois, ce sont les nausées et la fatigue qui auront le plus d'impact sur votre désir, aussi est-il préférable de choisir des positions classiques, comme le montrent les **illustrations 4 et 5**.

À partir du quatrième mois, l'énergie revient et les nausées cessent : il faut maintenant vous habituer à votre ventre qui grossit et peut gêner certains de vos mouvements. Les **illustrations 6 à 8** montrent des positions adaptées à ce stade de la grossesse. Sur l'**illustration 6**, la femme peut facilement contrôler les mouvements et la profondeur de la pénétration grâce à la force de ses jambes. Les positions des **illustrations 7 et 8** sont les plus

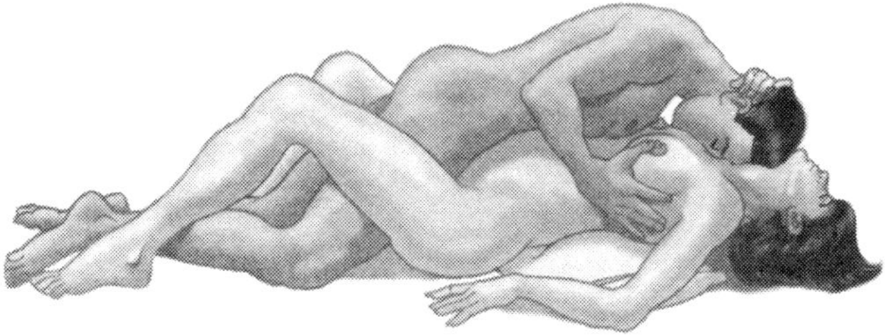

Position 4

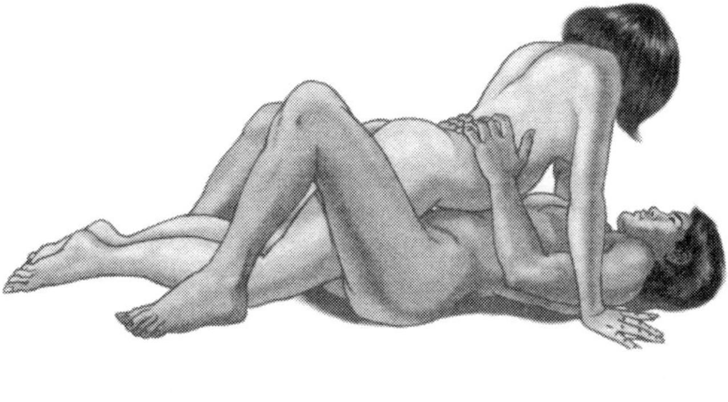

Position 5

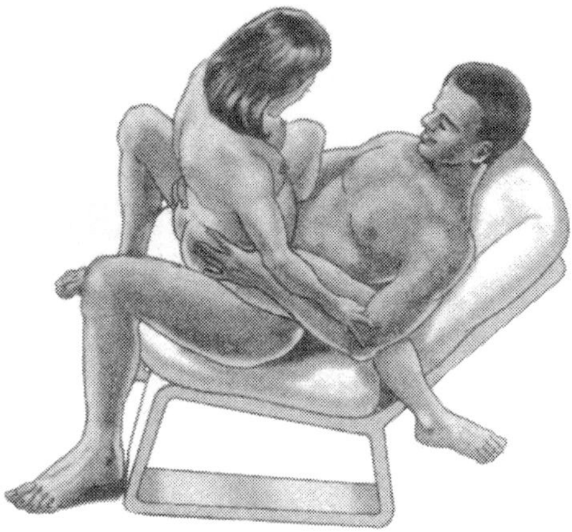

Position 6

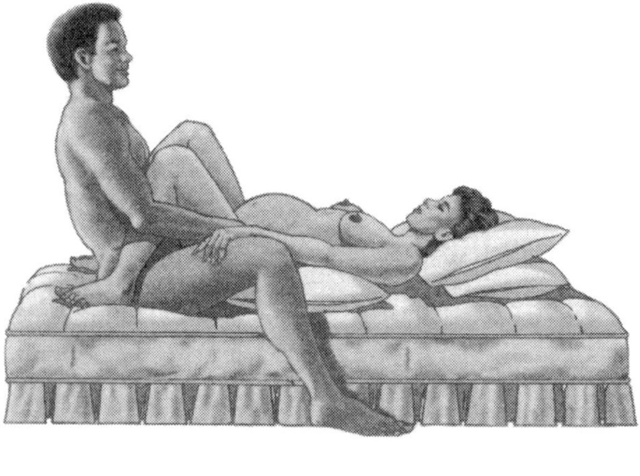

Position 7

Position 8

confortables tout en assurant beaucoup de sensations. Dans ces trois positions, la femme ou l'homme peuvent aussi stimuler le clitoris. La position de l'**illustration 8** conviendra parfaitement aux femmes dont le vagin est plus sensible d'un côté que de l'autre, tout en donnant à l'homme le plaisir d'une pénétration énergique.

Les trois derniers mois, à mesure que votre ventre s'arrondit, les options s'amenuisent. Mais vous n'en serez pas pour autant privée de sensations fortes. Dans la position de l'**illustration 9**, c'est la femme, appuyée sur le rebord du lit, qui a le contrôle de la pénétration et des mouvements. Les hommes qui aiment particulièrement le corps de leur femme enceinte apprécient bien sûr cette position, qui leur permet de voir tous ses mouvements, surtout sa poitrine gonflée. L'**illustration 10** montre comment une femme peut prendre sa position préférée sans le moindre effort physique, et tout en soutenant son ventre.

Position 9

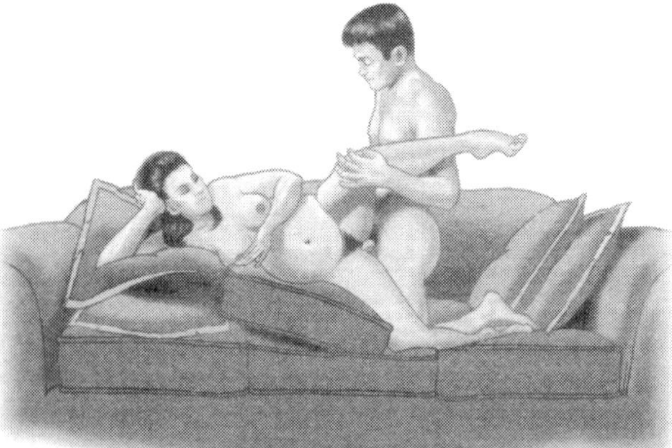

Position 10

186. Faire l'amour en pleine nuit

Pour certains, c'est une douce, lente pénétration par-derrière. D'autres glissent d'une position en cuillères à une pénétration côte à côte (voir **illustration 11**), l'homme s'immisçant dans le corps de la femme alors qu'elle se balance, dans un quasi-sommeil. Bien sûr, vous pouvez l'un ou l'autre être à l'initiative de ces rapprochements nocturnes. Vous pouvez essayer de le réveiller en le suçotant ou en vous balançant lentement d'avant en arrière près de son sexe. Avant d'entreprendre de telles actions, il est tout de même préférable d'aborder le sujet d'une manière générale : si votre partenaire déteste qu'on le réveille en pleine nuit, vos démonstrations d'affection risquent d'être mal perçues…

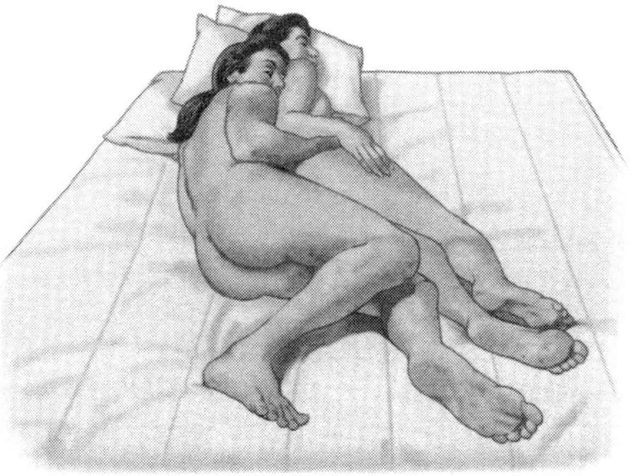

Position 11

187. Faire l'amour quand les enfants sont à la maison

Lorsqu'on est parent, on devient très fort en optimisation du temps. Certains couples qui ont des enfants savent très bien tirer parti de 5 ou 10 minutes de tranquillité. Pensez par exemple à :

- une branlette dans la voiture en allant à l'épicerie ;
- un cinq-à-sept sous la douche ;
- un autoritaire « Ne pas déranger » sur la porte de la chambre, fermée à clé.

188. Faire l'amour au petit matin

Mère Nature nous met dans de très bonnes dispositions sexuelles matinales, grâce à un pic d'hormones qui se produit naturellement de bon matin. Si vous n'êtes pas tout à fait à l'aise l'un avec l'autre avant de vous être brossé les dents et d'avoir pris une douche, essayez une position côte à côte, l'un derrière l'autre. Mais évitez le face à face. Si vous sentez que l'excitation est à son top, essayez une position en levrette. Souvenez-vous juste que votre pic sexuel a naturellement lieu le matin, alors essayez d'en profiter quand vous le pouvez.

189. Les érections matinales

Beaucoup d'hommes se réveillent avec une érection. Là encore, c'est un phénomène physiologique naturel, bien que cela n'entraîne pas nécessairement de désir sexuel. Ces érections permettent au corps d'entretenir le tissu vasculaire du pénis. Généralement, elles succèdent aux phases de sommeil paradoxal. Mais, après tout, pourquoi ne pas en profiter ?

190. Faire l'amour en fin d'après-midi

Certains couples constatent que leurs ébats crépusculaires (surtout le week-end) ont d'excellentes conséquences sur leur moral. Ceux avec qui j'en ai parlé trouvent que la fin d'après-midi est une période très propice au sexe, quand le soleil décline dans le ciel mais que la soirée n'a pas encore vraiment commencé. Entre chien et loup, les soucis et les problèmes sont comme en suspens, et la douceur du moment invite au partage des sens.

191. Dis-moi des mots sales

Certains hommes et certaines femmes deviennent fous quand on leur parle de manière explicite. Tim m'a raconté une histoire édifiante. Sa petite amie et lui étaient à une soirée ; elle lui a chuchoté à l'oreille ce qu'elle voulait qu'il lui fasse le soir même. « Je n'en pouvais plus ! Je n'arrivais pas à me concentrer sur autre chose, je n'avais plus qu'une envie, c'était de m'en aller. » Je lui ai demandé ce qu'elle avait bien pu lui dire pour le mettre dans cet état. Tim m'a répondu presque timidement : « Elle m'a dit "je veux que tu me déchires le cul". » Pas étonnant qu'il ait eu cette réaction ! Mais sachez-le, mesdames : c'est vous qui fixez les limites. Beaucoup d'hommes aiment parler de manière un peu cochonne, mais vous ne devez pas vous sentir mal à l'aise (voir aussi le n° 311).

192. Faire l'amour sous la douche

C'est vaporeux, ça glisse, et vous avez plein d'accessoires pour augmenter encore ces sensations : le shampoing, le gel douche et même le bon vieux savon – l'essentiel étant qu'ils soient doux. Voici quelques suggestions : prenez un gant ou un tissu doux et savonnez votre partenaire en partant du ventre. Mesdames, il va adorer que vous lui massiez doucement le pénis, en faisant beaucoup de mousse autour de ses testicules (faites-y bien attention, ce sont de petits œufs fragiles). Une fois que vous avez commencé à le rincer, et si vous avez assez de place, agenouillez-vous et sucez-le. La plupart des hommes adorent la sensation de votre bouche sur leur sexe, sous la pression de la douche. Messieurs, placez-vous derrière votre partenaire et massez doucement ses seins, son torse et l'intérieur de ses cuisses avec un gant ou vos mains nues. L'idée ici est de parcourir tout son corps sans stimuler directement son sexe – il sera bien assez humide tout seul. Puis demandez-lui si elle veut que vous la pénétriez par-derrière. Une condition impérative : le tapis antidérapant.

193. Faire l'amour dans la baignoire

Il faut pour cela avoir une baignoire assez large, et mieux vaut opter pour une position où vous êtes assise sur votre partenaire. Une fois que vous vous êtes savonnés, tout en vous embrassant fougueusement pour faire encore plus de buée dans la pièce, utilisez un lubrifiant et commencez des mouvements de va-et-vient. Une condition impérative là encore : le tapis antidérapant, qui vous permettra de garder le rythme sans vous retrouver sous l'eau.

194. Faire l'amour au sauna

Certes, la plupart d'entre nous n'ont pas de sauna à la maison, mais il y a quelque chose d'encore plus excitant à organiser un cinq-à-sept dans un lieu où vous n'êtes pas seuls. Point important ici : vous ne ferez pas beaucoup de mouvements ; il va falloir que tout reste sous contrôle. Vous voyez ces petites serviettes blanches que l'on vous remet à l'entrée du sauna ? Eh bien, utilisez-les ! Posez-les à l'endroit qui vous convient. S'il y a des bancs sur différents niveaux dans le sauna, l'un de vous peut s'asseoir tandis que l'autre reste debout. Ce qui est particulièrement sexy ici, c'est la moiteur ambiante, à laquelle vous allez d'ailleurs largement contribuer !

195. Baignade en tenue d'Adam et Ève

Il ne s'agit pas ici de sexe en soi… Mais c'est une issue tout à fait probable ! Où pouvez-vous vous baigner tout nus ? Bien sûr, vous aurez plus de choix à la belle saison. Mais l'important c'est de vous amuser. Une telle baignade en amoureux risque de vous donner un vrai coup de jeune. La prochaine fois que vous en avez l'occasion, débarrassez-vous de vos vêtements et piquez une tête !

196. Faites l'amour même si vous n'en avez pas vraiment envie

Dans un couple, on est deux : il est normal que parfois l'un ait envie de faire l'amour mais l'autre pas vraiment. Dans ces cas-là, pourquoi faut-il se motiver quand même ? Je vois trois raisons majeures à cela :

- votre partenaire et vous serez d'autant plus proches ;

- une fois que vous aurez commencé, il y a des chances pour que vous en ayez vraiment envie ;
- plus la période d'« abstinence » se prolonge, moins vous êtes amants, dans le plus pur sens du terme.

197. Comment rendre votre partenaire « hot » alors qu'il (elle) ne l'est pas

Si vous en avez envie, mais pas lui (elle), voici ce que vous pouvez faire :

- Si c'est elle qui n'en a pas envie : accordez-lui toute votre attention. Pour se sentir épanouie, une femme a besoin qu'on s'intéresse à elle (tous les coiffeurs vous le diront). Vous pouvez aussi la libérer de toutes ces choses qui lui prennent un temps fou et ne lui laissent pas même le temps de penser à l'amour.
- Si c'est lui qui n'en a pas envie : il faut que vous arriviez à changer son état d'esprit. Souvenez-vous, les hommes ont tendance à cloisonner les sujets. Alors s'il est encore en train de penser à son travail ou à la défaite de l'équipe de foot dont il est fan, à vous de lui mettre d'autres préoccupations en tête. Essayez n'importe quelle technique de préliminaires ou commencez lentement à le stimuler manuellement.

La clé, pour vous deux, c'est d'essayer de vous laisser aller et de vous abandonner au plaisir.

198. Intéressez-vous aux livres érotiques

Les livres érotiques sont différents des livres de sexualité. La littérature érotique est plus narrative, mais elle peut tout autant aiguiser vos sens – peut-être même davantage – que des livres qui vous expliquent comment vous y prendre. Le choix de livres érotiques est large : choisissez une histoire qui vous plaît et lisez-la à voix haute au lit.

199. Lisez le Kâma Sûtra

Ce très ancien guide a l'ambition de couvrir la large gamme des techniques sexuelles, avec de nombreuses illustrations. Vous y trouverez des positions originales et divers secrets des traditions orientales. Utilisez-le comme source d'information, ou comme un livre qui titillera vos sens.

200. Intéressez-vous aux films érotiques

Les films érotiques sont très différents des films pornographiques, surtout ceux spécifiquement destinés à un public masculin. Les scénarios des films érotiques sont plus étoffés et ne comportent pas nécessairement de scènes de sexe. Le cas échéant, elles sont, en général, moins explicites. C'est une approche plus subtile, mais votre partenaire et vous pourrez la trouver très excitante. L'actrice de porno Violet Blue a écrit un excellent guide sur les films pour adultes destinés aux femmes – et parfaits si vous n'avez encore jamais regardé ce genre de films. Dans ce cas, elle recommande vivement les films mis en scène par des femmes, notamment Veronica Hart, Tina Tyler et Candida Royalle. Leurs films combinent scènes de sexe explicites et intrigue construite autour de relations complexes – ce qui n'est pas une mince affaire. Mais toutes les femmes ne sont pas intéressées par le scénario : certaines veulent juste voir du sexe, sans détours inutiles. Pour celles-là, Violet Blue recommande la série des

Voyeur, de John Leslie, et les films réalisés par Shane (*Shane's World*). *Le Voyeur* comporte énormément de scènes de sexe à deux et à trois, avec un casting généralement européen. Shane, c'est l'étudiante qui s'éclate avec ses copains et ses copines, ils partent à l'aventure (faire du rafting, par exemple) et baisent dans la nature. Aucun de ces réalisateurs n'inclut de musique ringarde dans ses films.

Voici les films préférés de Violet Blue :

Films basés sur un scénario

- *Tina Tyler's Going Down*
- *Love's Passion* (V. Hart)
- *Taken* (V. Hart)
- *White Lightning* (V. Hart)
- *Eyes of Desire 2* (C. Royalle)
- *One Size Fits All* (C. Royalle)

Films sans scénario

- *Le Voyeur* n°s 7, 10 et 13 (J. Leslie)
- *Shane's World* n°s 19 et 20 (Shane)

201. Donnez-vous à manger l'un l'autre

Je vous ai déjà expliqué qu'il était important que les couples dînent ensemble : en partageant ce rituel, ils répondent à une pulsion profonde, connectée à la pulsion sexuelle. Allons un peu plus loin : quand vous vous donnez à manger l'un l'autre, vous n'êtes plus très loin de vous donner sexuellement l'un à l'autre. Préparez-vous un ou deux plats et partagez-les, chacun donnant la becquée à l'autre.

202. Nourriture aphrodisiaque

On attribue traditionnellement un pouvoir aphrodisiaque ou érotique aux huîtres, à l'artichaut, au chocolat. Mais vous pouvez remplir votre garde-manger avec d'autres aliments :

- Mangez des mangues au lit, nus. Elles sont juteuses : soyez prêts à lécher les gouttes qui vont tomber.
- Messieurs, proposez-lui une sucette. Puisque vous appréciez le goût de votre partenaire, pourquoi ne pas mettre la sucette dans sa bouche avant de la lécher ?
- Donnez-vous à manger avec les doigts : vous n'avez que l'embarras du choix.
- Badigeonnez vos corps de miel, de chocolat ou (mon préféré) de caramel, puis léchez.
- Versez quelques gouttes de brandy (ou ce que vous voulez) dans le nombril de votre partenaire, puis aspirez-les.

203. Déployez votre sensualité

Vous avez cinq sens, alors utilisez-les. Votre plaisir n'en sera que décuplé. Regardez votre partenaire, écoutez sa voix, touchez son corps, sentez-le et goûtez-en les différentes saveurs. Vos sens sont des boulevards qui mènent droit au plaisir sexuel, et plus ils sont en éveil, plus vous pouvez stimuler votre partenaire. Pensez à ce dont on a déjà parlé : le sexe, c'est le désordre. Comment en arriver là ? En osant vous imprégner de toutes les sensations que vous créez. Touchez avec vos doigts, goûtez avec votre langue, écoutez les respirations et les gémissements, humez le parfum de vos sexes et regardez ce qu'il se passe : c'est ainsi que vous mettrez le feu aux poudres du plaisir.

Après tout, sans vos sens, vous ne pouvez pas avoir la moindre sensation. Les cinq prochains conseils vous aideront à stimuler votre sensualité.

204. Stimulez votre odorat

Toute odeur peut avoir un impact sur vos sens et donc sur votre disponibilité sexuelle : fleurs fraîches, parfum, aromathérapie, café, tarte au citron… Quand vous vous préparez à une rencontre sexuelle, pendant que vous vous glissez dans cet état d'esprit, n'oubliez pas d'y inclure votre odorat. Parfumez-vous, parfumez la pièce, allumez un bâton d'encens, une bougie parfumée. En ajoutant cette dimension à l'environnement sensuel, vous stimulez une réaction profonde chez votre partenaire et vous. Certains hommes disent que le meilleur aphrodisiaque, pour eux, est l'odeur de leur partenaire. Si l'aromathérapie vous intéresse, voici quelques senteurs connues pour être aphrodisiaques. Elles provoquent une sécrétion d'endorphines, l'hormone du plaisir :

- la sauge ;
- le jasmin ;
- l'ylang-ylang ;
- le patchouli ;
- la rose.

205. Emportez votre amour dans vos valises

Karen, qui suit depuis peu mes séminaires et dont le petit ami voyage beaucoup pour son travail, m'a raconté cette histoire touchante : un jour, il l'a appelée d'Asie ; il était parti depuis deux semaines. Il lui a dit : « Tu es là avec moi. Non seulement j'ai pris ta photo, mais aussi le tee-shirt dans lequel tu as dormi la veille de mon départ. » Ce qu'elle ne lui a pas dit, c'est que le tee-shirt en question était son préféré. Qu'est-ce qui est en jeu ici ? Le tee-shirt de Karen est imprégné de son odeur ; quand son petit ami le respire, il se reconnecte immédiatement avec elle bien qu'ils soient séparés. Quant à elle, c'est comme si elle pouvait s'endormir à ses côtés, à l'autre bout du monde.

206. Voir, c'est croire

Étant donné le nombre d'images qui nous entourent, il est normal que la vue soit l'un de nos sens les plus aiguisés et les plus pro-actifs. Une couleur peut vous rappeler le rouge sensuel de ses dessous. La coupe d'une chemise italienne vous évoque ses larges épaules au-dessus de vous quand vous faites l'amour. Ne vous cantonnez pas aux stimuli classiques : essayez d'étendre le répertoire des messages visuels qui ont le pouvoir d'éperonner votre désir. Pourquoi ne pas lire avec attention le *Shunga*, un ancien livre érotique japonais, et y chercher quelles visions leur évoquait la volupté ? (Pour information, le nombre d'étoffes froissées éparpillées autour des amants était leur manière de dire combien de fois ils avaient fait l'amour.) Voici quelques autres suggestions pour stimuler votre sens visuel :

- changez l'orientation de votre lit de manière à avoir un nouvel angle de vue sur votre chambre ;
- changez la couleur de l'éclairage de votre lampe de chevet ;
- posez un tissu coloré sur l'abat-jour pour créer une atmosphère tamisée ;
- déplacez les cadres sur les murs de votre chambre ou des autres pièces de la maison ;
- disposez un grand miroir à un endroit stratégique, dans lequel vous pourrez vous voir tous les deux ;

- si la taille de votre chambre le permet, installez un paravent japonais près de votre lit : cela créera un espace intime pour vous et votre partenaire.

207. Aiguisez votre sens auditif

La séduction commence entre les oreilles, surtout pour les femmes. Que vous ayez l'habitude d'écouter de la musique – douce, violente ou quelque part entre les deux – ou que vous aimiez le fond sonore de chants de méditation, la stimulation auditive procure une profonde relaxation qui peut déboucher sur un merveilleux partage sexuel. Pour certains couples, le chant d'un oiseau derrière une fenêtre ouverte ou le son éternel d'une cascade ont le pouvoir de créer une atmosphère romantique et sensuelle qui ouvre sur la volupté. Bien sûr, ce que vous choisirez pour vous stimuler ou vous relaxer est purement subjectif. Mais c'est à vous d'en explorer les possibilités.

208. Les musiques de l'amour

Vous avez plutôt des envies d'amour rapide et très hot, lent et romantique, ou intensément tantrique ? Quoi qu'il en soit, voici l'accompagnement musical qu'a récemment suggéré un participant à l'un de mes séminaires :

- **Rapide et très hot :** essayez Portishead, Maxwell Urban Suite, ou toute musique bien cadencée, comme le reggae.
- **Lent et romantique :** Chet Baker (*Songs For Lovers*), Marvin Gaye (« I Wan't You »), Sade (*Deluxe*), John Coltrane (*Coltrane For Lovers*) ou Norah Jones (*Come Away With Me*).

- **Intensément tantrique :** essayez Margot Anand (« Sky Dancing Tantra : A Call To Bliss ») ou l'album *Bossa Nova* de Joao Gilberto.

209. La sensation du toucher

Les femmes et les hommes ont souvent de nets souvenirs sensuels de la manière dont on les touchait quand ils étaient bébés ou enfants. Un homme, par exemple, se souvient que sa grand-mère dessinait de petits cercles sur son front avec ses doigts. Aujourd'hui encore, un tel geste le fait fondre. Une participante à l'un de mes séminaires adore quand son partenaire pose sa main fermement mais doucement à la base de sa nuque : « Ça me fait du bien et ça me relaxe instantanément. » Un autre homme décrit de la manière suivante à quel point le toucher déclenche une connexion intense avec sa partenaire : « C'est comme si sa peau me parlait. » J'ai déjà évoqué le pouvoir du toucher, mais je veux répéter ce message d'une manière un peu différente. Essayez ces différents styles :

- des petites caresse légères ;
- de longues volutes irrégulières ;
- des massages appuyés ;
- puis demandez-lui ce qu'il ou elle préfère.

Si vous vous demandez comment stimuler votre partenaire par le toucher, demandez à sa mère, à sa sœur, à sa grand-mère comment il ou elle aimait être touché(e) au moment d'aller au lit. Et gardez à l'esprit que chaque nouvelle manière de toucher votre partenaire s'inscrira d'autant plus dans sa mémoire qu'il (elle) n'aura jamais connu exactement cette sensation auparavant. Dois-je en dire davantage ? Alors mesdames, messieurs, touchez votre partenaire, partout, et faites parler sa peau.

210. L'Ondulation

Voici un truc que les hommes et les femmes adorent utiliser pour arriver à comprendre comment leur partenaire aime être touché(e) ; cela s'appelle l'Ondulation :

Étape 1 : caressez doucement sa cuisse du bout des ongles, depuis le genou jusqu'à l'aine, en ligne droite. Variez la pression de vos doigts – comment réagit-il (elle) ? Commence-t-il (elle) à ronronner ? À se hérisser légèrement ? À frissonner ?

Étape 2 : caressez cette même zone, mais dans un mouvement ondulant, ample et irrégulier.

Étape 3 : continuez l'Ondulation sur tout son corps – jambes, bras, dos, ventre, tête. Et si vous voulez vraiment que le moteur s'emballe, continuez – très délicatement – sur les parties génitales.

211. Réveillez votre goût

Ce conseil est lié à mes précédentes suggestions de dîner souvent ensemble, de vous nourrir l'un l'autre et d'explorer les plaisirs de bouche érotiques. Cela vous a permis de réveiller vos papilles. Mais le fin du fin, c'est bien sûr de se goûter l'un l'autre – et de l'apprécier. Un jour, un homme m'a dit qu'il trouvait que sa femme avait un goût irrésistible. C'est la raison pour laquelle il ne pouvait pas détacher sa bouche de son corps. Chacun a sa propre subtile saveur. Délectez-vous du goût de votre partenaire.

212. Un sanctuaire dans la chambre

Votre chambre n'est pas une pièce comme les autres, elle est à vous, c'est là que vous allez le plus souvent pour faire l'amour. C'est pourquoi vous devez y instaurer un climat sensuel, confortable, propice aux rencontres sexuelles. Dans quel style ? C'est une affaire de choix. Certaines personnes seront émoustillées par une chambre en rose et blanc, pleine de fioritures. D'autres préféreront le charme plus masculin de lignes droites et de gris, de bleus ou de bruns clairs. D'autres encore aimeront les chambres rayonnantes, dans les tons dorés. Quelle que soit votre préférence, l'important est que vous y soyez tous deux aussi réceptifs. Mais voici ce qu'il ne faut pas faire :

- ne laissez pas le lit défait. Personne ne trouve ça attirant, même si c'est vous qui avez dormi dedans ;
- n'oubliez pas de changer les draps régulièrement ;
- ne laissez pas vos vêtements traîner sur le lit ;
- n'y accumulez pas trop de choses ;
- ne laissez pas la télévision y devenir l'objet le plus important.

Je n'aime guère les « Ne faites pas ça », mais je pense que ces petits rappels sont nécessaires, pour qu'il y ait le moins d'obstacles possible sur votre chemin amoureux.

213. Mesdames, préparez-lui un lit frais

Beaucoup d'hommes m'ont confié leur plaisir de se glisser dans des draps propres et frais. C'est dû pour une part au sentiment qu'on s'occupe d'eux ; pour l'autre part, à un goût prononcé qu'ont les hommes pour la fraîcheur. Je connais un homme à qui la sensation de sa joue contre la taie d'oreiller manquait tellement qu'il a fini par se raser la barbe. Un autre m'a dit ceci : « Une fois que je suis dans un tel lit, elle peut faire ce qu'elle veut. »

214. Doctorat ès pénis

Mesdames, vous devez étudier attentivement son pénis afin de le connaître. Votre peau est votre plus vaste organe sexuel : alors utilisez son pénis à votre plus grand profit en faisant découvrir à votre corps entier sa texture, son odeur et sa sensation. Comme on le dit pour une enquête policière, soulevez le moindre petit caillou. Placez son pénis entre vos seins, faites rouler vos tétons sur sa texture soyeuse, caressez-en même votre cou, votre menton et votre nez. Avec vos cils, effleurez-en le pourtour. Vous, mesdemoiselles ou mesdames qui avez les cheveux longs, enroulez votre toison autour de sa hampe pour modifier la sensation de vos caresses. En étudiante consciencieuse, vous devrez faire bien attention à ses réactions ; à chaque fois que sa respiration s'emballe, c'est sans doute que vous avez vu juste. Au lieu de stimuler votre sexe avec ses doigts, servez-vous de son pénis. Ou agenouillez-vous au-dessus de lui, penchez votre poitrine sur son visage et écartez votre sexe à l'aide du sien.

215. L'effet pénis

Mesdames, stimulez votre clitoris avec son gland. Pour ce faire, agenouillez-vous au-dessus de lui et caressez doucement la région clitoridienne avec l'extrémité de son pénis. De cette manière, il voit votre corps et vos caresses : un spectacle hautement érotique pour la plupart des hommes.

216. Explorez son essence intime

La meilleure manière d'être un Grand Amant est de tout connaître de votre partenaire. Alors ne soyez pas timide, n'ayez pas peur. Dites-lui que vous voulez la connaître, à l'intérieur et à l'extérieur. Faites-lui savoir que vous la trouvez belle, dans tout son corps. Alors, quand vous toucherez, regarderez, sentirez et embrasserez son clitoris et le reste de son sexe, elle sera vraiment à l'aise, et vraiment à vous. Est-ce que vous connaissez bien son sexe ? Savez-vous exactement comment elle aime qu'on stimule son clitoris ? Savez-vous où est son point G ? Avec vos doigts, votre bouche et votre langue explorez son essence même. Et si vous ne savez pas exactement où elle est, faites des recherches. Le gland du clitoris est juste sous le point de jonction supérieur des petites lèvres. Le haut du clitoris est recouvert d'une petite peau, le prépuce. Ce petit capuchon est une protection, notamment pour les femmes qui sont très sensibles à une stimulation directe du clitoris. Tout comme votre pénis enfle lorsqu'il est stimulé, la région clitoridienne aussi : elle se gorge de sang. Pour localiser son point G, introduisez deux doigts dans son vagin et tâtonnez doucement la paroi antérieure, du côté du ventre. Le point G s'élargit (au-delà d'un centimètre) au niveau de l'urètre et lorsqu'il est stimulé.

217. Jouissez du reste de son corps à elle

Une fois que vous êtes enchevêtrés l'un dans l'autre, il est temps d'accorder au reste de son corps toute votre attention. Pétrissez ses jambes et ses pieds, caressez, titillez, éraflez doucement ses bras et ses mains ; embrassez, caressez, gobez ses seins, ses tétons. Explorez le bas de son dos, ses fesses – beaucoup de femmes aiment que l'on masse cette partie de leur corps. La clé ici, c'est de trouver les endroits de son corps dont elle est le plus fière ou qui sont les plus sensibles, et d'y concentrer votre attention. Si vous commencez par cela, vous allez la détendre, ce qui portera ses fruits lors de vos avancées ultérieures…

218. Jouissez du reste de son corps à lui

Quelles parties de son anatomie vous excitent ? Posez-vous la question en préambule. Vous savez peut-être déjà que vous aimez le creux de ses reins, la courbe de son biceps à l'endroit où son bras rejoint son torse. Que pensez-vous de ses mains, de l'arrière de ses jambes, du pli à la lisière inférieure de ses fesses ? Aimez-vous passer vos doigts dans les poils de son torse ? (Si je me fie à mon expérience, il y a deux sortes de femmes : celles qui aiment les poils et celles qui ne les aiment pas.) À vous d'explorer son corps. Touchez, goûtez, chatouillez, sentez : tout est à vous. Son corps est votre festin – il vous l'a offert ! Si vous vous sentez un peu timide ou mal à l'aise, demandez à votre partenaire où continuer votre progression – vous pourriez bien ne plus avoir une minute pour reprendre votre souffle ! Demandez-lui simplement : « Où puis-je aller, mon chéri ? » Ne vous concentrez pas sur l'orgasme, à ce stade, mais appréciez plutôt la texture de sa peau, son odeur, son essence même. En l'explorant de telle façon, vous vous rapprochez de lui, vous devenez plus intimes, connectés. « Quand j'ai fini par m'autoriser à toucher mon mari de cette manière, de tout mon être, c'est comme si j'avais découvert un nouveau monde en lui, m'a dit une femme. Je me suis sentie tellement plus proche de lui – comme si nous n'étions plus qu'une seule personne. » Cette forme de proximité vous rendra totalement présents l'un à l'autre, vous serez tellement en phase que le reste du monde s'évanouira tout bonnement autour de vous.

219. Les plaisirs de la pénétration anale… au masculin

Il y a une raison au succès qu'a connu la vidéo *Bend Over Boyfriend* *. Il y a des hommes qui veulent connaître ce que ressentent les femmes lors de la pénétration, cette sensation d'être « emplies ». Certains hommes savent d'emblée qu'ils aimeraient essayer la pénétration anale. La connotation homosexuelle de cet acte ne les dérange pas, voire les excite, ou alors ils sont tout simplement nés avec une grande ouverture d'esprit. D'autres sont plus hésitants, alors ne forcez pas votre partenaire si cela ne l'intéresse pas. Certains hommes craignent que les érections impromptues qu'ils peuvent avoir lors d'examens médicaux comme le toucher rectal trahissent des tendances « cachées ». En fait, ils méritent des félicitations : cela signifie que les nerfs de chaque côté de la prostate (ceux qui provoquent les érections) fonctionnent normalement. Ces nerfs sont stimulés lors de tels examens. Il y a donc une raison physique qui explique le plaisir d'une stimulation à cet endroit. On connaît bien la sensibilité de nos lèvres et de notre bouche ; il n'est pas étonnant que l'autre extrémité du tractus gastro-intestinal soit également sensible. Quoi qu'il en soit, si votre partenaire montre un intérêt pour le plaisir anal, voici quelques conseil :

- il est toujours mieux de s'y adonner après une douche ;
- lubrifiez, lubrifiez, lubrifiez ;

* Un petit guide pratique de la pénétration anale masculine conçu par Carol Queen, sexologue de San francisco, et Robert Morgan, son partenaire. Réalisation : Shar Rednour. *(N. d. T.)*

- commencez avec votre doigt, ou vos doigts, et faites attention à vos ongles ;
- assurez-vous que vous utilisez un accessoire dont la forme est adaptée, par exemple un plug anal évasé à la base. Commencez avec des accessoires de petite taille et utilisez beaucoup de lubrifiant ;
- gardez un plug anal pendant la journée pour habituer la zone à cette sensation.

220. Faites-la voyager en première classe

Messieurs, si votre bien-aimée aime les plaisirs anaux, ou si elle veut s'y essayer, peut-être aimera-t-elle aussi ce que quelqu'un a surnommé « le voyage en première classe » : la double pénétration du vagin et de l'anus. Si vous pénétrez son vagin avec votre pénis, vous pouvez doucement insérer un doigt, un petit godemiché, un plug anal ou des perles anales dans son anus. Si vous préférez davantage de « maîtrise de la situation », et que cela ne vous dérange pas de rester en dehors de son corps pendant un moment, utilisez un godemiché pour le vagin et quelque chose de plus petit (un ou plusieurs doigts, un plug anal ou des perles) pour l'anus. Il existe également des accessoires conçus pour une double pénétration. En manipulant doucement les deux simultanément, vous pourriez bien la faire décoller.

221. Mesdames, prenez le contrôle

Certains hommes adorent quand les femmes prennent les choses en main. La prochaine fois que vous pensez qu'il doit vouloir que vous attendiez bien gentiment l'arrivée du missionnaire, dites-lui de s'allonger et enfourchez-le. Il n'est pas près de s'en remettre.

222. Faites l'amour dans des endroits inhabituels

Il faut pour cela avoir un peu d'audace. Un endroit inhabituel, ça peut être n'importe où – ça dépend vraiment de vous et de vos habitudes. Si vous faites essentiellement l'amour dans votre chambre (comme dans 90 % des cas), essayez donc le salon. Harry et Jill sont passés maîtres dans l'art de dénicher des nids d'amour inhabituels, dont certains ont impliqué beaucoup d'audace et de sang-froid. Voyez plutôt : le garde-meubles, alors que Jill déménageait quelques affaires ; le grenier de leur maison, au moment de refaire l'isolation ; un monte-charge – deux fois le même soir. Cependant, la plupart des gens sont plus à l'aise quand l'inhabituel a tout de même un goût familier : la buanderie, par exemple, ou sur la machine à laver, pendant le cycle de rinçage.

223. Faites l'amour quand il y a des gens pas loin

Voici qui demande encore plus d'audace. Les autres prérequis sont le silence et la rapidité d'exécution. Prenez ce scénario : votre partenaire et vous recevez des amis. L'un de vous doit s'éclipser dans la cave pour chercher quelques bouteilles de vin ; l'autre le suit. Vous vous plaquez contre un mur, défaites à moitié vos vêtements et copulez sauvagement sur fond de brouhaha des invités au rez-de-chaussée. Lors d'un mariage dans la haute société texane, la dame d'honneur a empoigné son époux et l'a mené dans un hall retiré pour le prendre goulûment en bouche derrière la porte d'un vestibule. Vous pouvez donc aussi profiter des occasions qui vous sont offertes chez les autres. S'il vous arrive de vous retrouver avec votre partenaire dans la salle de bains, ouvrez les robinets : l'homme peut hisser la femme sur le rebord du lavabo, relever sa jupe ou baisser son pantalon ; puis il s'agenouille et, avec sa langue, lui donne du plaisir. Le danger, la rapidité et le silence imposés vont inonder ce moment d'une excitation particulière.

224. Disposez un miroir dans votre chambre

Pourquoi ? Pour vous regarder faire l'amour. Je tiens ce conseil d'une brillante élève de mes séminaires sexuels : elle a expliqué que le jour où son partenaire et elle avaient eu l'idée d'ajouter un miroir en pied dans leur chambre, leur nid d'amour avait pris une tout autre dimension. Comme ils pouvaient le déplacer, ils s'offraient de nouveaux angles de vue sur leurs ébats, qui devinrent plus fougueux que jamais. Essayez donc, il se pourrait bien que vous appréciiez la scène. Les hommes, qui sont des créatures visuelles, sont particulièrement susceptibles de prendre leur pied.

225. Peignez-vous

Je pense notamment à une peinture, du latex liquide, qui s'applique aussi facilement qu'elle s'enlève, avec du savon et de l'eau. L'expérience est absolument fabuleuse. Pour les papilles les plus sensibles, il existe également des peintures au chocolat. Vous trouverez aussi des kits de peinture à l'eau, pinceau compris. Certains couples préfèrent la peinture maison, et se sont montrés très créatifs avec du miel et du beurre de cacahuètes. Comme n'importe quel artiste, vous devez suivre vos instincts et vous sentir libres de créer, sans vous soucier du désordre pour l'instant (vous pouvez tout de même prévoir un drap de protection). Créez des couleurs, écrivez des messages sur le corps de l'autre. Non seulement ce sont des sensations agréables, mais vous allez bien vous amuser et développer votre créativité. Qui sait, votre partenaire est peut-être un grand artiste qui n'attend que l'occasion de se révéler !

226. Demandez la fessée

D'après ce que j'ai compris, le fait de la demander peut être tout aussi excitant que le fait de la recevoir. Comme l'a dit une femme : « Une nuit, alors que mon mari et moi étions en pleine action, j'ai lâché "donne-moi une fessée !" Il m'a regardée d'un air étonné, mais sans dire un mot, il a commencé à frapper doucement mes fesses. En quelques minutes, on a joui tous les deux. Il y avait quelque chose de coupable là-dedans qui nous a rendus fous. »

227. Massez-lui le cuir chevelu

Nous aimons presque tous qu'on nous masse le cuir chevelu. Il est préférable de le faire sur des cheveux secs (les cheveux mouillés peuvent « accrocher »). Si cela ne dérange pas votre partenaire, mettez un peu de lotion ou d'huile pas trop grasse sur le bout de vos doigts ; faites de petits mouvements circulaires tout autour de son crâne, en faisant bien attention de ne pas oublier le moindre centimètre, de la base de sa nuque jusqu'en haut de son front.

228. Massez-lui le dos

C'est notre dos qui supporte la plupart des tensions de notre corps ; c'est pourquoi tant de gens ont tendance à avoir mal dans le bas du dos. Invitez votre partenaire à s'allonger sur le ventre et commencez votre massage juste au-dessus du sacrum, au bas de la colonne vertébrale. À partir du sacrum, remontez vers le haut de la colonne et amplifiez le mouvement vers les côtes. Finissez par le haut du dos et les épaules, en prenant garde de ne pas appuyer trop fort, notamment au niveau de la colonne. Chauffez-vous les mains en les frottant l'une contre l'autre, et utilisez une huile de massage pour que le contact de vos mains sur sa peau soit plus doux, et vos mouvements plus fluides. Il existe de nombreuses huiles de massage : choisissez-en une qui vous offrira en plus les bénéfices de l'aromathérapie. Un de mes clients a jeté son dévolu sur une huile d'amour appelée « Orgie romaine ». Quand il sort le flacon, sa femme sait à quoi s'attendre. Et son parfum unique a le don de les stimuler tous les deux.

229. Apprenez à laver et à brosser les cheveux de votre partenaire

Messieurs, la plupart des femmes adorent qu'on leur lave les cheveux – pourquoi croyez-vous qu'elles aillent si souvent chez le coiffeur ? Alors prenez donc rendez-vous pour une séance de shampoing. Qu'elle soit assise dans la cuisine, dans la baignoire ou sous la douche, elle va beaucoup aimer la sensation de vos grandes mains dans ses cheveux, frictionnant le shampoing parfumé.

Une fois le shampoing terminé, démêlez ses cheveux et brossez-les. Si plus de gens savaient comme il est divin de se faire ainsi soigner les cheveux, je parie qu'ils prendraient des leçons. Cette sensation tient à quelque chose de très simple : la plupart des gens se souviennent avec amour de leur mère ou leur père leur brossant les cheveux. Bien sûr, à l'époque, ce n'était pas vécu comme un moment relaxant, seulement comme un moment agréable, dont on voulait qu'il se prolonge. En tant qu'adulte, on peut maintenant le demander. Et tout amant digne de ce nom sait que la relaxation ouvre les portes de la communion entre deux êtres.

230. La magie d'un peu de sable

Il y a peu, un couple a reçu un cadeau qui a ajouté une dimension ludique à sa vie amoureuse déjà radieuse. C'est une boîte de méditation japonaise, qui ressemble à un mini bac à sable, accompagné d'une sorte de pinceau avec lequel on peut balayer le sable. Après avoir reçu cette délicieuse petite boîte, Ann et Chris lui ont fait visiter toutes les pièces de la maison, cherchant sa place idéale. Finalement, ils l'ont disposée dans la salle de bains, où elle a pris un sens tout nouveau : quand l'un d'eux se lève le matin, il écrit un message ou dessine quelque chose dans le sable pour l'autre, à propos de son état d'esprit ou de ce qu'il aimerait faire avec l'autre dans la journée ou la soirée. Comme l'explique Ann : « On est tous les deux de si piètres artistes que la moitié du jeu consiste à deviner ce que l'autre a dessiné ! »

231. Rasez-le

Glissez-vous dans vos dessous les plus sexy et demandez-lui de s'asseoir. Asseyez-vous sur ses genoux, face à lui (choisissez une chaise assez solide !), et commencez à le raser. Assurez-vous que vous avez tout le matériel nécessaire : eau tiède, rasoir, mousse à raser, serviette. Le mélange de danger et d'attention est grisant. Et il va l'adorer.

232. Quand c'est lui qui vous rase

Qu'il le fasse une fois dans sa vie ou qu'il adore le faire quand vous vous douchez ensemble, quand il s'occupe ainsi de vous, le souvenir perdure toute la journée – surtout quand vous croisez les jambes. Comme l'a dit un homme : « Je ne peux pas imaginer mieux pour commencer une journée que de m'occuper de son corps humide et chaud. » Ce qu'il y a de bien, c'est que la plupart des hommes maîtrisent la technique de rasage : réchauffer la peau, étaler la mousse, passer le rasoir. Ils savent ainsi habilement débarrasser vos jambes de leurs poils, ou toute autre partie de votre corps.

233. Comment utiliser des lubrifiants, et pourquoi

Les lubrifiants ont deux qualités principales : ils intensifient votre plaisir sexuel en vous maintenant au top, et ils ajoutent une dose de fun à la sexualité. Il y a de nombreux types de lubrifiants, certains sont plus adaptés aux rapports bucco-génitaux, d'autres à la stimulation manuelle, d'autres encore à la pénétration, avec ou sans accessoires. Voici quelques conseils de base :

- utilisez un lubrifiant incolore, pour ne pas craindre de tacher vos draps ;
- utilisez des lubrifiants à base d'eau. Les lubrifiants à base de pétrole détériorent le latex et peuvent provoquer des infections vaginales ;
- assurez-vous que le lubrifiant que vous avez choisi ne contient pas de nonoxynol-9, un spermicide qui crée des irritations douloureuses chez l'homme et la femme. On le trouve aussi sur certains préservatifs. Il sera une entrave au plaisir plutôt qu'un adjuvant.

234. Les gants du coït

Laissez un gant de toilette près de votre lit. C'est une assistante de recherche d'une aide inestimable qui m'a confié cette astuce, en me parlant de ses « gants du coït ». J'aime plutôt bien ce nom ! C'est un truc très pratique pour essuyer rapidement, le cas échéant, les fluides corporels sans casser l'ambiance du moment. Un gant de toilette est plus efficace qu'un mouchoir en papier. En le laissant près de vous, vous pouvez rester au lit au lieu de vous lever pour aller dans la salle de bains. C'est aussi une astuce très pratique pour les femmes qui n'aiment pas avaler le sperme. Mon assistante de recherche suggère également de choisir des gants de couleurs ou de formes différentes de celles des gants que vous utilisez pour vous laver habituellement. Ainsi, vous pouvez facilement les ranger à part après une lessive.

235. Restez discrets sur votre vie sexuelle

Je n'ai sans doute pas besoin de vous le dire, mais on n'est jamais trop prudent. Même si, parfois, vous avez très envie de révéler ou partager des détails intimes à vos amis ou à votre famille, n'oubliez pas qu'un petit détail peut donner naissance à des conjectures beaucoup plus vastes. Votre vie sexuelle est censée rester privée ; elle vous concerne tous les deux, et personne d'autre. Une fois que vous en parlez, non seulement vous la banalisez, mais vous risquez de rompre l'intimité sur laquelle est fondée votre relation. Alors ne dites rien à vos amis de ses gémissements ou des taches de rousseur sur son pénis. Appréciez ces petits détails, et gardez-les pour vous.

236. Vous avez le droit de vous amuser !

Si l'on est capable d'apprendre à rire de soi dans la chambre, au même titre que dans les autres pièces de la maison, on évite le risque de prendre les choses – et soi-même – trop au sérieux. Quand vous riez et que vous vous amusez, vous résistez à l'omniprésente pression pour la performance. Il y a un temps pour le sexe « sérieux », très hot ; mais il y a aussi des moments où l'on a besoin de se laisser aller et de rire. Le sexe, ça devrait être amusant. Depuis un certain Luis racontant comment il est tombé du lit en pleine action, jusqu'aux couples qui explosent de rire à cause de quelque « pet d'amour », beaucoup de gens m'ont dit que certains de leurs meilleurs souvenirs sexuels sont aussi les plus drôles. En un mot comme en cent, si vous avez envie de vous amuser, vous allez vous amuser !

Les classiques : mouvements, positions et plus encore de mes archives

Dans le chapitre précédent, vous avez découvert une centaine de conseils et techniques pour entretenir le feu entre votre partenaire et vous tout au long de la fin du printemps et de l'été. Au moment même où vous pensez que vous méritez une pause de fin d'été, j'ai envie de vous donner de nouveaux trucs qui feront de votre automne un été indien, aux tons ardents. Comme le titre l'indique, ce chapitre est un recueil de mouvements et de positions classiques, et autres « trucs » sélectionnés dans les archives de mes séminaires sur la sexualité. Parmi les favoris, l'Ode à Bryan (peut-être la meilleure stimulation manuelle du pénis qui soit), les dix manières de mener une femme à l'orgasme, des conseils pour la stimulation buccale d'un homme et d'une femme, et beaucoup, beaucoup plus. Pourquoi sont-ils « classiques » ? Parce qu'ils marchent, qu'ils marchent très bien et qu'ils continuent de marcher pour des tas de gens. En dix ans de séminaires, j'ai écouté des milliers d'hommes et de femmes me dire ce qui marchait pour eux sur le plan sexuel. J'ai engrangé cette information, je l'ai enrichie de mes propres idées, pour vous proposer aujourd'hui les meilleures techniques sexuelles, manuelles, orales, vaginales et anales. J'y ai inclus des conseils qui visent à développer l'aspect spirituel de votre sexualité, ainsi que des exercices destinés à amplifier votre excitation et vos réponses physiques. Voici comment augmenter votre plaisir sexuel, élargir vos connaissances sur le sujet et devenir les Grands Amants que vous êtes sans aucun doute destinés à être.

237. L'Ode à Bryan

C'est une technique favorite entre toutes parmi les stimulations manuelles du pénis. Une bonne stimulation manuelle est une stimulation facile à maîtriser, et l'Ode à Bryan en fait partie. C'est un de mes meilleurs amis qui me l'a enseignée en utilisant une cuillère alors que nous buvions un café. Pour commencer, installez-vous confortablement entre ses jambes. Votre partenaire peut être assis sur une chaise, sur le bord du lit, sur une marche d'escalier ou à l'arrière d'un taxi. C'est une technique qui s'adapte à de nombreuses situations. Vous allez utiliser vos deux mains, ce qui va élargir la zone de sensation et assurer un rythme soutenu à la caresse.

Étape 1 : utilisez votre lubrifiant préféré, enduisez-en les paumes de vos mains et frottez-les l'une contre l'autre afin de chauffer le produit.

Étape 2 (ill. 12) : vous allez utiliser vos deux mains ; quelle que soit celle par laquelle vous voulez commencer, placez la paume vers l'extérieur, pouce tourné vers le bas, enfoui dans ses poils pubiens, et saisissez doucement la base du pénis. « Cassez » votre poignet, orientez-le vers son ventre : vous voyez le dos de votre main et vos quatre doigts ; lui voit votre pouce. Le haut de votre pouce repose contre le bout de vos doigts. Maintenant, remontez le long du pénis – doucement mais fermement.

Ode à Bryan

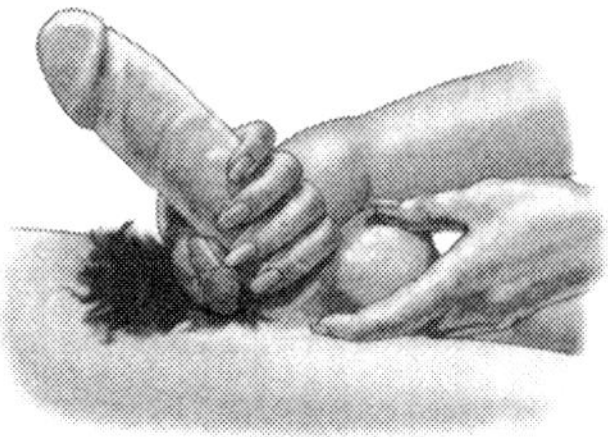

Ill. 12 Étape 2

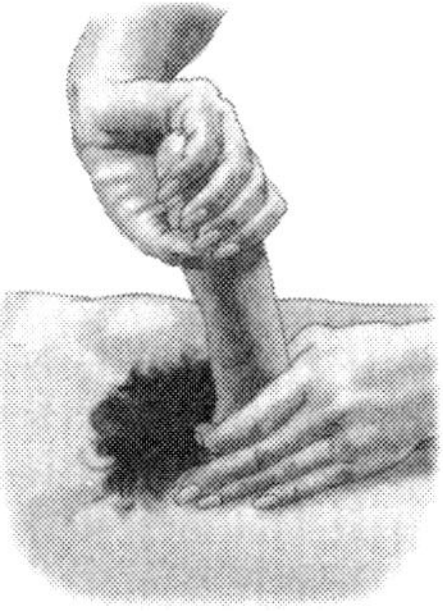

Ill. 13 Étape 3

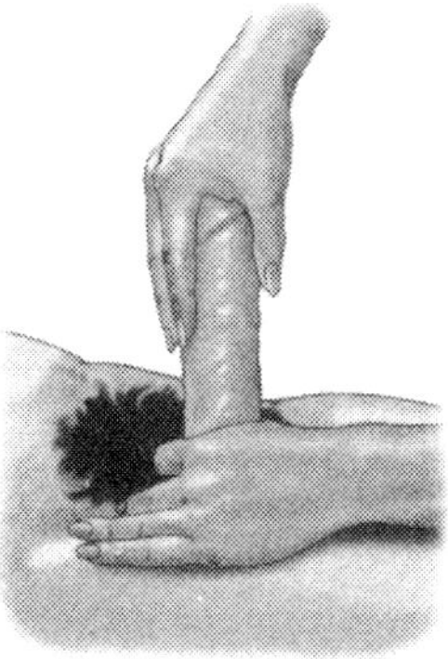

Ill. 14 Étape 4

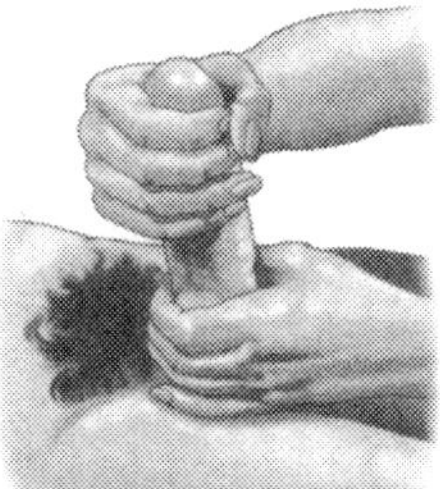

Ill. 15 Étape 5a

Ill. 16 Étape 6

Étape 3 (ill. 13) : une fois que vous êtes au niveau du gland, relâchez la flexion de votre poignet.

Étape 4 (ill. 14) : comme si vous caressiez la tête d'un nourrisson, faites un mouvement de rotation au niveau du gland et étendez les doigts de manière qu'ils soient dans le prolongement de la hampe. Ainsi, vous maintenez un contact de la paume tout en tournant autour du gland. Comme le dit Bryan, « la partie critique, c'est la rotation de la main. Elle doit intervenir seulement au sommet du pénis. Et tu dois avoir la plus grande surface de contact possible entre ta main et le pénis à chaque instant, pour créer le maximum de sensations et de stimulation ».

Étape 5a (ill. 15) : une fois la rotation terminée, et tout en maintenant le contact paume-pénis, repliez les doigts de manière à former un anneau avec votre pouce et votre index.

Étape 5b : terminez la caresse en redescendant le long de la hampe.

Étape 6 (ill. 16) : alors que vous terminez le mouvement de la première main, votre seconde main doit déjà être positionnée à la base du pénis, prête à entamer son mouvement vers le haut.

Étape 7 : répétez ce mouvement aussi longtemps que nécessaire…

238. Trois doigts

La plupart des femmes aiment être stimulées manuellement. Comme leur premier orgasme provient en général de la masturbation, beaucoup de femmes sont capables d'avoir des orgasmes intenses et rapides de cette manière. Avant de commencer, faites deux choses : lavez-vous les mains et réchauffez-les ; enduisez-les de lubrifiant à base d'eau. Et gardez à l'esprit ce conseil d'ordre général :

quand vous touchez le sexe d'une femme, commencez toujours par des caresses larges, et réduisez la zone de stimulation à mesure que ses sensations s'intensifient. Voici un mouvement fort apprécié.

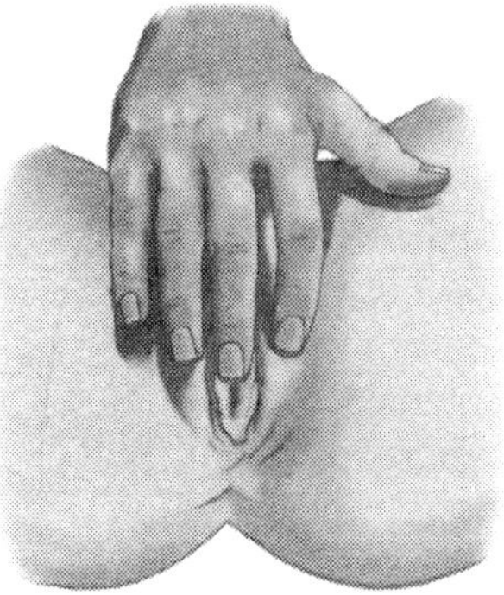

Ill. 17 Étape 1

Étape 1 : comme l'indique **l'illustration** 17, courbez l'index, le majeur et l'annulaire sur sa vulve pour réchauffer cette zone et la préparer à vos caresses, afin de n'en heurter aucune parcelle, surtout pas le clitoris – pas vraiment stimulant ! Avec le majeur, caressez doucement la région clitoridienne et le bouton.

Étape 2 : maintenez un lent mouvement de haut en bas, tout en insérant doucement votre majeur dans son vagin (**ill. 18**).

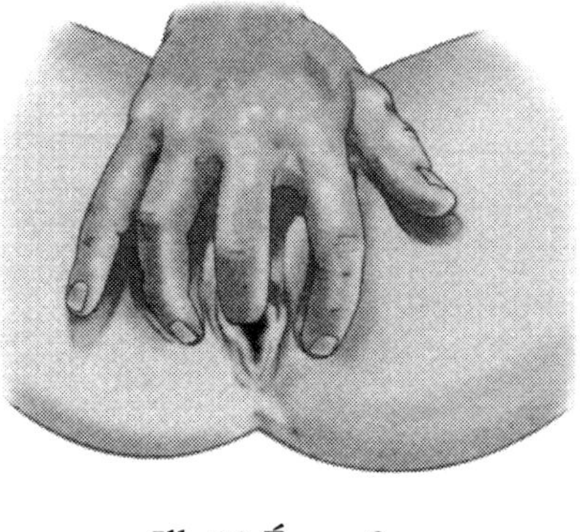

Ill. 18 Étape 2

Étape 3 : enfin, avec le majeur et l'index, comme le montre l'**illustration 19**, stimulez le clitoris avec des mouvements de bas en haut. Certaines femmes aiment qu'on pince légèrement leur bouton, d'autres préfèrent une sensation de pulsation ; d'autres encore veulent ce mouvement ininterrompu de vos doigts, de bas en haut.

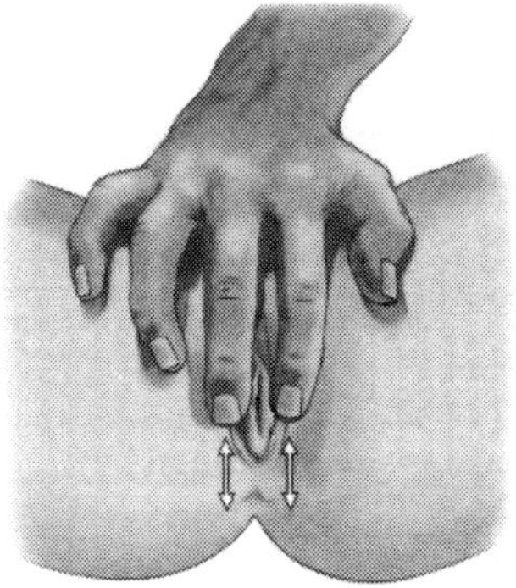

Ill. 19 Étape 3

Vous pouvez adopter la position que certains Grands Amants préfèrent pour pratiquer cette stimulation manuelle (**illustration 20**). Elle permet à la femme de s'ouvrir mentalement à toutes les sensations, tout en profitant d'un contact physique extrême avec son partenaire.

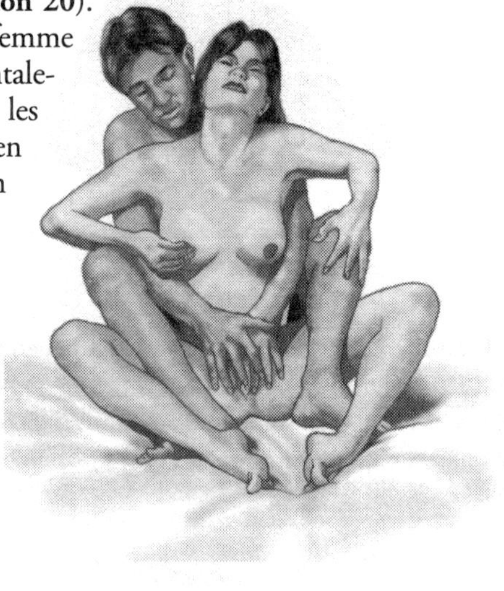

Illustration 20

239. L'une sur l'autre

Voici une autre possibilité de stimulation manuelle. Le mouvement consiste à écarter les lèvres d'une main, et à caresser le clitoris de l'autre. Comme le suggère l'**illustration 21**, utilisez deux doigts de la première main pour écarter les lèvres, et le majeur de l'autre main pour un mouvement circulaire ou de haut en bas. Et si elle l'apprécie, glissez votre majeur dans son vagin de temps à autre. N'oubliez pas de veiller à ce que les tissus délicats de la vulve restent humides, pour faciliter vos caresses et pour ne pas qu'elle ressente la moindre gêne.

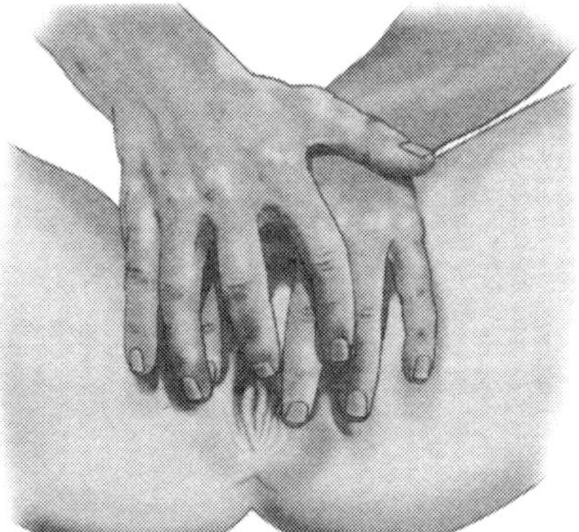

Illustration 21

240. Main dans la main

Une des techniques favorites de mes séminaristes et de leurs compagnons.

Étape 1 : enduisez bien vos mains de lubrifiant et entrelacez vos doigts comme sur l'**illustration 22** (vue du dessus) ; enfilez-les autour de son pénis en érection.

Étape 2 : vos mains doivent jouer le rôle d'un vagin factice ; reproduisez les sensations qu'il est censé avoir lorsqu'il est pénétré pour la première fois.

Étape 3 : descendez lentement le long de sa hampe comme sur l'**illustration 23**. Ce mouvement sera ensuite continu de haut en bas puis de bas en haut.

Étape 4 : l'**illustration 24** vous montre comment pivoter à la base de son pénis avant de remonter le long de sa hampe. N'arrêtez pas le mouvement vertical pendant cette caresse pivotante, pour plus de sensations. Le mouvement est comparable à celui du tambour d'une machine à laver, mais tout doucement.

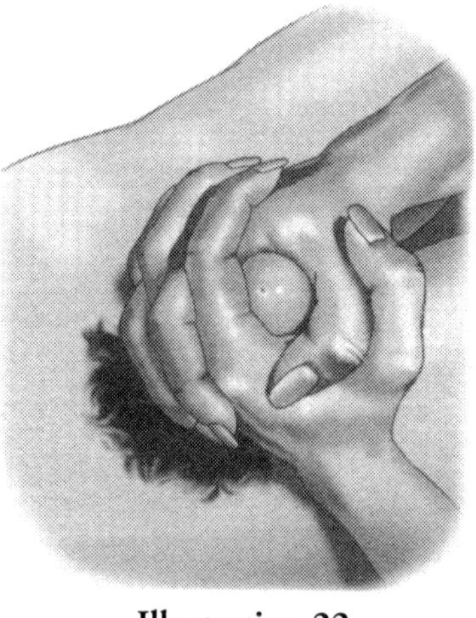

Illustration 22

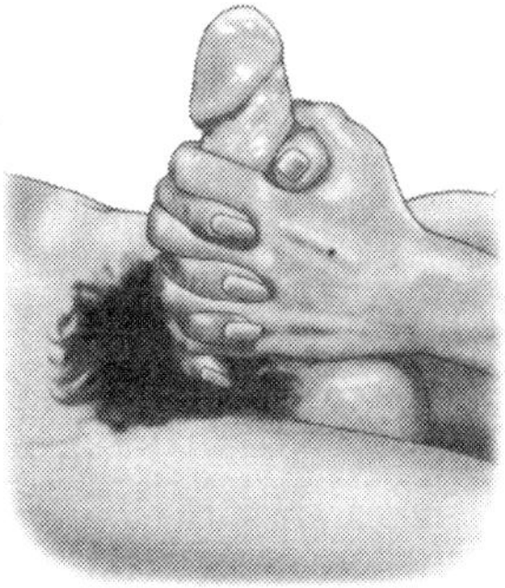

Illustration 23

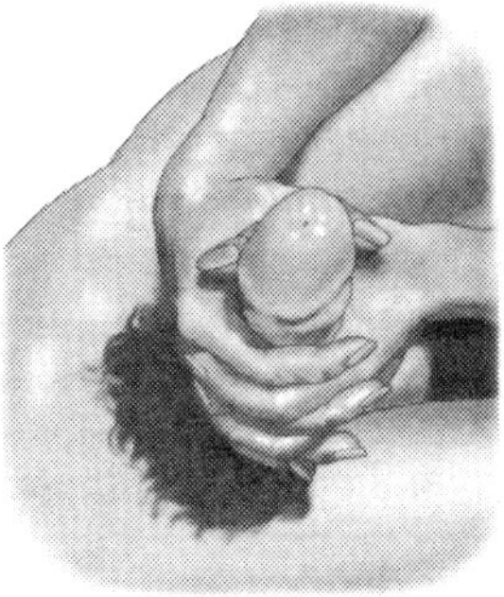

Illustration 24

241. L'art du plaisir buccal

La stimulation buccale a le don d'exciter la plupart des femmes. C'est l'un des actes amoureux les plus intimes qu'un homme puisse accomplir. C'est aussi, pour un grand pourcentage de femmes, l'une des manières les plus sûres d'avoir un orgasme. Pourquoi ? En raison de la stimulation constante d'une bouche chaude, douce et humide. On dit souvent des hommes qui pratiquent le cunnilingus qu'ils sont des « artistes » – à cause de cette façon de donner du plaisir à leur partenaire. Tous les artistes vous le diront, l'art est subjectif et personnel, et il n'y a pas deux femmes dont le plaisir emprunte les mêmes voies. Dans le cas qui nous intéresse, l'artiste doit préparer la toile des sensations de sa partenaire en étant à l'écoute de ses besoins et de ses envies, avant d'utiliser ses propres outils pour l'emmener à un autre niveau du plaisir. Messieurs, les techniques suivantes vous aideront à peindre cette toile. Mais sachez que sans la volonté de lui donner du plaisir, à elle et à elle seule, vous ne produirez pas de chef-d'œuvre, tout au mieux une contrefaçon.

242. Stimulation directe ou pas ?

Certaines femmes préfèrent une stimulation directe du clitoris, d'autres la trouvent trop intense. Il arrive aussi que ces préférences changent au cours du cycle menstruel, certaines femmes devenant trop sensibles pour une stimulation directe dans les deux semaines de milieu de cycle, alors qu'elles en raffolent le reste du temps. Maintenant, messieurs, si votre partenaire adore les sensations fortes d'une stimulation directe, vous pouvez en varier l'intensité en décalottant le capuchon clitoridien de manière à exposer le gland, extrêmement sensible, à vos caresses. Vous le ferez plus facilement si vous êtes entre ses jambes, en position de pouvoir appuyer sur son pubis. Comme si vous vouliez, de la main, mimer un sourire sur un visage, imprimez une légère pression en direction du ventre sur son mont de Vénus. De cette manière, vous pourrez stimuler davantage les petites lèvres et le clitoris. Ou, en fonction de votre position préférée, si vous êtes allongé entre ses jambes, utilisez l'index et le majeur de vos deux mains pour relever les petites lèvres et mieux explorer de votre bouche cette zone incroyablement douce.

243. Variez la vitesse et la pression de votre langue

Ce sont les variations de sensations qui créent le plaisir lors d'un cunnilingus. Une fois que vous avez atteint un certain stade, vous pouvez maintenir la même intensité jusqu'à la fin. La raison pour laquelle il ne faut pas imprimer la même pression au début, ce sont ces nerfs hypersensibles : ils doivent s'habituer à l'intensité de la caresse de votre langue. Si elle est trop forte ou trop rapide, vous risquez de refroidir votre amante. Un bon danseur ne se contente pas des mêmes pas du début à la fin d'une chanson ; variez vos caresses au cours de votre chorégraphie.

244. Pour les fleurs les plus délicates

Si votre partenaire est trop sensible pour une stimulation directe du clitoris, vous avez plusieurs options :

1. Alternez caresses larges et recentrées autour du clitoris, mais sans stimulation directe du gland (la partie la plus sensible). Pour une caresse large, aplatissez le bout de votre langue ; pour une caresse recentrée, pointez le bout de la langue.

2. Caressez-la à travers un sous-vêtement en soie légère. La soie humide adhère à n'importe quelle surface, et c'est un parfait indicateur pour l'intensité de vos caresses si votre partenaire est très sensible.

Sachez aussi que ce n'est pas parce qu'une femme est très sensible qu'il est plus facile de lui donner du plaisir. Encore une fois, si la pression est trop grande, elle quittera le royaume du bien-être pour celui du supplice. Et je peux vous assurer qu'une fois que l'on commence à avoir mal il est très difficile de retrouver des sensations agréables. Au lieu de prendre ce risque, commencez tout doucement et montez peu à peu en intensité.

245. Encore un nez fort…

Les femmes le savent depuis belle lurette : chez un homme, un grand nez est la promesse d'une remarquable satisfaction sexuelle ; ce n'est pas une légende… Non pas que ce grand nez garantisse « un peu plus bas » une taille XXL ; mais de façon plus sûre, les hommes que la nature a pourvus d'un nez robuste savent généralement s'en servir pour donner du plaisir à leurs partenaires. Certains hommes utilisent le bout de leur nez quand leur langue fatigue, ou tout simplement parce qu'ils aiment la douce texture des lèvres et du clitoris contre leur peau. Certains hommes trouvent le parfum de leur amante si enivrant qu'ils donnent l'impression de vouloir s'imprégner de son essence tout entière. D'autres utilisent leur menton pour imprimer une pression au bas de l'entrée du vagin, et d'autres encore, de leurs lèvres pincées, écartent celles – intimes – de leur amante avant de les prendre en bouche.

246. La méthode Kivin

La beauté de la méthode Kivin est de permettre une intense stimulation orale tout en donnant un retour immédiat sur la pertinence de vos gestes. Cette méthode procure aussi un nouvel angle pour vous et votre partenaire. Pour bien l'intégrer, localisez d'abord les points K et C sur l'**illustration 25**. Puis suivez le guide :

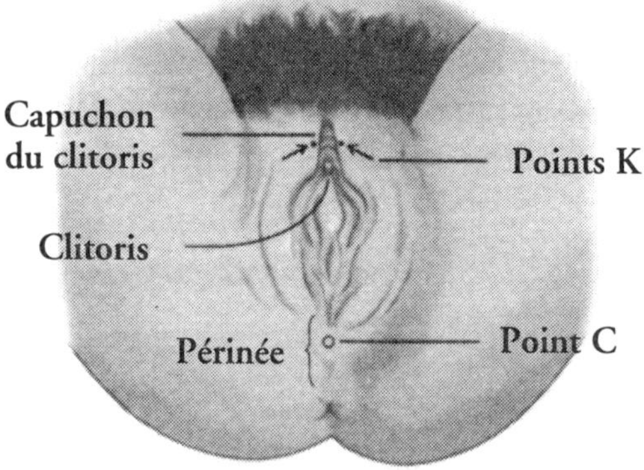

Illustration 25

- L'homme se place en angle droit par rapport au bassin de la femme (voir l'**illustration 26**).
- La femme se contente d'apprécier les sensations.
- Avec sa langue, l'homme caresse d'avant en arrière le capuchon du clitoris. Les hommes qui utilisent cette technique disent que, lorsque leur partenaire est excitée, ils sentent deux petites bosses de chaque côté du clitoris, comme deux demi-grains de riz. Ce sont les points K.
- Le point C vous indique tout de suite si vous êtes au bon endroit. Placez votre majeur à cet endroit du périnée, à un quart de la distance entre le vagin et l'anus. Vous devez avoir les ongles courts, de manière à ce que votre partenaire ne sente que la pulpe de votre doigt. Si les caresses de votre langue sont bien placées, votre partenaire va avoir des contractions préorgasmiques involontaires à cet endroit. Votre doigt ne doit pas bouger, sinon vous risquez de détourner l'attention de votre partenaire, qui doit rester concentrée sur les sensations du clitoris. En « lisant » ainsi son corps, vous êtes certain

Illustration 26

que votre langue est toujours bien placée, sans vous demander « Suis-je bien là où il faut ? Où est-ce donc ? Est-ce que j'ai dévié ? »

- Une fois que vous avez commencé, ne vous arrêtez pas. Continuez au-delà des premières contractions ; souvent, cette stimulation est la partie de l'orgasme la plus intense et la plus agréable.
- Certains couples apportent une variante à cette position : la femme replie ses jambes sur son torse, et l'homme les maintient immobiles avec son bras. De cette manière, la femme, très largement ouverte, jouit d'une stimulation encore plus intense.

247. Profond, doux, humide et chaud

Messieurs, pendant un cunnilingus, embrassez ses lèvres intimes comme vous le feriez de ses autres lèvres. Si vous avez du mal à vous représenter un baiser « à cet endroit-là », imaginez tout simplement que vous l'embrassez sur la bouche : ces deux zones réagissent à la chaleur, à l'humidité et à la texture. Alors embrassez-la véritablement – un baiser profond, doux, humide et chaud, et maintenez un contact permanent.

248. Pas de petits coups de langue, s'il vous plaît

Mon conseil n° 1 pour le cunnilingus : pas de petits coups de langue, s'il vous plaît ! Au tout début, pourquoi pas, mais soyez bien conscients que cette pratique est une image éculée tout droit issue de l'industrie pornographique. Si les films X montraient vraiment ce qui fait plaisir à une femme, vous ne verriez même pas la langue. En d'autres termes, ces petits coups de langue sont parfaits pour un plan de film porno, mais ne le sont pas du tout pour donner du plaisir à une femme. Avec ce type de caresse, précipitée et ennuyeuse, une femme a beaucoup de mal à développer ses sensations et à ressentir du plaisir. La solution ? Utilisez votre langue de manière variée : voilà ce qu'attendent les femmes. Certaines préfèrent des caresses larges, généreuses ; d'autres, des caresses plus appuyées du bout de la langue ; d'autres encore aiment les mouvements d'avant en arrière sur leur clitoris avec le dessous de votre langue, très doux ; et pour certaines femmes, une succion régulière du clitoris fera l'affaire. Mais je n'ai encore jamais connu de femme qui apprécie ces petits coups de langue que l'on voit dans les films porno.

249. Un conseil pour la sucer

Beaucoup d'hommes viennent me voir pour me demander comment ils doivent lécher ou sucer une femme. Le conseil que je leur donne me vient d'une femme qui l'a formulé ainsi lors d'un séminaire : « Sucez-nous comme vous voudriez qu'on vous suce. » C'est-à-dire ? Votre partenaire va vous guider. C'est elle qui vous dira quelle intensité de succion lui plaît. Alors messieurs, si vous savez d'ores et déjà que votre partenaire aime que vous suciez son sexe, essayez de faire comme si vous suciez sa langue lors d'un *French kiss*. Demandez-lui aussi si vous devez vous déplacer ou s'il faut ajuster la force de votre succion. En fait, la manière la plus simple de savoir ce qui lui plaît est tout simplement de sucer son doigt ou sa langue et de lui demander ce qu'elle préfère – de cette façon, sa réponse peut être immédiate.

250. En cas de fatigue de la langue

Messieurs, si votre langue fatigue, il y a des façons de maintenir le contact et les sensations tout en faisant un petit break, sans casser le rythme. Repliez la langue sur votre lèvre supérieure et continuez de stimuler votre partenaire avec le dessous de la langue, une zone extrêmement douce, dotée d'un relief qui peut apporter de nouvelles sensations. Vous pouvez aussi faire des mouvements de tête latéraux : ainsi, votre langue elle-même ne bouge plus, mais vous continuez ces mouvements d'avant en arrière qui sont si importants pour la plupart des femmes. Bonus : ça vous détend la nuque.

251. Pour éviter une crampe dans la nuque

Disposez un oreiller sous votre torse et un autre sous son bassin : votre menton n'est plus écrasé contre le matelas (ou quelque surface que ce soit). Son bassin ainsi surélevé, vous bénéficiez d'une plus grande liberté de mouvement. Dans cette position, vous pouvez aussi faire reposer votre menton sur votre poing fermé. Et pourquoi ne pas utiliser alors votre index pour caresser la zone clitoridienne, le périnée ou, comme l'apprécient certaines femmes, imprimer une pression vers le bas de son vagin en y introduisant votre doigt.

252. L'alphabet du plaisir

La majorité des femmes préfèrent les petits mouvements de langue en travers du clitoris. Pour que ce soit un peu plus intéressant pour vous, messieurs (ça l'est déjà pour elle), vous pouvez varier vos mouvements en écrivant les lettres de l'alphabet avec la langue – merci à Sam

Kinison pour cette astuce. Puis changez le style des lettres, ou écrivez une phrase entière. Vous ne devez pas confondre ces mouvements avec des petits coups de langue (voir n° 248) : ici, l'action de votre langue, ferme mais délicate, permet aux sensations de se développer. Il paraît que c'est à Whoopi Goldberg que l'on doit cette seconde astuce : que les amateurs de cunnilingus s'entraînent avec un bonbon Polo ; mâchoires immobiles, placez le bonbon contre la paroi intérieure de vos dents et, avec seulement des mouvements de langue, faites disparaître le bonbon. Cette exploration du volume du bonbon – le trou, les lettres en relief, les bords, les zones lisses – constitue une excellente préparation à l'exploration de toutes les parois féminines. Et si vous vous entraînez dans le métro, personne n'en saura rien.

253. La puissance du contact visuel

Mesdames, lorsque vous le stimulez manuellement ou oralement, regardez-le. Souvenez-vous, les hommes sont des créatures visuelles, ils veulent vous voir avoir du plaisir quand vous leur en donnez. Alors ne vous cachez pas derrière vos cheveux, et ne détournez pas le regard. Comme l'a dit un homme, représentatif de la gent masculine : « Quand elle me regarde droit dans les yeux avec mon pénis dans sa bouche, je ne sais pas comment j'arrive à me retenir. Ça m'excite terriblement. »

254. L'anneau et le sceau

Cette technique est la clé pour une bonne fellation. Il y a six choses à faire, que je vais maintenant vous apprendre. Les deux premières concernent la phase de préparation :

1. Formez un anneau avec votre pouce et votre index ; les autres doigts sont placés derrière l'index, dans la même position : ils formeront un tunnel autour du pénis.

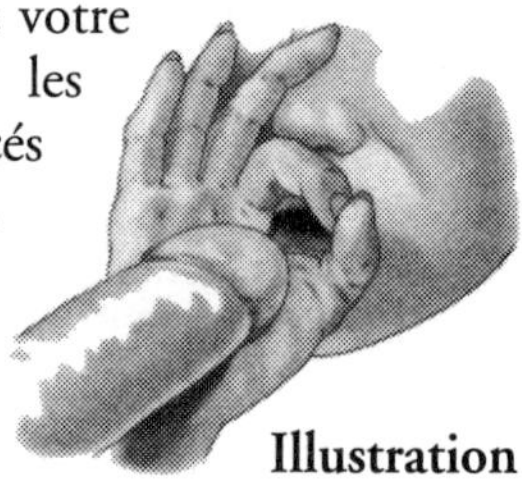

Illustration 27

2. « Scellez » l'anneau à votre bouche, comme un petit tube. Vous étendez ainsi la zone de stimulation du pénis. Une fois l'anneau et le « sceau » en place, vous voilà prête pour la meilleure fellation de sa vie.
   Gardez à l'esprit les trois raisons pour lesquelles les hommes disent que c'est si extraordinaire de pénétrer une femme : la combinaison de la chaleur, de la pression et de l'humidité. Avec votre main « scellée » à votre bouche, vous créez un vagin virtuel. La beauté de cette technique, c'est que ce sont vos mains qui contrôlent la pression : finis les bleus et l'intérieur des lèvres abîmé par les dents ; finis aussi les muscles des mâchoires fatigués : c'est l'anneau qui travaille pour vous. Le sceau et l'anneau ne se désunissent pas.

3. **Haut/Bas**. L'anneau scellé à votre bouche, qui procure chaleur et humidité, saisissez-vous de son sexe et commencez un mouvement de va-et-vient le long de la hampe.

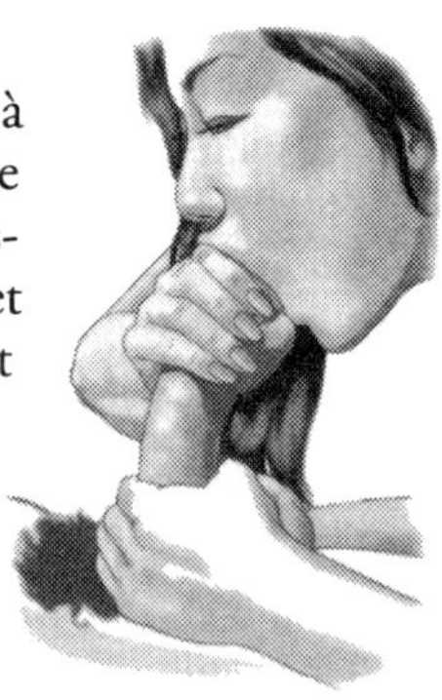

Illustration 28

4. **Rotation.** Dans le même temps, imaginez que l'anneau est monté sur roulement à billes (ce sera plus facile avec beaucoup de salive ou si vous utilisez un lubrifiant) : tournez votre main doucement et de manière continue (n'oubliez pas, l'anneau est scellé à votre bouche).

Illustration 29

5. **La langue en mouvement.** Toujours en même temps, le bout de votre langue (un peu plus d'un centimètre) s'insère dans l'espace entre le pouce et l'index pour un mouvement de va-et-vient plus ou moins appuyé en travers du frein (la petite membrane en V, en haut du pénis, sur sa face antérieure).

6. Élargissez la zone de plaisir au-delà du pénis. De votre main libre, stimulez une autre partie de son anatomie : l'intérieur des cuisses, les tétons – et n'oubliez pas les testicules ; souvenez-vous qu'il faut les traiter comme de petits œufs fragiles, et tout ira bien. Quand ils se masturbent, certains hommes se caressent énergiquement le bas-ventre ; vous pouvez imiter ce geste : avec le côté de la main, caressez fermement son ventre du nombril jusqu'à la base du pénis. Autres options : avec le pouce, caressez le périnée, sous le scrotum. Attention à vos ongles, ou pliez l'index et le majeur. Utilisez aussi les articulations de vos doigts pour des caresses circulaires à cet endroit.

255. N'oubliez pas les belles-filles

À quoi fais-je référence ici ? À ses testicules. Pourquoi ce nom ? Pendant un séminaire exclusivement féminin, alors que nous discutions du fait que les testicules et le scrotum étaient souvent négligés (notre attention étant tellement accaparée par le pénis), une femme a lancé : « Oh mon Dieu, on les traite comme les beaux-enfants ; on les ignore totalement ! » J'ai cru mourir de rire – bien que je sois moi-même belle-fille et belle-mère, et que cette notion ne soit pour moi en rien péjorative. Mais vraiment, mesdames, il y a davantage d'hommes qui veulent que l'on s'occupe de cette partie de leur corps que de leurs fesses. La règle des petits œufs fragiles s'applique ici, à moins d'un contrordre de sa part. Certains hommes aiment qu'on les suce, qu'on les tienne, qu'on les niche au creux d'une main plaquée contre leur corps. Certains hommes aiment que l'on étire le scrotum (l'enveloppe autour des testicules), en prenant leurs bourses en étau entre le pouce et l'index, et en tendant doucement la peau. D'autres hommes préfèrent quand une femme prend leurs testicules à pleines mains, dans un geste de « viens par ici ».

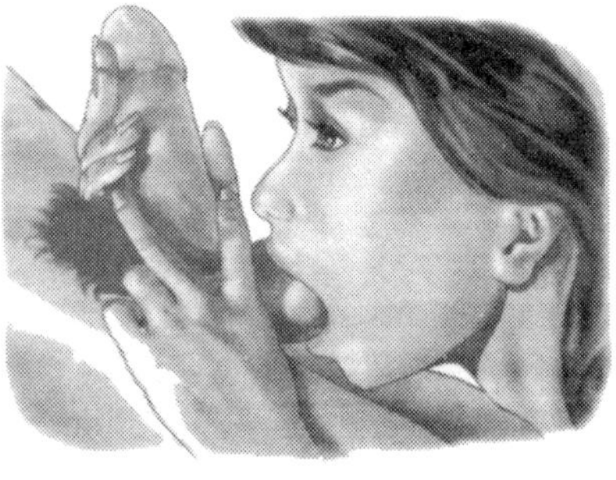

Illustration 30

256. Un point sensible : le frein

Le frein est situé sur la partie antérieure du pénis, sous le gland. Les femmes parlent souvent du « V ». C'est une membrane rattachée au prépuce, et pour la plupart des hommes, cette zone de terminaisons nerveuses est un point particulièrement sensible. C'est évident pour des hommes circoncis (quand le frein n'a pas été enlevé), mais c'est également valable, sinon plus, pour des hommes non circoncis. Quand une femme caresse ou lèche le frein – avec sa bouche, sa langue ou ses doigts – elle provoque des sensations extraordinaires. Alors mesdames, si vous passez dans le coin, n'oubliez pas de prêter attention à cette partie sensationnelle de son anatomie. Mais dites-vous bien que, comme votre clitoris, cette zone est très sensible et risque d'être stimulée de manière trop intense : ne vous attardez pas trop longtemps sur le frein, vous pourriez produire un effet contraire à celui souhaité ; à moins qu'il ne vous le demande, bien entendu.

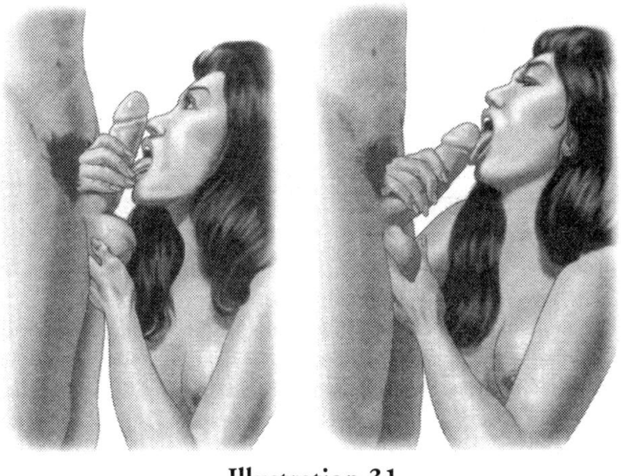

Illustration 31

257. Les dix manières de mener une femme à l'orgasme

Les femmes peuvent atteindre l'orgasme de bien des manières, dix en particulier. Ces dix « chemins » décrits ci-dessous montrent l'étendue de la sensibilité sexuelle féminine – lors de votre prochain voyage sensuel, pensez bien que vous êtes susceptible de déclencher un orgasme à tout moment :

258. Le clitoris

L'orgasme clitoridien, la forme la plus commune de l'orgasme féminin, peut être provoqué par une stimulation de la main, de la bouche, du pénis (frottement de la zone clitoridienne), de la cuisse ou d'accessoires (godemiché, vibromasseur). Les femmes décrivent la sensation orgasmique comme une vague qui remonte vers le haut et l'intérieur de leur corps. Les nerfs stimulés ici sont les nerfs pudendaux.

259. Le vagin et le col de l'utérus

Cet orgasme est provoqué par une stimulation à l'intérieur du vagin ou au niveau du col de l'utérus, généralement par le mouvement de va-et-vient du pénis ou d'un accessoire. Ce sont les nerfs pelviens et hypogastriques qui sont impliqués, et les femmes décrivent cet orgasme comme une sensation plus globale, avec une impression de « poussée vers le bas » au moment crucial.

260. Le point G et la zone AFE (Anterior Fornix Erotic)

Le point G est une petite zone de forme plus ou moins ronde, que l'on peut sentir à travers la paroi antérieure du vagin, au-dessus de l'os pubien. Sa stimulation (manuelle ou par le pénis) provoque de puissants orgasmes chez certaines femmes. Mais n'en faisons pas le Saint-Graal de la sexualité féminine. Si le point G est une vraie bombe pour certaines femmes, pour d'autres, sa stimulation est sans effet. La zone AFE est la partie antérieure du vagin située non loin du col de l'utérus (cul-de-sac vaginal antérieur). À la différence du point G, dont la stimulation doit être régulière et soutenue pour mener à l'orgasme, la zone AFE réagit à une stimulation rapide et légère.

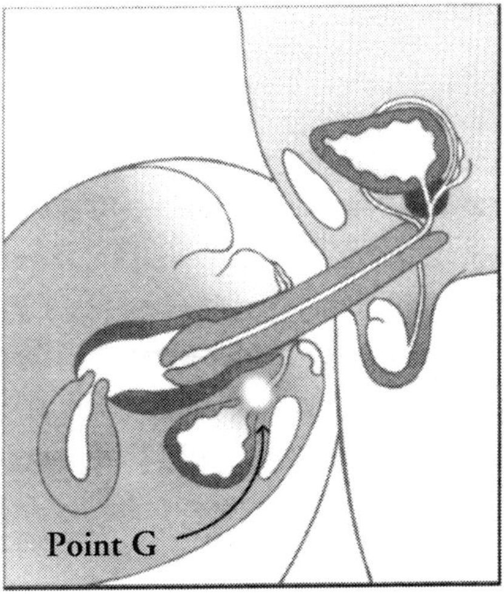

Illustration 32
Stimulation lors d'un rapport sexuel par-derrière

261. L'urètre

L'urètre, par où est expulsée l'urine, est situé entre le gland du clitoris et l'entrée du vagin. Une pression énergique de cette zone, manuelle, buccale ou pendant un rapport vaginal (notamment dans la position représentée sur l'**illustration 33c**), peut provoquer un orgasme intense chez certaines femmes. La raison en est simple, et physiologique : l'urètre est entouré sur trois côtés par le clitoris.

262. Les seins/Les mamelons

Certaines femmes adorent qu'on leur caresse les seins et les mamelons ; d'autres, non. Pour les premières, la stimulation des seins, depuis la douceur d'une légère succion jusqu'à l'étreinte de pinces à sein, peut provoquer des sensations très intenses. Dans son livre *Liberated Orgasm*, le Dr Herbert Otto affirme que l'orgasme des seins/mamelons arrive en seconde position après l'orgasme clitoridien. C'était même selon lui le type d'orgasme le plus fréquent à l'époque où la contraception n'était pas aussi facile qu'aujourd'hui.

263. La bouche

Inhabituel, mais pas impossible, ce type d'orgasme irradie depuis les lèvres à travers la bouche, la langue et la gorge. Comme l'orgasme des seins/mamelons, on trouve davantage d'orgasmes de la bouche quand les couples se caressent et s'embrassent beaucoup.

264. L'anus

Ceux qui ont intégré les plaisirs anaux à leur répertoire sexuel savent sans doute déjà à quel point la stimulation et l'orgasme de l'anus peuvent être intenses. On peut stimuler l'anus avec la bouche (anilingus : la langue caresse le pourtour de l'anus), en y introduisant un ou plusieurs doigts (attention à vos ongles !), un accessoire ou le pénis. Dans la technique d'anilingus appelée « les pétales de rose », votre langue décrit des petites boucles autour de l'anus, comme si vous dessiniez les sépales d'une rose (ces petites feuilles vertes sous les pétales). Puis votre langue décrit un cercle autour de son œillet (on appelle cela le *rimming*).

265. Mixte

Ce type d'orgasme intervient quand au moins deux parties du corps sont stimulées et excitées en même temps. Il arrive souvent, par exemple, qu'une femme ait à la fois un orgasme clitoridien et vaginal : deux systèmes nerveux distincts sont alors stimulés au même moment (les nerfs pudendaux pour le clitoris, et les nerfs pelviens et hypogastriques pour le point G). On retrouve ces deux familles de nerfs chez l'homme également, dont dépendent respectivement le pénis et la prostate.

266. Une zone banale

La stimulation d'une partie du corps *a priori* non érogène peut provoquer un orgasme. C'est le cas, par exemple, si une femme est excitée au point d'avoir un orgasme quand son partenaire caresse ses cuisses ou ses pieds. On rencontre aussi ce phénomène chez les hommes, qui peuvent par exemple avoir un orgasme quand on leur caresse la nuque.

267. Le fantasme

Comme son nom l'indique, l'orgasme fantasmatique (chez une femme ou un homme) est provoqué par une stimulation imaginaire visuelle ou auditive, sans qu'il y ait aucun contact physique.

268. Les conseils d'un cinéaste

Je pense ici à un cinéaste bien précis qui m'a parlé d'une technique merveilleuse pour donner à une femme un orgasme de l'urètre pendant un cunnilingus. Pendant que sa langue balaye le clitoris d'avant en arrière, il replie sa lèvre inférieure sur ses dents et appuie fermement sur l'urètre. Comme l'urètre est entouré par le clitoris sur trois côtés, cette pression stimule de manière intense toute la zone clitoridienne. Messieurs, testez un mouvement de lèvre de bas en haut tout en maintenant la pression. Mais soyez rasé de près, afin qu'elle ne sente pas vos poils qui repoussent.

269. Les quatre orgasmes de l'homme

Comme il fallait s'y attendre, l'homme et la femme n'ont pas les mêmes types d'orgasmes. En général, quatre parties du corps déclenchent les orgasmes masculins :

1. le pénis,
2. la prostate ou l'anus,
3. les tétons,
4. la bouche.

270. Les huit manières de mener un homme à l'orgasme

Tout comme les femmes, les hommes peuvent atteindre l'orgasme de manières variées ; huit, pour être précise :

1. durant le coït,
2. par stimulation manuelle du pénis,
3. par stimulation buccale de son sexe,
4. par stimulation de l'anus et/ou de la prostate ;
5. par stimulation des seins/tétons,
6. par stimulation de deux de ces zones en même temps (mixte),
7. par le fantasme,
8. par stimulation d'une zone banale.

271. Le plaisir anal – déboulonner le mythe

Dans mes séminaires, on me demande souvent mon avis sur la sexualité anale : je réponds que si elle est source de plaisir, il n'y a aucune raison d'y résister. Si vous ne vous sentez pas vraiment à l'aise sur le sujet, ou si vous vous posez des questions, je vous recommande le livre de Tristan Taormino, *The Ultimate Guide to Anal Sex for Women* *, et celui du Dr Jack Morin, *Anal Pleasures and Health* **. Tristan Taormino pointe dix idées reçues sur le sexe anal. Quand on donne du plaisir anal à son partenaire, homme ou femme, il est important de savoir que les dix affirmations suivantes sont fausses (je cite directement) :

1. la sodomie est contre nature et immorale ;
2. seuls les prostituées et les pervers sexuels la pratiquent ;

* San Francisco, Cleis Press, 1997. Non disponible en français. (*N. d. T.*)

** San Francisco, Down There Press, 1986. Non disponible en français. (*N. d. T.*)

3. l'anus et le rectum ne sont pas censés être des zones érogènes ;
4. le sexe anal est sale, dégoûtant ;
5. seuls les hommes homosexuels pratiquent la sodomie ;
6. les hétéros qui aiment le sexe anal sont en fait gays ;
7. la sodomie est toujours douloureuse ;
8. les femmes n'aiment pas la sodomie ; elles le font seulement pour faire plaisir à leur partenaire ;
9. la sodomie est le plus sûr moyen de contracter le Sida ;
10. la sodomie est abjecte.

Depuis peu, les scènes de sodomie sont plus présentes dans les films pornographiques. Du coup, davantage d'hommes veulent goûter à ce plaisir avec leur partenaire. Chacun de vous deux doit se sentir à l'aise sur le sujet : souvenez-vous, c'est à vous de décider. Pour certaines personnes, le sexe anal est la plus belle découverte de leur vie ; pour d'autres, il n'est même pas question de l'envisager. C'est votre choix. Dans ce qui suit, vous trouverez des informations supplémentaires pour augmenter votre plaisir pendant un rapport anal.

272. Un plaisir plein dans un corps sain

Si votre partenaire et vous appréciez la stimulation anale, il est crucial que tout ce qui intervient dans vos jeux soit propre : les mains, l'anus/le rectum et les éventuels accessoires. Lavez bien tout cela à l'aide d'un savon antibactérien, et séparez les accessoires anaux et vaginaux. Et, en la matière, votre maman avait tort quand elle vous disait de partager : vos jouets sont à vous, et à vous seuls.

273. Relaxez-vous

Il est tout aussi important de relaxer autant que possible la zone anale. On ne le sait pas toujours, mais il y a deux sphincters (anneaux musculaires) dans l'anus : on peut contrôler le premier, mais pas le second. Vous pouvez commander au premier sphincter de se relaxer ; quant au second, il faut qu'un doigt ou quelque accessoire en dilate l'ouverture pour rendre la pénétration possible. Essayez de préparer cette zone en insérant doucement un ou plusieurs doigts, lubrifiés avec soin (lubrifiant à base d'eau), dans l'anus de votre partenaire, avant la pénétration. Et suivez cette règle : un doigt pendant une minute, deux doigts pendant deux minutes.

274. Autour des globes

Vous allez avoir ici une vue d'ensemble des six positions du coït. Bien qu'on ait pu vous dire qu'il existait des centaines de positions, ces six positions sont vraiment la base, toutes les autres en étant des déclinaisons. Pour chacune de ces positions, plusieurs options s'offrent à vous, en fonction de votre humeur et de celle de votre partenaire. Certains couples aiment adopter plusieurs positions pendant un même rapport sexuel – et, de fait, la moyenne est de deux ou trois positions par rapport. Les illustrations vous montrent plusieurs variations d'une même position de base. Je vous recommande d'y jeter un œil en couple – non pas tant pour une question de mémorisation (croyez-moi, une fois que vous les aurez regardées, l'information sera gravée dans votre cerveau), mais pour aiguiser votre appétit. Voici, pour votre plus grand plaisir, ces six positions de base.

275. La femme au-dessus

Dans cette position, la femme est sur l'homme. L'angle de son corps (selon qu'elle est assise à la verticale ou penchée) détermine une plus ou moins grande stimulation pour elle et pour son partenaire : c'est elle qui contrôle le mouvement et l'intensité de la sensation. Sur l'**illustration 33a**, elle favorise la stimulation du point G en se cambrant lors des mouvements verticaux.

Certains couples apprécient la position de l'**illustration 33b**, qui attise les sens : le gland du pénis ne dépasse pas l'entrée du vagin – sensation extrême pour les deux partenaires. Cette position se termine souvent dans un mouvement vif où la femme s'empale sur toute la longueur du pénis, après avoir excité son partenaire au plus haut point. La femme peut faire face à l'homme, ou lui tourner le dos. L'**illustration 33c** décrit une des positions préférées des femmes qui apprécient une intense stimulation de l'urètre. Quant à la position de l'**illustration 33d**, elle comblera les femmes dont le partenaire aime la combinaison vue de derrière/intense stimulation du gland : dans cette position, elles contrôlent leurs propres sensations tout en donnant à leur partenaire le point de vue convoité. Avec les pieds posés sur le lit, vos mouvements sont plus amples qu'en prenant appui sur vos genoux ; lui peut vous aider de ses mains.

Mesdames, comme vous l'avez vu, certains hommes adorent contempler leur partenaire de derrière ; d'autres aiment voir leur visage pendant que leur corps bouge de haut en bas. Et certains hommes perdent l'esprit quand leur partenaire s'incline sur le haut de leur visage pour redescendre lentement le long de leur corps. Bien sûr, c'est la variété qui fait le sel de la vie, et le mieux est sans doute d'alterner. Alors mesdames, enquêtez et soyez inspirées.

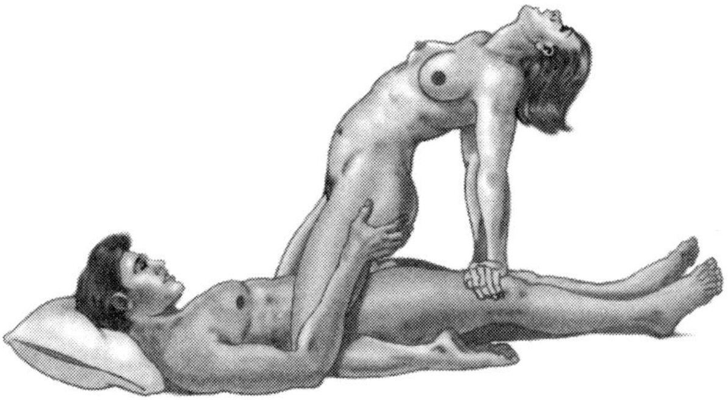

Illustration 33a

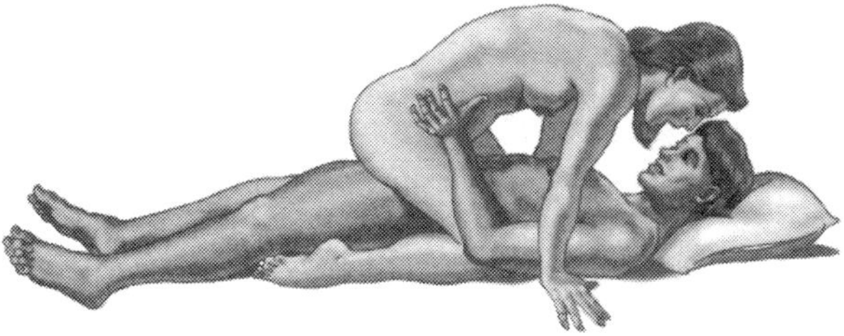

Illustration 33b

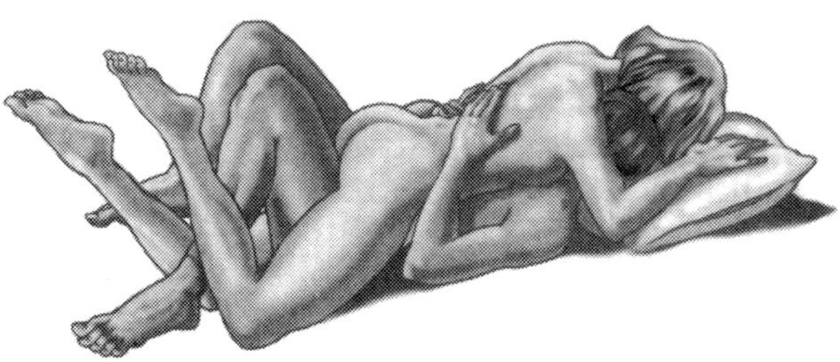

Illustration 33c

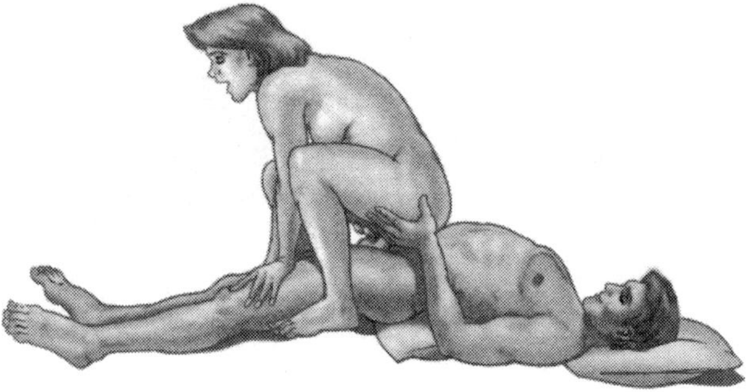

Illustration 33d

276. L'homme au-dessus

Cette fois, l'homme est au-dessus : c'est la position du missionnaire. Sans doute la plus populaire, c'est aussi une position appréciée parce qu'elle favorise les baisers, les caresses et d'autres formes d'interaction entre les amants. C'est pourquoi c'est sans doute la plus romantique. Et, contrairement à ce que beaucoup pensent, la femme n'est pas condamnée à être passive dans cette position : elle peut être très active. Voici deux options : une fois qu'il vous a pénétrée, repliez les genoux, prenez appui avec vos pieds sur le lit/le sol et, par vos mouvements de cuisses et du bassin, allez chercher les sensations désirées. Vous pouvez aussi utiliser vos mains pour caresser ses testicules, comme sur l'**illustration 34a**, ou insérer un doigt dans son anus.

Sur l'**illustration 34b**, le point important du placement est la hauteur du corps de l'homme par rapport à celui de la femme. Avec une forte courbure du bassin, l'homme sera en contact constant avec la zone clitoridienne. Dans cette position, la femme peut aussi contrôler l'angle de son partenaire en tirant son corps vers elle.

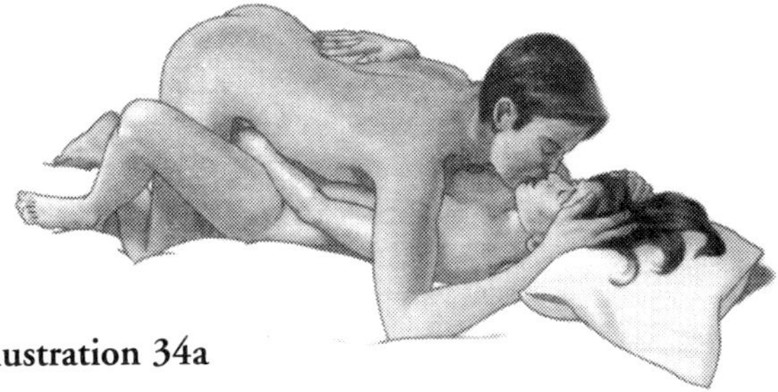

Illustration 34a

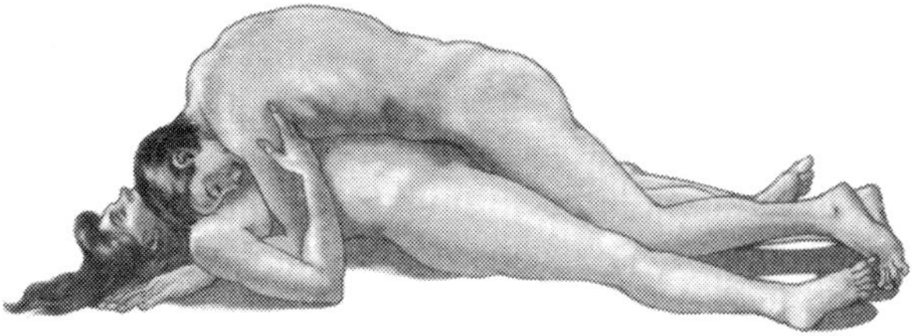

Illustration 34b

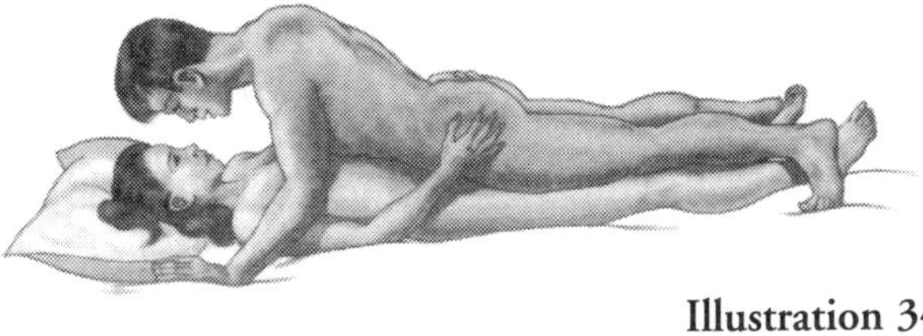

Illustration 34c

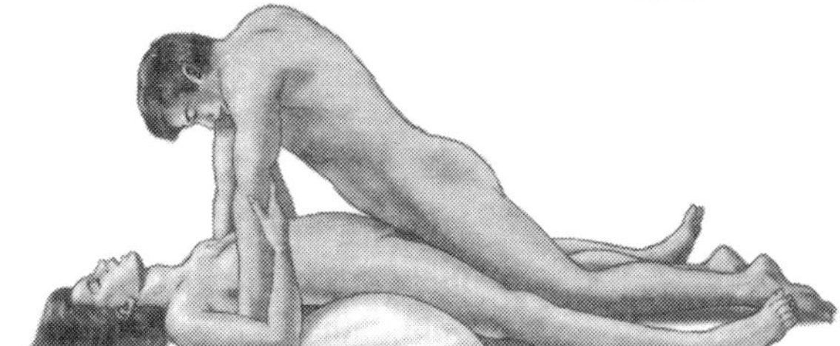

Illustration 34d

Pour une stimulation plus resserrée du clitoris, voyez la position de l'**illustration 34c**. L'homme a pénétré sa partenaire, elle referme les jambes, qu'elle glisse entre celles de son partenaire. Cela accentue deux choses : le contact des deux corps, encore plus grand, et l'étroitesse de l'accès au vagin. Regardez les pieds : ceux de la femme servent d'appui à son partenaire, dont les mouvements sont ainsi moins amples que d'habitude dans cette position, d'où une meilleure stimulation du clitoris. La femme peut aussi avoir un orgasme de l'urètre, du vagin et du col de l'utérus dans cette position.

La position de l'**illustration 34d** montre qu'un homme a la possibilité de contrôler l'angle de son pénis à l'intérieur du vagin pour stimuler le point G, tandis que sa partenaire ajuste l'inclinaison de son bassin *ad libitum*.

277. Côte à côte

Dans cette position, l'homme et la femme sont couchés côte à côte, en se faisant face ou l'un derrière l'autre (l'homme, généralement, pour des raisons évidentes...). C'est une position douce et confortable, pas vraiment énergique. Beaucoup de couples aiment s'endormir ainsi. Et si jamais il leur passait des idées par la tête cette position en cuillères est idéale pour un cinq-à-sept nocturne (voir l'**illustration 11**, p. 159). Certaines femmes n'aiment pas cette position, qui ne permet pas une pénétration profonde ; mais les hommes l'apprécient, car l'éjaculation est en général moins rapide. Quand l'homme est derrière la femme, alors qu'il est entré en elle, il peut caresser son sexe (**illustration 35a**). Les femmes adorent cette double sensation clitoridienne et vaginale, qui les comble. Si vous voulez essayer de stimuler le point G dans cette position, regardez l'**illustration 35b** : en utilisant la force de vos

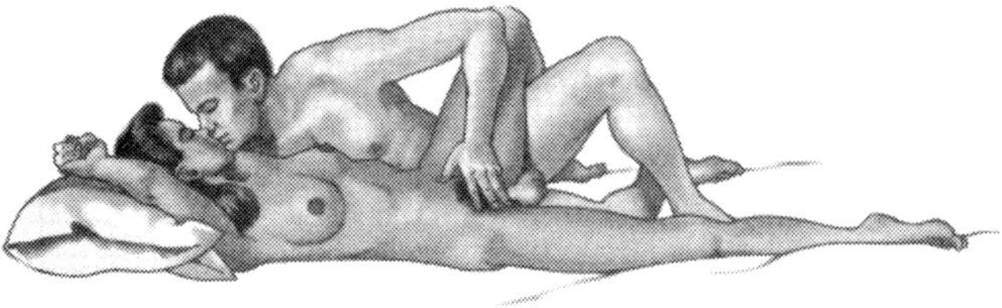

Illustration 35a

Illustration 35b

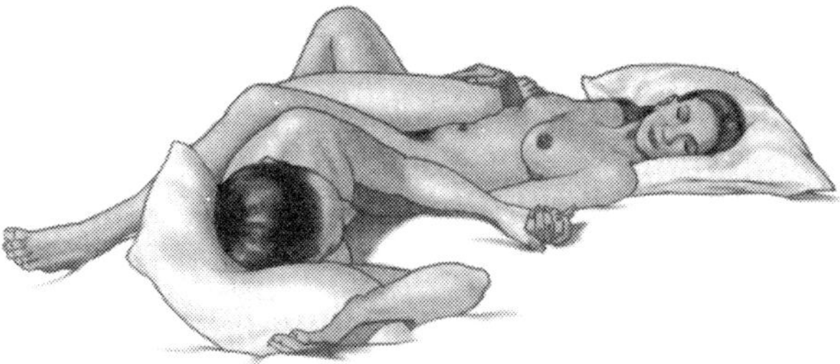

Illustration 35c

deux bras, vous parviendrez à ajuster l'angle et la profondeur de la pénétration. Et pour ceux qui ne font pas du point G le but de leur quête, ce côte-à-côte offre des variantes à intégrer à leur répertoire sexuel. La **position 35c** est l'une des positions postcoïtales favorites des Grands Amants. On peut facilement s'y reposer tout en conservant un contact maximal.

278. Par-derrière (en levrette)

Ici, l'homme, debout ou à genoux, pénètre la femme par-derrière. Cette position (**illustration 36a**) permet une pénétration maximale, c'est pourquoi elle est appréciée par beaucoup de femmes, notamment celles qui recherchent la stimulation du point G. Et les femmes qui ont accouché par voie naturelle ont plus facilement un orgasme du point G dans cette position. Pourquoi ? Parce que le vagin est plus élastique après un accouchement : le gland du pénis stimulera donc plus facilement la zone concernée. En levant ou baissant simplement les épaules, la femme peut contrôler la profondeur et l'angle de la pénétration. C'est la position la plus « hot » pour certains Grands Amants. Beaucoup d'hommes adorent cette position pour son côté rapide, passionné, très énergique. En raison de l'intense stimulation du gland, ils ont tendance à éjaculer très vite ! Mes assistants de recherche m'ont également rapporté que les hommes aiment sentir l'intense parfum de sexe quand ils font l'amour dans cette position. Ils disent aussi qu'ils aiment cette position parce qu'ils sentent le battement de leurs cuisses contre celles de leur partenaire. Oh, vous ai-je dit qu'ils adorent son côté animal ? La seule recommandation pour les hommes est de ne pas abuser des va-et-vient, le scrotum pourrait devenir douloureux. Pour ceux qui préfèrent moins de mouvement, une option assise est représentée par l'**illustration 36b** – voilà une position qui a été mise à profit par beaucoup grâce aux jupes amples, et dans les piscines.

Illustration 36a

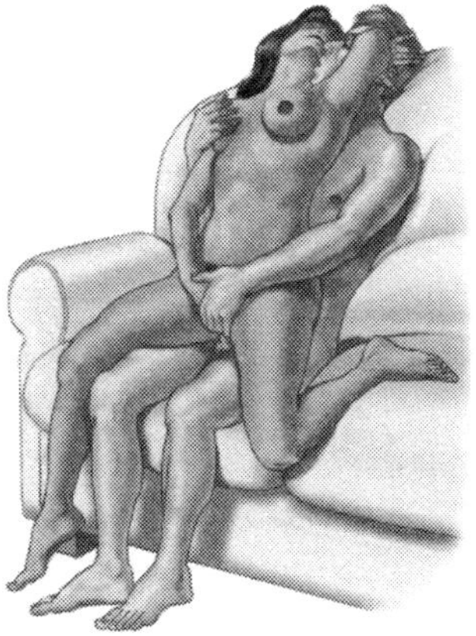

Illustration 36b

279. Assis/à genoux

Cette position est comparable à celle où la femme est au-dessus de son partenaire, dans la mesure où elle est ici assise ou à genoux sur lui. Elle est parfaite pour les femmes enceintes, car la pénétration n'est pas très profonde et le pénis est orienté vers le haut du vagin (**illustration 37a**) au lieu de frapper le col de l'utérus. C'est aussi une très bonne position intermédiaire – pour ceux qui aiment varier les approches pendant l'acte sexuel – et, à ce titre, elle convient à tout le monde. L'orgasme clitoridien peut survenir très facilement dans cette position, par stimulation manuelle (de l'homme ou de la femme elle-même) pendant la pénétration. Certaines femmes parviennent à l'orgasme vaginal en contrôlant les mouvements de va-et-vient. L'**illustration 37b** vous montre une façon originale pour la femme d'utiliser la puissance des cuisses de son partenaire pour contrôler ses mouvements, tout en faisant elle-même des mouvements verticaux appuyés.

La position de l'**illustration 37c** est l'une des meilleures pour une intense stimulation des deux partenaires. Elle est excellente pour la stimulation du point G et celle du gland du pénis, en raison de l'angle de pénétration dans le vagin. Autres atouts : la femme peut facilement se concentrer sur son plaisir en fermant les yeux tout en stimulant son clitoris d'une main, tandis que l'homme a une vue imprenable sur le mouvement des seins de sa partenaire et son visage qui s'empourpre de plaisir. Et puis il peut exhiber tout le travail qu'il a fait en salle de musculation, en fléchissant ses bras et ses jambes, pour lui montrer ses muscles en action.

Illustration 37a

Illustration 37b

Illustration 37c

280. Debout

Je vous conseillerais de ne pas tester cette position sans support : mur, chaise, rebord de lit. Je ne doute pas de votre sens de l'équilibre, mais cette position est un vrai défi. Elle demande beaucoup de punch, puisque les contractions musculaires s'étendent à tout le corps, ce qui multiplie en retour la réponse sexuelle. Ce conseil me vient de mon tailleur russe : si vous faites l'amour dans les escaliers, comme sur l'**illustration 38a**, la femme se positionne sur la marche supérieure et passe une jambe par-dessus la rampe ; l'homme peut alors la pénétrer et tous deux se tiennent à la rampe pour maintenir l'équilibre pendant les va-et-vient. Il peut aussi s'accrocher à ses porte-jarretelles – vous voyez, ils peuvent servir à quelque chose finalement. Si vous envisagez ces cabrioles par-derrière, disons, sur un balcon devant un coucher de soleil, je vous recommande l'option **38b**.

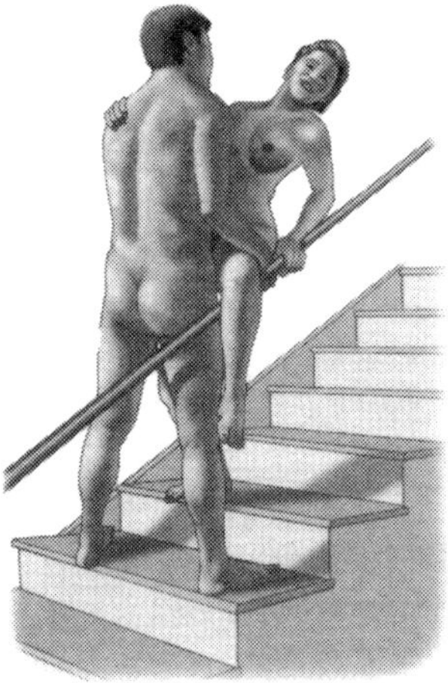

Illustration 38a

Illustration 38b

281. Vous êtes seule juge

Dans l'un de mes séminaires, une femme a souligné la pression importante que ressentent certaines femmes quant à l'excitation sexuelle : « Les hommes ont des érections pour montrer qu'ils sont excités, mais nous, qu'est-ce qu'on a ? Les tétons qui se dressent et le clitoris qui pointe ? Je ne crois pas… » Mon conseil, mes chères amies, est de rester sereines par rapport à cela. Ne pensez pas que votre excitation doit être visible. Il s'en rendra compte grâce à deux choses : le changement de rythme de votre respiration et votre lubrification.

282. Des techniques de respiration au service de votre sexualité

Tout est dans la respiration. On vous a sans doute déjà donné ce conseil. Il s'applique au sexe : le fait d'apprendre à respirer de manière consciente a le pouvoir d'accroître la stimulation de tout votre corps, mais aussi d'étendre l'orgasme. Voici une technique simple, mais efficace, à utiliser pendant que les sensations s'échafaudent, avant l'orgasme (ou à ces deux moments). Certains couples s'entraînent seuls pour se familiariser avec les sensations de leur corps :

- **Étape 1 :** retenez votre respiration et soyez attentif(ve) à la sensation qui en découle ; puis respirez de manière profonde et régulière, et voyez comme les sensations se répandent et s'intensifient.
- **Étape 2 :** continuez à respirer de manière profonde et régulière.
- **Étape 3 :** commencez à haleter juste avant l'orgasme et sentez comme les sensations se répandent à travers tout votre corps et vous montent à la tête.

283. Le yoni *et le* lingam *– les techniques du plaisir tantrique*

On a beaucoup dit, beaucoup écrit sur le tantra, souvent de manière erronée, ou vide, ou les deux. Pour rester dans les grandes lignes, la sexualité tantrique est une forme de yoga à laquelle le couple a recours pour atteindre l'illumination spirituelle. En termes sexuels, le but premier est de se connecter plus intensément, et de ne pas se précipiter vers la simple récompense orgasmique. Dans le tantra, on retarde l'orgasme le plus longtemps possible de manière à épanouir le corps, et par là l'esprit, pour s'ouvrir à un maximum de sensations. Quand le corps est ainsi ouvert, les deux partenaires ont plus de chances de vivre une union à la fois spirituelle et sexuelle. En amenant votre corps à ce niveau de conscience sensuelle (et sexuelle), vous vous ouvrez inévitablement à une communion spirituelle plus profonde. Comme le soulignent Caroline et Charles Muir dans leur livre *Tantra : The Art of Conscious Loving* *, « Beaucoup d'entre nous aspirent à l'élévation spirituelle. Mais nous voulons aussi grandir à deux. Le yoga tantrique est la voie que des couples ont choisie il y a des milliers d'années pour résoudre ce dilemme, car la discipline tantrique permet aux hommes et aux femmes d'être en couple, d'apprécier la sexualité et d'éprouver l'épanouissement spirituel, souvent en même temps. » Parmi les techniques que les couples utilisent pour se mettre dans un « état d'esprit tantrique », figurent la pratique régulière de la méditation, la respiration harmonieuse (les deux partenaires apprennent à respirer de manière synchronisée) et d'autres techniques qui éveillent, purifient et activent les sept chakras du corps. J'ai sélectionné ici quatre techniques décrites par Charles et Caroline Muir, qui, il me semble, peuvent faire vivre au couple – qu'il soit débutant ou confirmé – une expérience très particulière.

- **Les trois points du plaisir.** Cette technique fait partie d'un rituel appelé *nyasa*, une forme évoluée du toucher tantrique qui « énergise » et réveille les chakras. La femme est agenouillée au-dessus de son partenaire, sa poitrine près de la sienne. L'homme l'a pénétrée profondément et son pénis tente de rentrer en contact avec le point G (ou point sacré). En même temps, il appuie doucement avec l'index d'une main sur l'anus de sa partenaire, ce qui ajoute une

* San Francisco, Mercury House, 1989. Non disponible en français. (*N. d. T.*)

impulsion constante sur le point G, en direction opposée à celle du pénis. Avec le majeur de l'autre main, il imprime une légère pression sur le clitoris. Sans bouger, l'homme alterne la pression sur ces trois points du plaisir : le point G, l'anus et le clitoris.

- **L'union des pôles d'énergie.** Pour cette technique, l'homme stimule le point G de l'intérieur, avec l'index et le majeur, alors que son pouce excite doucement le clitoris. Pour des sensations plus fortes, il peut appuyer de l'autre main au-dessus de l'os pubien, stimulant ainsi le point G de l'extérieur. Prolongez le mouvement un certain temps.
- **Agenouillé devant la porte du plaisir.** Au début, l'homme est au-dessus de sa partenaire. Il l'a pénétrée avant que son érection ne fût très ferme. Une fois le couple dans cette position, l'homme soulève les jambes de sa partenaire jusqu'à ses épaules (sans se retirer) et passe dans une position à genoux. Il introduit alors un ou deux doigts dans son vagin et masse doucement le point G. Ses doigts stimulent ce point sacré bien sûr, mais aussi son pénis, toujours en elle.
- **L'amour cœur à cœur.** Pour cette technique, les amants prennent la position du *yab yum*, spécifique au tantra (**illustration 39**). Le *lingam* (pénis) profondément dans le *yoni* (vagin), les tétons des partenaires se touchent. L'homme commence par expirer, conscient du mouvement ascendant de son souffle et de son énergie, et se concentre sur son pénis qui s'étend avec vigueur à l'intérieur de sa partenaire. La femme inspire le souffle de son partenaire, consciente de recevoir son énergie, et la faisant remonter vers son cœur, à travers son corps. Puis elle expire, et l'homme respire dans cette énergie qui vient du cœur de sa partenaire, qu'il fait redescendre

Illustration 39

vers son pénis *via* son cœur. La visualisation est importante ici : les amants doivent se représenter cet échange d'énergie entre eux – d'un cœur à l'autre. La position du *yab yum* prend en effet en compte cette profonde connexion spirituelle de deux cœurs, pour les unir en un seul.

284. L'exercice du cerf, pour lui

Ce conseil met en avant les multiples avantages qu'il y a à prolonger l'excitation de l'homme et à retarder l'éjaculation. Selon Charles et Caroline Muir, quand un homme apprend à contrôler son éjaculation, « il est capable de faire l'amour plus longtemps – en fait, aussi longtemps qu'il le souhaite ». Cela augmente non seulement son plaisir, mais celui de sa partenaire : en la stimulant plus lentement, il renforce son aptitude à l'orgasme et l'intensité de ce dernier. Mais lui en tire aussi profit : plus un homme fait l'amour longtemps, plus sa période réfractaire (le laps de temps entre les érections) est courte. Comme l'écrivent Charles et Caroline Muir : « Comme il n'a pas dépensé son énergie sexuelle, il est capable de faire l'amour à nouveau s'il le veut, et si sa partenaire le veut aussi. »

Un autre expert en sexologie, le Dr Stephen Chang, auteur de la très intéressante *Sexologie du tao* *, conseille aux hommes de pratiquer l'exercice du cerf pour apprendre à prolonger son cycle d'excitation et à contrôler son éjaculation. On peut faire cet exercice debout, assis ou allongé. Il comprend deux phases, et il est préférable d'être nu. Voici les conseils du Dr Chang :

Première phase. Le but de cette première phase est de favoriser la production de sperme.

1. Frottez vigoureusement les paumes de vos mains pour les réchauffer.
2. Entourez vos testicules de votre main droite, de manière à ce que la paume les recouvre entièrement. Sans les serrer, laissez la chaleur de votre main presser légèrement vos testicules.
3. Posez la paume de votre main gauche au niveau du pubis, 2 cm sous le nombril.
4. Avec une légère pression, de sorte qu'une douce chaleur commence à naître au niveau du pubis, bougez votre main gauche dans le sens des aiguilles d'une montre, puis dans le sens inverse, 81 fois.
5. Frottez-vous les mains à nouveau, d'un geste dynamique.
6. Maintenant, inversez la position de vos mains : la main gauche sous les testicules, la main droite sur le pubis. Recommencez les massages circulaires dans un sens et dans l'autre 81 fois.

* *Sexologie du tao : le livre de la sagesse infinie.* Chariot d'or, 1996.

Pendant chaque cycle de 81 cercles, concentrez-vous bien sur ce que vous faites, et sentez la chaleur qui augmente. La concentration est nécessaire pour de meilleurs résultats.

Deuxième phase. Cette phase tonifie les muscles pubo-coccygiens (ou pelviens) de l'homme.

1. Serrez les muscles de l'anus et tirez-les vers le haut et l'intérieur. Si vous le faites correctement, vous aurez l'impression que de l'air est aspiré par votre rectum.
2. Arrêtez et relâchez un moment.
3. Recommencez les contractions anales. Recommencez autant de fois que vous le pouvez sans sentir d'inconfort.

Dans cette seconde phase, concentrez-vous sur le picotement que vous devez ressentir de l'anus jusque dans le bas de votre dos. Vous pouvez faire ces exercices chaque jour, chaque semaine ou chaque mois. Selon le Dr Chang, les résultats sont immédiats.

285. Le truc du gant de toilette

Voici un autre exercice pour raffermir les muscles pubo-coccygiens d'un homme et sa réactivité sexuelle. Il est plus facile à faire sous la douche, mais vous pouvez vraiment le faire où vous voulez. Posez un gant en travers de votre pénis en érection. Commencez par un gant sec, plus léger, et passez de manière progressive à un gant gorgé d'eau. Essayez d'élever et d'abaisser votre pénis. S'il ne bouge pas, faites la même chose mais de manière isométrique. Quand vous devenez plus à l'aise, entraînez-vous à « étirer » votre pénis en érection 2 à 3 fois par jour, pendant 2 à 3 minutes. Derrière cette astuce, il y a un fait scientifique : la corrélation entre l'intensité de l'orgasme et la tonicité des muscles pubo-coccygiens ; ce qui est facile à comprendre, puisque les pulsations orgasmiques sont des contractions musculaires.

286. Les orgasmes multiples chez l'homme

On parle d'orgasmes multiples chez l'homme quand il a deux orgasmes ou plus avec la même érection. En d'autres termes, après l'orgasme, il ne perd pas son érection et n'entre pas dans ce qu'on appelle techniquement la « période réfractaire ». Il reste en érection *sans avoir* éjaculé. La plupart des gens pensent que l'éjaculation et l'orgasme sont un seul et même événement chez l'homme, qui intervient au moment du pic d'excitation sexuelle. Je n'oserais pas prétendre que ce n'est pas absolument divin de vivre ces deux choses en même temps ; mais les hommes multi-orgasmiques savent bien que ce sont deux phénomènes distincts.

Pourquoi un homme voudrait-il devenir multi-orgasmique ? Vantardise mise de côté, ceux qui l'ont vécu disent que leurs orgasmes durent plus longtemps, sont plus intenses, et leur permettent de continuer à faire l'amour. Comme Karl l'a confié : « J'étais sceptique, mais au bout de deux mois, le fait d'être multi-orgasmique m'a donné une confiance en moi incroyable. » Chez la plupart des hommes, l'éjaculation dure environ deux secondes ; ici, elle dure plus longtemps et les sensations sont amplifiées. Pour devenir multi-orgasmique, il faut des muscles pubo-coccygiens toniques et bien comprendre le processus de l'éjaculation, y compris le timing. L'éjaculation comprend deux phases : l'émission (on charge le fusil) et l'expulsion (on tire). Lorsqu'un homme est capable de contrôler la phase d'expulsion, parce qu'il a conscience de sa réaction physiologique et qu'il a des muscles pubo-coccygiens bien toniques, il peut alors retarder l'éjaculation. Cet homme éprouvera tout de même toutes les sensations de l'orgasme : augmentation du rythme cardiaque, contractions musculaires, intense sensation de relâchement. Certains hommes parlent d'« orgasme sec ». Toutes les techniques pour retenir l'éjaculation, retarder l'orgasme, conserver le *chi* (c'est-à-dire la force vitale) vont dans le même sens. Ce qui les différencie, c'est la philosophie qui les sous-tend. Dans le tantra sexuel, il s'agit de prolonger le partage spirituel et physique en mêlant les énergies des partenaires. Pour les taoïstes, retarder l'orgasme a une conséquence concrète : approfondir l'expérience sexuelle. Si certains hommes veulent explorer le sujet plus avant, il existe deux livres formidables : *L'Homme multi-orgasmique* *, de Mantak Chia, et *Comment faire l'amour toute la nuit* **, du Dr Barbara Keesling. Ces deux livres proposent des exercices progressifs, très clairs, avec des dessins au trait dans celui de Mantak Chia.

287. Les orgasmes multiples chez la femme

On parle d'orgasme multiple chez une femme quand elle a plus d'un orgasme en faisant l'amour. Pourquoi cette définition plus « large », en quelque sorte, que chez l'homme ? La réponse est physiologique. C'est le sang et l'oxygène qui entraînent l'orgasme, et, chez les femmes, la vasocongestion des organes sexuels (l'afflux de sang dans les tissus après stimulation sexuelle) ne s'inverse pas au moment de l'orgasme, contrairement à l'homme

* Guy Trédaniel éditeur, 1997.
** Albin Michel, 1996.

quand il éjacule. Selon le livre de Joel Block et Susan Crain Bakos, *Sex over 50* *, les femmes peuvent avoir trois types d'orgasmes multiples :

- des orgasmes simples répétés : les orgasmes sont distincts, entrecoupés d'un retour partiel à un état de non-excitation ;
- des orgasmes multiples séquentiels : il s'écoule entre deux et dix minutes entre les orgasmes, et l'excitation ne retombe quasiment pas ;
- des orgasmes multiples en série : quelques secondes voire quelques minutes séparent les nombreux orgasmes, sans diminution de l'excitation. Certaines femmes disent qu'elles ont l'impression de vivre un long orgasme avec des spasmes d'intensités différentes.

288. Kegel, Kegel et encore Kegel

Ce sont des exercices banals mais très efficaces, à recommander aux femmes qui veulent augmenter leur sensibilité sexuelle. Nous avons tous entendu parler des exercices de Kegel, et la plupart d'entre nous savent qu'il n'y a pas de meilleure façon de tonifier les muscles du plancher pelvien, si tant est que l'on peut contrôler ses muscles et qu'on n'a pas de problèmes liés à une épisiotomie ou autre. Et souvenez-vous, comme je l'ai dit aux hommes ci-dessus, il y a une corrélation directe entre la tonicité des muscles pelviens et l'intensité de l'orgasme. Une femme peut tester le tonus de ses muscles pelviens en insérant ses doigts dans son vagin, puis en le contractant. Si les muscles autour de vos doigts vous font l'effet d'une ligne fine, vous avez sans doute besoin de faire un

* New York, Prentice Hall Press, 1999 (non disponible en français). *(N. d. T.)*

peu d'exercice. Si vous avez l'impression que vos doigts sont enserrés dans une large ceinture musculaire (environ 1,5 cm), c'est très bien. Mais en faisant les exercices de Kegel, vous pouvez passer de « très bien » à « excellent ». La manière la plus simple d'identifier vos muscles pelviens est de contracter les muscles qui arrêtent le flux urinaire. Quand vous bloquez le flux de votre urine, vous contractez en fait vos muscles pelviens et vous améliorez alors leur tonus. Vous pourriez être suprise de constater comme ils peuvent devenir robustes, une fois qu'on y travaille. Comme pour n'importe quel entraînement musculaire, variez le degré de contraction : commencez par des contractions courtes et intenses, tenez dix secondes, relâchez dix secondes. Puis contractez à nouveau cinq secondes, et répétez le cycle jusqu'à ce que vous sentiez une fatigue musculaire. Selon Bryce Britton, auteur du livre *The Love Muscle* *, après cinq semaines d'exercice à raison de trois fois par jour pendant cinq minutes, les muscles pelviens de la femme sont tonifiés de manière sensible, et l'homme sent leur étau resserré.

289. Les instruments

Outre les exercices de Kegel, vous pouvez augmenter l'intensité d'un cran en ajoutant du poids, avec les œufs vaginaux ou le Kegelcisor. Ils constituent une résistance à la contraction des muscles pelviens et de ce fait, rendent l'exercice plus difficile et la tonification des muscles, plus rapide. Ces deux instruments fonctionnent de la même manière. Primo, ils donnent à vos muscules pelviens quelque chose de concret à enserrer ; secundo, en ajoutant du poids, vous augmentez la résistance, et vos muscles travaillent donc davantage. L'œuf vaginal est introduit

* Non traduit en français et actuellement indisponible. *(N. d. T.)*

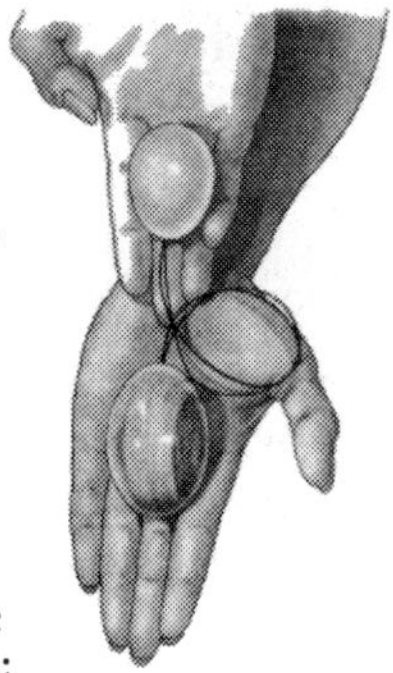

comme un tampon, et comporte lui aussi un cordon pour un retrait facile. Comme avec un tampon, vous pouvez marcher et vaquer à vos occupations, pourvu que vous ayez bien conscience de vos muscles pelviens qui retiennent l'œuf. Pour des résultats plus rapides, on peut même ajouter du poids au cordon de l'œuf. Certaines femmes ont fait l'exercice n° 291 en portant un œuf. Le Kegelcisor, lui, s'utilise en position allongée. On l'insère dans le vagin sur la moitié de sa longueur. Il est préférable de regarder dans un miroir pour vous rendre compte de vos contractions.

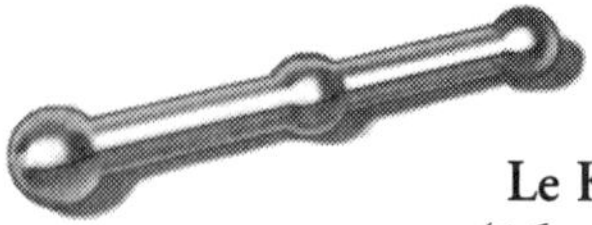

Le Kegelcisor
(16 cm environ)

290. Mesdames, aspirez-le en vous

Je dois ce conseil à une femme, appelons-la Christine, qui a expliqué lors d'un séminaire comment donner à un homme la sensation d'être aspiré en vous. Au moment où son partenaire est sur le point de la pénétrer, elle expire autant qu'elle le peut ; quelques millisecondes plus tard, alors que le gland du pénis a commencé à entrer en elle, elle inspire à fond tout en contractant vivement ses muscles pelviens. Quand Christine a fait cela pour la première fois, son petit ami lui a demandé : « Mais qu'est-ce que tu as fait ? J'ai l'impression que tu m'as aspiré en toi ! » Un petit truc sympa, n'est-ce pas, mesdames ?

291. Des hanches et vous

Pour celles d'entre vous qui ont fait de la danse : le balancement des hanches est très efficace pour muscler le plancher pelvien. Une mère de quatre enfants, grand-mère depuis peu, qui a été danseuse érotique pendant vingt ans, m'a confié que tous ses petits amis lui avaient dit qu'elle était la femme la plus étroite qu'ils aient connue. Elle attribue l'incroyable tonicité de ses muscles pelviens au fait qu'elle a passé toute sa carrière à faire des mouvements de hanches. Pour celles qui n'ont jamais fait de danse, voici comment vous y prendre :

1. Placez-vous debout, les pieds écartés de la largeur de vos hanches.
2. Imaginez qu'une ligne pointillée sépare votre corps en deux, du haut de la tête jusqu'au sol.
3. Imaginez qu'au bout de cette ligne, il y ait un crayon : le but du jeu est de dessiner des cercles sur le sol avec ce crayon, en bougeant les hanches.
4. Imaginez une ligne circulaire autour de vos hanches, à environ 5 cm de votre corps : bougez vos hanches à l'intérieur de ce cercle.
5. Maintenant, commencez à vous déhancher, dans un sens puis dans l'autre. Essayez de ne pas plier les genoux : le mouvement doit venir du bassin.

Si le balancement des hanches est si efficace, c'est qu'il fait travailler les trois muscles de la ceinture pelvienne qui contribuent tous au plaisir et à l'intensité sexuelle. Certaines femmes m'ont dit qu'elles n'oubliaient jamais de faire leurs exercices avant d'aller se coucher, juste après s'être brossé les dents. L'une d'elles a commenté : « Mon mari me voit faire mes mouvements de hanches, et je sais alors que je ne suis pas près de m'endormir. »

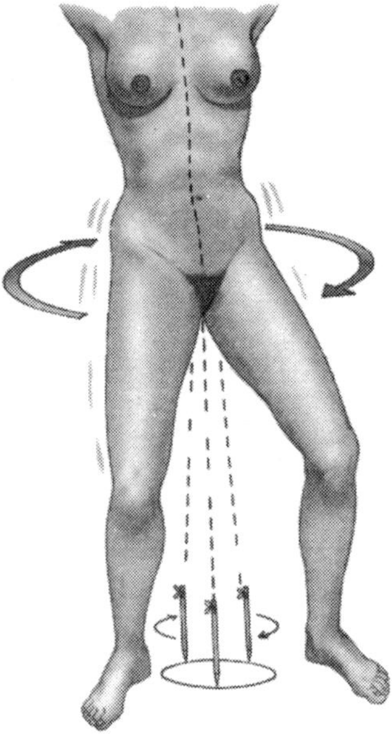

LES FANTASMES DES GRANDS AMANTS

Ce chapitre répond à une tendance que j'ai remarquée dans mes séminaires de sexualité : de plus en plus d'hommes et de femmes montrent un intérêt pour les fantasmes sexuels, et les réalisent. Contrairement à ce qui est souvent mis en scène dans l'industrie pornographique, un fantasme n'a pas besoin d'être salace ou gratuit. Par définition, un fantasme est une émotion sexuelle contenue dans un certain scénario, une certaine image ou action. Dans ce chapitre, j'ai réuni de nombreux plaisirs qui vont peut-être stimuler votre imagination ou celle de votre partenaire ou, dans certains cas, les deux. En lisant ces pages, et peut-être en les mettant en scène, souvenez-vous que ces suggestions ne sont que des idées « en plus », et pas la base de votre sexualité. Il ne s'agit pas de remplacer votre partenaire, mais d'étendre votre répertoire sexuel, de renforcer votre complicité. Les Grands Amants savent bien que tels sont les fantasmes : justement, *pas* réels.

292. Donnez-vous le droit, à l'un et à l'autre, de parler de vos fantasmes

Vous vous souvenez qu'il est important de créer un climat de confiance (conseil n° 111) ? Eh bien, ce conseil-ci est directement lié à celui-là. En fait, avant que votre partenaire et vous ne commenciez à mettre en scène vos fantasmes – les siens ou les vôtres –, vous devez à tout prix vous sentir en sécurité dans votre couple, c'est-à-dire être assez à l'aise pour exprimer ce que vous désirez, quoi que ce soit. Mais avant d'aller jusqu'à révéler vos fantasmes, vous devez tous les deux vous en donner le droit. Voici quelques questions pour le vérifier :

- Savez-vous ce qui vous excite et ce qui vous refroidit l'un et l'autre ?
- Avez-vous créé entre vous un climat dans lequel vous vous faites une absolue confiance ?
- Vous sentez-vous à l'aise avec la façon dont l'un et l'autre aimez être excités ?
- Avez-vous la volonté d'accepter les fantasmes de votre partenaire, quels qu'ils soient, et ce sans le (la) juger ?
- Êtes-vous prêt(e) à être honnête et à dire quand vous êtes à l'aise ou pas ?

Si vous répondez oui à toutes ces questions, il est plus que probable que vous soyez prêts à vous donner le droit d'explorer vos fantasmes.

293. Exprimez un fantasme dont vous n'avez jamais osé parler

Un couple avec qui j'ai travaillé m'a raconté son histoire : ensemble depuis six ans, Tom avait toujours eu peur de dire à Marty quel était son fantasme. Ce n'est qu'après avoir commencé à se découvrir autrement (en essayant des accessoires, l'amour les yeux bandés) que Tom a osé le faire. Il a dit à Marty que son ultime fantasme était de regarder avec elle un film érotique mettant en scène deux femmes. Le déclic pour Tom était de regarder la réaction de Marty face au film. Bien que Marty n'eût jamais pensé à faire l'amour avec une autre femme, elle a accepté de regarder un tel film avec Tom, en qui elle avait une entière confiance. À peine installés devant l'écran, leur excitation a commencé à monter – à cause de ce qui se passait devant leurs yeux (une savoureuse scène de séduction dans un chalet), et de ce qui se passait entre eux. Marty a adoré regarder Tom gagné par l'excitation, ce qui l'a excitée en retour. Bientôt, ils avaient oublié ce qui se passait à l'écran et étaient l'un sur l'autre comme deux jeunes tourtereaux.

L'histoire de Tom et Marty n'est qu'un exemple de ce que l'expression d'un fantasme peut libérer comme passion et énergie sexuelle dans un couple. Marty et Tom n'avaient pas à se plaindre de leur vie sexuelle ; ils en étaient même très satisfaits. Mais quand ils ont découvert à quel point partager ses fantasmes pouvait être étourdissant, ils n'ont plus fait marche arrière.

294. Cherchez l'émotion qui nourrit votre fantasme

Vous voulez être séduit(e) ? Vous voulez être dominé(e) ? Votre rêve le plus « hot » est que votre partenaire vous donne une « leçon » ? Peut-être voulez-vous être cette séductrice à laquelle aucun homme ne résiste ? Peut-être rêvez-vous d'un maître à la poigne de fer ? Dès que l'émotion qui se cache derrière le fantasme est cristallisée, un large choix de scénarios peuvent satisfaire votre appétit. La poigne de fer peut être celle d'un professeur envers son élève, d'une reine face à son sujet, ou peut-être d'un maître face à son esclave. Une fois que vous savez quelles émotions vous voulez traduire, mettre en scène un fantasme est un peu comme choisir l'émission de télévision que vous préférez.

295. Donnez-vous le droit de rentrer dans le personnage

Que ce soit un changement dans la manière de parler, l'attitude ou les vêtements, ce qui fait la force des fantasmes, c'est la capacité de chacun à assumer son rôle, à rentrer dans son personnage comme le ferait un acteur. Il est aisé de comprendre pourquoi ça marche : regardez comme vous devenez – ou vous sentez – quelqu'un d'autre, régulièrement, selon que vous portez une tenue de soirée ou des vêtements de sport. Ces deux types de vêtements (et les *personae* associées) créent du sens et modifient la façon dont vous vous percevez. Rentrer dans un personnage pour un fantasme n'est guère différent. Dans ce sens, la transition vers votre personnage sera plus facile si vous introduisez des vêtements ou des attitudes dans votre scénario : un accent snob, une parure de dominatrice en cuir, avec fouet et masque. Et n'hésitez pas, si cela se justifie, à utiliser des accessoires sexuels.

296. Essayez le fantasme domination/soumission

C'est l'un des jeux de rôles les plus faciles à s'approprier. Pourquoi ? Parce que le rapport de pouvoir est on ne peut plus clair, et qu'on peut le retrouver à peu près n'importe où. Chez tous les animaux – et soyons honnêtes, c'est ce que nous sommes au plus profond de nous –, c'est la hiérarchie du pouvoir qui détermine qui a le droit de faire telle chose le premier, ou à qui. Les amants ne font donc qu'utiliser un des dons de Mère Nature dans le champ de la sexualité. La femme va peut-être ne porter qu'un collier, des talons aiguilles et une cape sur son corps nu, parce que son maître veut la savoir disponible à tout moment, selon ses envies. Ou alors la femme attache son homme à la rampe de l'escalier avec sa cravate, et commence à l'exciter sans pitié, pour que son pénis soit exactement comme elle l'aime. Quel que soit le scénario, le couple ressentira l'incroyable intensité sexuelle qu'il y a à maîtriser ces rapports de pouvoir.

297. Essayez le fantasme voyeurisme/exhibitionnisme

Voir et être vu sont deux pulsions humaines centrées autour de l'attention. Les êtres humains ont besoin d'attention ; sans elle, ils se fanent. L'attention est une composante de ce scénario ; l'autre est le fait de savoir que vous excitez votre partenaire rien qu'en lui permettant de regarder. Une femme a parlé de « sexe cérébral » pour décrire ce type de fantasme. « Quand on a réaménagé notre maison, mon mari a prévu une petite pièce intérieure avec une fenêtre donnant sur la salle de bains, parce qu'il adore me regarder prendre mon bain. Et j'adore changer de position, de "vues" pour lui. Je sais que quand je me donne du plaisir avec le pommeau de douche, sur le bord de notre jacuzzi, il devient fou et se branle dans son petit cagibi. »

298. Ménage à trois

Ce fantasme, surtout deux femmes et un homme, s'est répandu en raison de sa mise en scène incroyablement banale dans les films porno. Voilà hélas une preuve de plus que nous sommes très influençables : on a tendance à vouloir ce que l'on voit. Pour les hommes, ce fantasme fait écho à leur désir de satisfaire deux femmes à la fois – une idée hautement virile. Le cheminement de pensée est le suivant : deux femmes font l'amour ensemble jusqu'à ce qu'un homme, « un vrai », arrive et « fasse le boulot » comme il faut. Pour une femme, être avec un amant et une autre femme est généralement une forme d'exploration sexuelle, une extension de son propre regard sur son être sexuel. Deux avertissements : primo, les femmes se sentent souvent obligées d'essayer ce scénario pour leur partenaire masculin ; mais, au lieu d'ouvrir leur horizon sexuel, il le restreint parce qu'elles se sentent manipulées. Secundo, les deux femmes peuvent se trouver si intéressantes qu'elles laissent l'homme de côté, ce qui n'est certes pas sa position préférée.

Bien sûr, on trouve des ménages à trois avec deux hommes et une femme, mais ils semblent plus rares – sans doute parce qu'une compétition prend alors place entre les deux hommes. Mais, comme dans la vie, de tels trios existent, et une femme qui a exploré ce champ sexuel a fait ce commentaire : « C'était fantastique ; comme si j'avais deux esclaves sexuels ; j'étais complètement dans le trip ! »

299. Échangisme

Comme le ménage à trois, l'échangisme implique plusieurs partenaires. Depuis peu, j'ai entendu que ce type de fantasme augmentait – et pour certains, ce mode de vie. Dans l'échangisme, les couples changent de partenaire. À l'origine, c'est souvent l'homme qui veut être avec d'autres femmes, mais cela peut allumer des contre-feux. Selon les règles de l'échangisme, les différents protagonistes doivent être en couple (afin de réduire les risques d'éventuelles incursions de mâles prédateurs célibataires), et l'initiative est laissée aux femmes. Même si certains couples vivent l'échangisme de manière joviale, tout le monde étant dans le même état d'esprit, il est plus délicat pour d'autres couples d'éviter les scènes de ménage. Comme on me l'a expliqué, l'échangisme peut amener certaines femmes à vivre une épiphanie sexuelle qui leur donne une plus grande conscience de leur sexualité – ce qui est toujours une bonne chose. Mais si elles s'éloignent de leur amant attitré, ce qui a commencé par être un fantasme tourne vite au cauchemar : elles finissent par quitter leur partenaire. L'impact émotionnel d'un tel fantasme peut être une formidable expérience de partage, mais il peut aussi entraîner un imbroglio affectif. De tous les fantasmes, l'échangisme est celui qui demande le plus d'honnêteté quant à vos motivations.

300. Acceptez qu'il s'habille en femme

Jouer sur les genres peut être une forme de fantasme de séduction. Certains hommes, par exemple, aiment s'habiller en femme. Un couple – lui est athlète, elle architecte urbaniste – m'a confié ce fantasme lors d'un séminaire de sexualité : George voulait que sa femme, Candace, lui achète de la lingerie féminine. Pour George, le fantasme commençait au moment où il visualisait sa femme en train de choisir ces sous-vêtements et de les acheter, juste pour lui. Qu'elle accepte de faire cela pour lui était sans doute ce qui l'excitait le plus. Quand elle lui a donné le « paquet », il est allé tranquillement se changer dans la salle de bains, et lui a demandé de le rejoindre dans leur chambre. Comme Candace l'a expliqué : « Tout cela avait un côté très excitant ; le fantasme de George nous a rapprochés en tant que couple, parce que c'est tellement intime, personnel. » Quand je lui ai demandé si elle avait ressenti quelque gêne face au désir de George de porter des sous-vêtements féminins, elle m'a répondu d'un ton assuré : « Non. Pas du tout ! C'est juste une facette de sa personnalité sexuelle. Je sais bien l'effet que je lui fais au lit. Je n'ai aucune crainte. Je suis juste contente qu'il ait fini par m'en parler. Et ça m'a beaucoup excitée, moi aussi. »

301. La femme qui s'ennuie et le gigolo

Plus d'une femme émancipée sur le plan sexuel a rêvé de louer les services d'un gigolo. Est-ce que vous vous souvenez des étincelles provoquées par l'apparition de Richard Gere à l'écran dans *American Gigolo* ? Ou pourquoi *Le Lauréat* était si troublant ? Pourquoi le personnage de Geena Davis succombe au *bad boy* incarné par Brad Pitt dans *Thelma et Louise* ? Ces films ont saisi la raison « quintessentielle » pour laquelle ce fantasme fonctionne pour certaines femmes : la femme est soit plus âgée, soit plus riche, mais elle est à la merci de son désir pour un jeune mec. Cette situation suppose un certain détachement entre le « gigolo » et l'« épouse » qui, en retour, entraîne une sexualité plus désinhibée. Et ce fantasme plaît aussi à certains hommes – ceux qui aiment être à la merci d'une femme puissante, dominée par sa sexualité. Essayez donc pour voir.

302. La prostituée et le gentleman

Il y a une raison pour laquelle les hommes ont toujours cherché des prostituées : parce qu'ils aiment la simplicité de ce type de contrat – du sexe contre de l'argent. Pour réaliser un fantasme, si un tel rapport de forces vous plaît, votre partenaire et vous pourrez trouver ce cas de figure amusant. Commencez par mettre en scène un scénario tous les deux, puis restreignez votre implication personnelle (ou affective) en rentrant dans la peau de la prostituée et de son client ; quand les rôles sont bien en place, vous avez alors davantage de liberté pour explorer la situation sexuelle en elle-même. Pendant un séminaire, un couple a fait part de son expérience : ils avaient réservé une chambre d'hôtel pour une nuit ; ils avaient préparé des tenues appropriées, adaptées aux rôles : lui était le client, elle, une call-girl de luxe. Ils ont commandé du champagne, allumé un feu dans la cheminée. Ils se sont débarrassés de leur « moi » habituel et sont rentrés dans leur personnage. La situation s'est révélée comique le lendemain quand, au moment de partir, le groom qui attendait son pourboire a renversé par accident la valise qui contenait tous leurs accessoires dans le hall de l'hôtel…

303. L'officier et la jeune fille de bonne famille

Ce scénario a été décrit par un homme, un cadre charmant et paisible, au cours d'un de mes séminaires. Il a expliqué que sa petite amie et lui avaient imaginé de nombreux scénarios pour mettre en scène leurs fantasmes, mais qu'il n'avait jamais osé parler de son fantasme n° 1 : dire à sa petite amie « Suce-moi, salope ! » et la dominer pendant qu'elle le suce. Il avait peur que cela la refroidisse, qu'elle trouve qu'il lui manque de respect, et qu'elle cesse de vouloir faire l'amour avec lui. Comme pour n'importe quel autre sujet, on ne sait jamais vraiment ce que les autres pensent ; quand elle lui a dit : « Ça ne me pose aucun problème, ça pourrait même être amusant », il est quasiment devenu fou, en préparant mentalement la parfaite exécution de son fantasme.

Cela s'est déroulé de la manière suivante, quand ils sont repartis deux semaines plus tard. Il avait préparé quelques accessoires choisis avec soin, notamment deux costumes : un pour lui et un pour elle. Le sien était un uniforme d'officier de marine ; celui de sa petite amie, une longue robe de soie noire, un peu démodée, avec un col blanc en dentelle. Il voulait qu'elle le prenne à genoux, en face d'un miroir, sa robe déboutonnée de manière à laisser apparaître son soutien-gorge (il l'avait acheté spécialement pour l'événement), l'arrière de la robe relevé pour exposer ses fesses nues. Lui serait debout, appuyé contre le mur, regardant la scène dans le miroir. Bien sûr, une confiance sans faille devait régner entre les deux partenaires ; sinon, une telle situation pouvait se révéler inconfortable, presque inquiétante. Mais ce couple partageait une énorme confiance en soi, en leur relation et l'un pour l'autre. Explorer ce fantasme est devenu une manière d'explorer leurs *personae* érotiques. Depuis, s'ils veulent rejouer la scène, ils n'ont qu'à mettre la casquette de l'officier sur le meuble de leur salle de bains.

304. L'amour au téléphone

C'est un fantasme pour certains, une habitude pour d'autres. Quoi qu'il en soit, faire l'amour par téléphone peut être une manière de casser la routine sexuelle – surtout si l'un de vous est amené à voyager. Ce qui se passe généralement, c'est que les deux personnes sont au téléphone, et l'une d'elles lance une phrase suggestive, par exemple : « Je suis en train de me toucher – tu veux savoir où ? » Bien sûr, les deux partenaires se racontent ce qu'ils font de chaque côté du fil. Cela peut devenir très très chaud. Certains couples ont commencé des scénarios par téléphone puis leur ont donné un autre niveau d'intensité une fois ensemble. L'amour au téléphone est aussi une excellente occasion de tester des méthodes de masturbation et de nouveaux accessoires érotiques.

305. « Papa, je n'ai pas été sage »

Ce fantasme met en scène la petite fille que son papa va devoir « discipliner ». Pour beaucoup de couples, la discipline en question passe par la fessée, qui a le don de beaucoup exciter certaines femmes. Pour l'homme, de manière invariable, c'est le fait que la femme dise « Je n'ai pas été sage » qui provoque le déclic. Mesdames, n'ayez pas peur de paraître ridicules en disant cela. Il est fort probable que vous vous sentirez un peu bêtes au début ; mais ce que m'ont dit la plupart des femmes, c'est que cette petite phrase a un tel effet sur les hommes qu'elles s'y habituent très vite. Parfois, le point culminant de ce fantasme est une position en levrette, l'homme administrant des fessées plus ou moins appuyées à sa partenaire ; pour savoir avec quelle force la corriger, il lui demande : « Est-ce que tu as été très méchante ? » Mais ne pensez pas qu'il s'agisse là de faire mal. Pas du tout. Vous pouvez modifier le scénario : la femme allume son partenaire en lui chuchotant à l'oreille qu'elle a été une méchante fille au travail, et qu'il va devoir la discipliner. L'intensité de la scène de sexe qui suit est toujours plus forte.

306. Candide collégienne

Une jupe écossaise plissée, un chemisier amidonné recouvrant maladroitement une poitrine ferme... Voilà la source de beaucoup de fantasmes, pour les deux sexes. La force de ce fantasme est liée à la sexualité bourgeonnante, symbolisée par une jeune fille en fleur. Certains donnent des punitions parce que ses chaussettes ne sont pas bien tirées, ou qu'elle a une tache sur son chemisier, à un endroit stratégique bien sûr... Le scénario peut évoluer de bien des manières : la jeune fille assise sur les genoux de son petit copain, ravie sous ses caresses ; l'indisciplinée recevant la fessée sur les genoux du proviseur ; jusqu'au parfait spécimen de laboratoire, à étudier sous tous les angles.

307. L'infirmière et le médecin

C'est la version pour adultes de « jouer au docteur ». Comme dans le fantasme précédent, il y a de nombreux scénarios possibles. Les deux partenaires peuvent être l'infirmière, le médecin ou le patient. Une blouse ouverte, un simple drap sur un corps nu, créent une vulnérabilité. Et les accessoires médicaux permettent à certains de se donner davantage de sensations : la froideur d'un stéthoscope sur un téton en érection, un spéculum pour faire un examen interne – deux exemples parmi d'autres. Peut-être la femme médecin doit-elle contrôler combien de temps le sujet peut résister à une intense stimulation orale ? Dans vos personnages, chaque traitement médical, chaque ingestion de médicament peut revêtir un nouveau sens. Une part de domination, une part de soumission : le choix est celui des parties en présence.

308. True Lies

Rejouez la scène du film *True Lies* dans laquelle Jamie Lee Curtis fait un strip-tease pour Schwarzenegger. Je vous rappelle le contexte : l'agent secret Harry Tasker (Arnold Schwarzenegger) essaye d'empêcher une bande de terroristes internationaux de mettre la main sur des armes nucléaires, tandis qu'Helen (Jamie Lee Curtis), qui se sent abandonnée, entame une histoire avec un vendeur de voitures d'occasion qui se fait passer pour un espion. Quand Harry le découvre, il décide de donner à Helen une leçon en matière d'espionnage, qui se retourne contre lui quand le couple se fait kidnapper et se retrouve au milieu d'une crise terroriste internationale. Le meilleur moment est lorsque les spectateurs se rendent compte qu'elle fait un strip-tease devant son mari pour le sauver. Beaucoup de couples, après avoir regardé ce film, rejouent cette scène à leur manière.

309. Tant qu'il y aura des hommes

Rejouez la scène de la plage dans le film *Tant qu'il y aura des hommes* (1953), avec Deborah Kerr et Burt Lancaster. Submergés de désir, les deux personnages tombent dans les bras l'un de l'autre au bord de la mer, à moitié nus, et s'embrassent avec passion. Chaleur, moiteur, corps à corps, mouvement des vagues ; ils sont tellement l'un avec l'autre que rien ne peut les séparer. Cette scène capte une intensité sexuelle que l'on devrait tous connaître. Il n'est pas étonnant que beaucoup de couples trouvent très excitante l'idée de faire l'amour sur une plage, dans une piscine ou dans l'eau. Sachez bien, cependant, que l'eau n'a aucun effet lubrifiant. Au contraire, elle balaye ce que Mère Nature prodigue. Alors si vous avez l'intention de rejouer cette scène, apportez votre propre lubrification, sans quoi vos mouvements seront restreints. Et faites attention au sable dans les maillots de bain et sur les parties délicates.

310. Duo à trois

Rejouez la scène de *Duo à trois* où Kevin Costner balaye la table d'un revers de bras et y bascule Susan Sarandon. Ce geste du bras, dans cette scène, représente en fait le degré d'intérêt que l'on veut que notre partenaire nous témoigne pendant l'amour. L'explosion sexuelle qui a ensuite lieu sur cette table semble dire : « Je ne peux pas attendre et rien ne va m'arrêter ! » Ce genre de détermination vous rend si « hot » pour votre partenaire que personne ne peut contrecarrer la tension sexuelle, et vous mettez à profit n'importe quelle surface qui se présente : une table, un mur, la baignoire. Messieurs, voilà un fantasme féminin très répandu (hormis les assiettes cassées – même si vous êtes grec – et le désordre qu'il faut ranger) !

311. Un langage cru

La première partie de ce fantasme est de trouver quels termes vous font ou pas de l'effet, et il vaut mieux le faire en dehors de la chambre. Comme certains couples en ont fait part, c'est très drôle d'en parler dans un café, un dimanche matin. Si le langage cru est un fantasme, c'est que les partenaires ont tendance à se perdre dans la passion. Comme on est tellement plus explicites dans nos demandes sexuelles, on tend aussi à adopter une attitude plus animale, à vouloir du sexe très « hot ». Pour ceux qui ont ce fantasme, plus c'est grossier, plus ça marche. Messieurs, c'est à votre partenaire de fixer les limites ; laissez-la prendre les devants : elle va peut-être commencer par vous dire qu'elle aime votre sexe, puis qu'elle veut votre bite, et enfin qu'elle veut que vous la baisiez avec votre queue. De cette façon, vous pouvez vous caler sur son niveau de langage, sans aller trop loin et risquer de casser l'ambiance. Dites-vous bien aussi que tout le monde n'apprécie pas un langage cru. Raison de plus pour en parler auparavant et commencer doucement, en ne gravissant les échelons qu'après avoir jaugé les réactions de votre partenaire. Certaines femmes m'ont dit qu'elles avaient du mal à s'empêcher d'éclater de rire lorsque leur amant commence à utiliser un langage explicite ; et certains hommes sont déstabilisés par ce que peut proférer leur partenaire dans le feu de l'action. Mais voici un exemple typique qui a marché justement dans le feu de l'action, et fort bien. Il s'agit d'une femme dont quelques mots, en toute innocence, ont attisé l'ardeur de son partenaire. Ils avaient commencé à faire l'amour sur le balcon ; il avait soulevé sa robe et l'avait pénétrée par-derrière. Alors qu'elle répondait à ses mouvements de hanches, elle a tourné la tête et lui a murmuré : « Baise-moi. » Au début, il n'en a pas cru ses oreilles : c'était son fantasme absolu, et elle l'avait réalisé sans qu'il ait à le lui demander. Il essayait de maintenir un mouvement soutenu, mais toutes les barrières ont sauté quand elle a de nouveau tourné la tête pour lui dire : « Il me semble t'avoir demandé de me baiser. » Alors, peut-être votre professeur de français avait-il raison : ne sous-estimez jamais le pouvoir des mots.

312. Comment créer vos propres fantasmes

C'est un jeu que j'ai imaginé pour vous et que j'ai appelé « Complétez le fantasme ». Il s'agit de terminer une phrase, en faisant tous deux appel à votre imagination. Parmi les débuts de phrases préférés :

« Elle s'éloigne de moi dans une robe de soie rouge, quand elle la laisse tomber et… »

« Il entre dans la pièce, dans la main, il tient… »

« Le téléphone sonna et… »

« Il lui a demandé de le rejoindre… »

« Elle le croisait tous les jours dans le métro… »

« Personne ne lui avait dit que le nouveau professeur serait si… »

« Elle adorait les hommes en uniforme de… »

Complétez les blancs avec les idées érotiques qui vous passent par la tête. Certains couples vont même un peu plus loin en alternant leurs contributions, afin de construire leur fantasme ensemble.

313. Utilisez des accessoires pour enrichir votre répertoire sexuel

Tout comme vous avez appris à vous accorder le droit d'explorer vos fantasmes en général, il est aussi important de vous donner le droit de tester des accessoires. Ils sont là pour le fun. Pas pour remplacer l'un ou l'autre d'entre vous. Voici dix conseils pour choisir et utiliser des accessoires. Vous pouvez trouver ces produits dans de nombreux points de vente.

314. Des lubrifiants pour vous et pour vos accessoires

Ces petites bouteilles peuvent tellement améliorer ce que l'on fait que je suis surprise que davantage de gens ne les utilisent pas. Le but de ces produits est de faciliter les mouvements dans les zones les plus délicates et de renforcer les sensations – qu'on les utilise pour l'un des partenaires ou pour prolonger un rapport sexuel. Si vous utilisez des préservatifs en latex, vous devez choisir un lubrifiant à base d'eau : les produits à base de pétrole (huile de massage, lotions pour les mains…) sont l'ennemi mortel du latex, dont ils diminuent les capacités de protection.

Catégories

- Lubrifiants à base d'eau, sans glycérine.
- Lubrifiants à base d'eau, avec glycérine. Ils sont appréciés par les femmes qui n'ont pas de problèmes de mycose vaginale.
- Lubrifiants parfumés.

Une règle principale : si vous insérez quelque chose dans le corps, assurez-vous que vous utilisez un lubrifiant à base d'eau et méfiez-vous des produits teintés ou parfumés. Le vagin se débarrasse difficilement des huiles : des résidus de produit pourraient perturber son équilibre naturel et provoquer des infections ou des mycoses vaginales.

315. Les vibromasseurs externes et internes

Il existe des vibromasseurs adaptés à chaque partie du corps ou presque. Quand vous vous penchez sur un produit, demandez-vous où vous pourriez l'utiliser : sur le clitoris, à l'extérieur des grandes lèvres, sous le scrotum, sur les seins ou dans l'anus. Allez-vous l'utiliser seul(e) ou à deux ? Quelle intensité désirez-vous ? Voulez-vous qu'il soit silencieux ? Doit-il pouvoir être utilisé sous la douche ?

Les vibromasseurs ont plusieurs formes de base : en forme de phallus, commandés à distance ; travestis en tube de rouge à lèvres ou de pinceau à blush. Que les messieurs qui craignent que les vibromasseurs ne les remplacent se rassurent. Toutes les femmes disent que malgré leur rapidité (soyons sérieux, aucun homme ne peut revendiquer 50 000 oscillations par minute), rien ne saurait remplacer le corps d'un homme. Messieurs, je vous conseille simplement de prendre part à son plaisir en vous mettant aux commandes de l'appareil. Voici quelques modèles que vous pourrez trouver intéressants :

Les classiques

- **Le Pocket-Rocket** : un petit vibromasseur à une vitesse, qui fonctionne avec deux piles. Beaucoup de sociétés le fabriquent, sous différents noms et de couleurs variées.

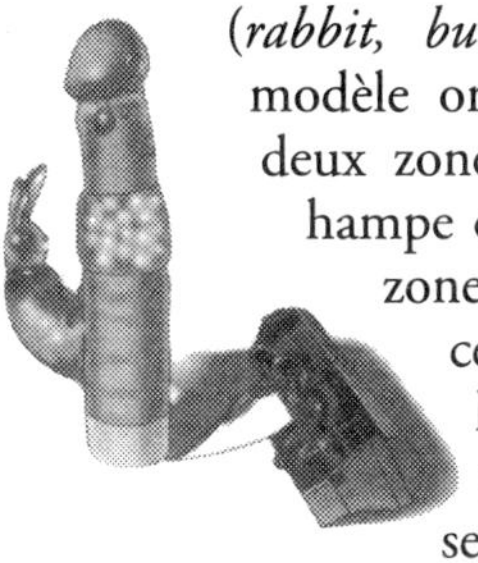

- **Le Rabbit Pearl** : presque tous les appareils dont le nom tourne autour de « lapin » (*rabbit, bunny*...) sont une variation de ce modèle original. Le Rabbit Pearl comprend deux zones : la première est la partie de la hampe qui est insérée et qui fait tourner la zone perlée, pour stimuler les premiers centimètres du vagin ; la seconde est le lapin vibrant, dont les longues oreilles flexibles et le nez créent des sensations incroyables sur le clitoris.

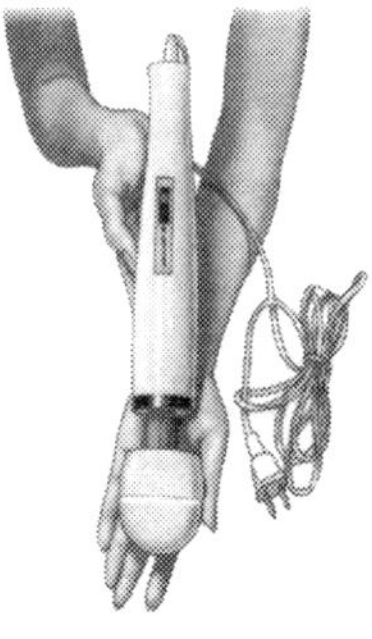

- **Le Hitachi Magic Wand** : une hampe large autour de laquelle il est préférable d'enrouler un gant pour amortir la sensation, qui pourrait être trop intense « à cru ».

- **Les vibromasseurs mammaires** : ils sont spécialement conçus pour les seins. Ils peuvent y être fixés par une petite attache ou un système de ventouse. Dans ce cas, il vaut mieux humecter la ventouse avant application.

Les nouveautés

- **Le Tongue Joy :** peut-être le meilleur accessoire que j'aie vu depuis longtemps, le Tongue Joy est l'invention d'un cadre de l'équipement médical, qui l'a créé après avoir vu une émission de télévision sur le piercing de la langue. En apprenant que le piercing servait à la stimulation orale, il s'est dit que ce serait génial de pouvoir ajouter une vibration. Lui-même ne voulant pas se faire percer la langue, sa femme lui a donné une idée pour fixer la chose à une langue non percée. Le Tongue Joy propose trois anneaux élastiques de différentes tailles, percés d'un petit trou. La partie vibrante, en forme de I, est alimentée par deux petites piles plates de montre ou par un pack de deux piles. La plupart des couples utilisent les petites piles pendant une stimulation orale, car l'élastique les maintient en place. L'anneau le plus grand est prévu pour être placé à la base du pénis, et le plus petit peut l'être directement sur la zone à stimuler, ou autour d'un doigt.
- **La Femme Line**, de Candida Royalle. Ces vibromasseurs plus doux sont particulièrement adaptés aux femmes sensibles et à celles qui veulent s'initier à ce type de plaisir.

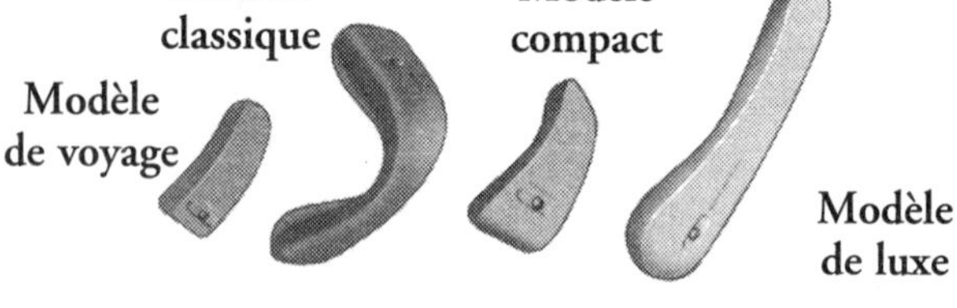

- **Le Multi-Satisfier** : les microprocesseurs ont apporté leur gamme de possibilités aux vibromasseurs. Vous avez le choix entre cinq vitesses, cinq styles de vibrations, avec ou sans rotation. Il comprend un écran rétro-éclairé bien pratique pour voir ce que l'on fait sous la couette.

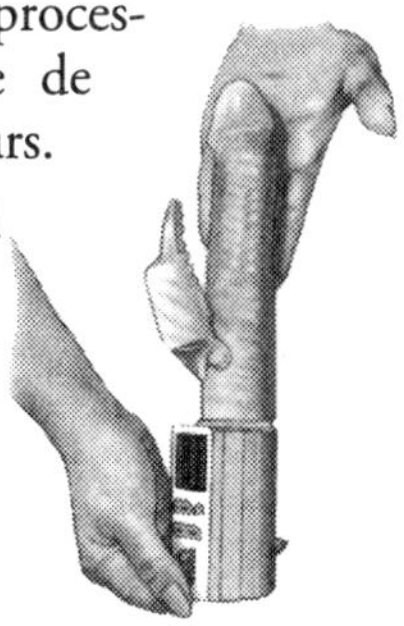

316. Le bondage

Le meilleur kit que je connaisse est proposé par Sportsheets. Il a été conçu par un Marine américain, inspiré par un show de David Letterman, où ce dernier était attaché au mur par des bandes Velcro. Si vous voulez quelque chose de plus personnel, une écharpe ou une cravate feront l'affaire.

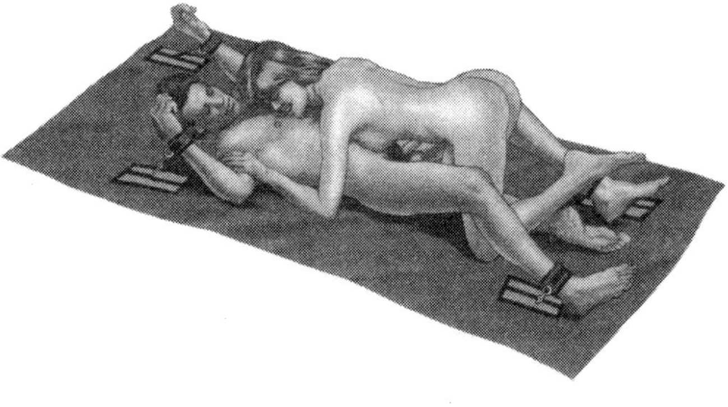

317. Des petits plus pour varier les plaisirs

Vous pouvez utiliser des accessoires de textures différentes pour varier la sensation du toucher. Qu'elles soient douces, comme le cuir, ou plus rugueuses, comme la fourrure, vous augmenterez les impressions de la peau. Essayez aussi les poudres aromatisées, la peinture au chocolat. Ou sucez un bonbon à la menthe avant d'appliquer votre bouche sur le corps de votre partenaire, et voyez le résultat.

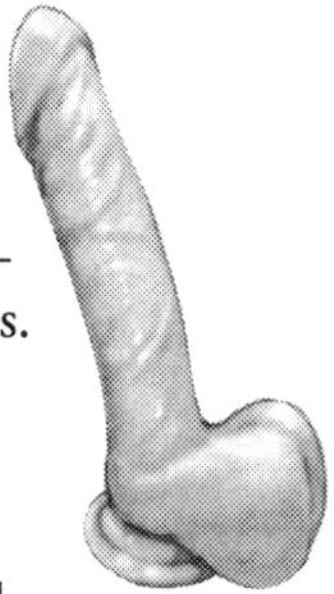

318. Les godemichés

Tout ce qui est susceptible d'être inséré peut faire office de godemiché – vibrant ou pas, en forme de pénis ou pas.

319. Les accessoires en PVC

Beaucoup d'accessoires sont conçus dans cette matière souple, qui pourront vous donner bien des plaisirs, notamment les favoris dans mes séminaires : l'Éléphant rose, dont un nouveau modèle comprend des perles ajustables à l'intérieur de la hampe (messieurs, à utiliser en solo ou à confier à votre partenaire) : les gaines pour pénis ; et bien sûr divers modèles de cockrings.

L'Éléphant rose – c'est comme ça que je l'appelle – est une gaine très souple et hyper-élastique de 12 x 5 cm qui enveloppe le pénis en érection : on l'utilise pour la pénétration vaginale ou anale. La première chose à faire est d'ajouter un lubrifiant à base d'eau à l'intérieur de la gaine avant d'y introduire le pénis.

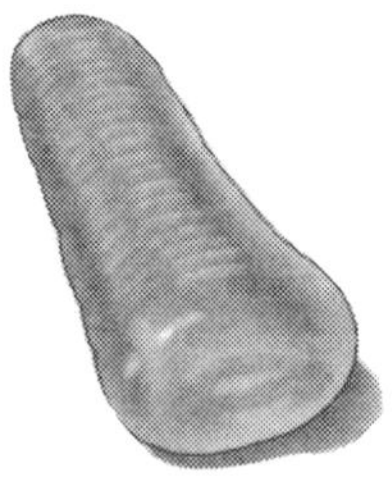

À partir de là, la création de sensations n'a de limites que celles de votre imagination (mouvements de va-et-vient, de rotation…). On trouve deux types de modèles : l'un avec de petites crêtes à l'intérieur qui reproduisent la rugosité naturelle du vagin ; l'autre d'une texture intérieure plus douce, qui reproduit les sensations de l'anus.

Les gaines pour pénis

Ces fourreaux de 3 à 4 cm sont en PVC transparent, non toxique. Ce sont les aspérités de leur surface qui créent des sensations nouvelles pour les hommes et les femmes. Voici comment les utiliser :

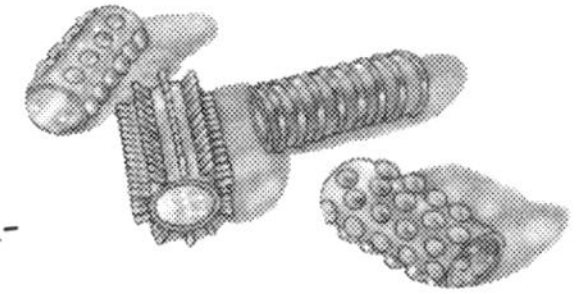

1. **D'elle à lui.** Enfilez une gaine sur un ou deux doigts et stimulez votre partenaire manuellement.
2. **De lui à elle** (manuellement ou pendant la pénétration). Ces petits accessoires pourront augmenter son plaisir clitoridien si vous la stimulez manuellement. Pendant un rapport sexuel, vous pouvez en porter à la base de votre pénis.
3. **Sur un vibromasseur.** Si vous en glissez un sur votre vibromasseur habituel, vous ouvrez la porte à de toutes nouvelles sensations.

Cockrings

La stimulation du pénis provoque un afflux de sang dans les corps caverneux. Puis le sang se retire sous l'effet conjugué de la force de gravité et de l'arrêt de la stimulation. Les cockrings ont pour effet de comprimer les vaisseaux sanguins afin de réduire la baisse de la pression sanguine dans le pénis. Résultat : une érection plus ferme, plus longue et, pour certains hommes, une éjaculation retardée. Comme le montre l'illustration, on les porte à la base du pénis, par-dessus le scrotum, afin de renforcer la pression pendant la stimulation. Chez certains couples, l'homme met un cockring pendant les rapports sexuels et l'enlève juste avant d'éjaculer ; chez d'autres, le cockring est placé après le début de la pénétration, et conservé jusqu'à la fin du rapport.

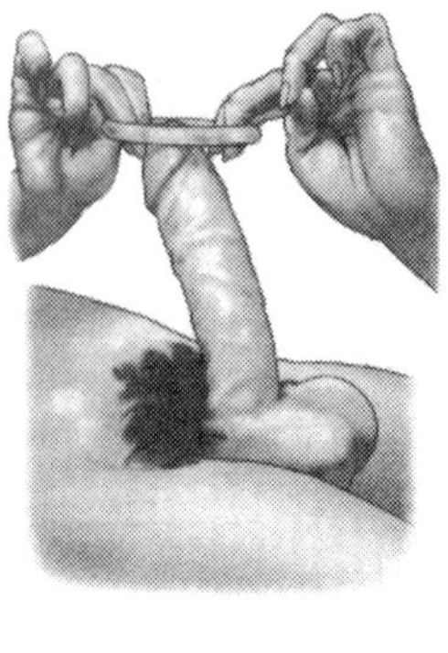

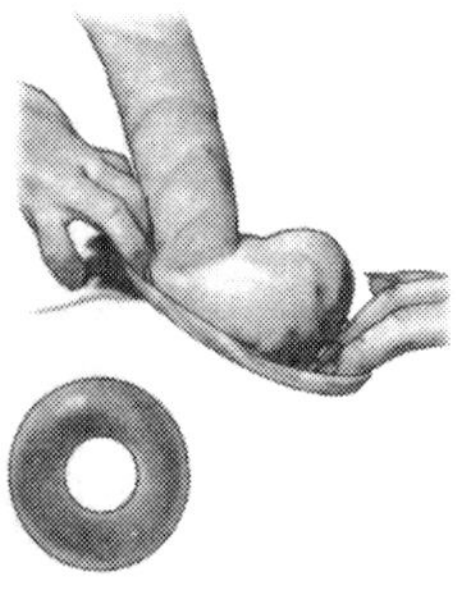

320. Les accessoires anaux

Ces accessoires peuvent être utilisés par l'un ou l'autre des partenaires pour renforcer la sensation orgasmique, en offrant une forme de résistance aux muscles pelviens, qui se contractent pendant l'orgasme. Parmi ces accessoires, les perles anales : elles sont insérées puis maintenues jusqu'à l'orgasme ; à ce moment-là, soit vous imprimez un mouvement de va-et-vient, soit vous les retirez pour stimuler davantage encore l'anus, qui se contracte en rythme. Autre type d'accessoire : les plugs anaux, vibrants ou pas, à la base évasée pour éviter qu'ils ne glissent à l'intérieur de l'anus. Certains hommes raffolent de la double sensation de stimulation de la prostate et du pénis.

321. Les harnais

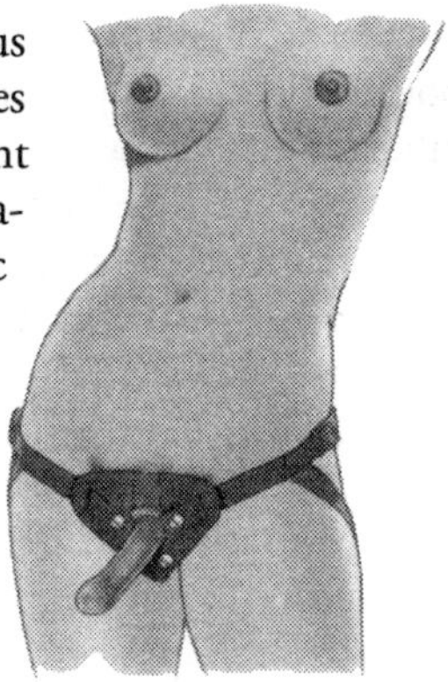

Les harnais deviennent de plus en plus populaires, depuis que les hommes hétérosexuels démontrent un intérêt pour ce type de sensations. Pourquoi ? Parce qu'avec un harnais les hommes ont l'impression d'être « remplis », pénétrés par leur partenaire féminine.

322. Caméras vidéo : prudence

Ce conseil vient d'une anecdote particulièrement amusante dont m'a fait part un couple, Jane et Mark. Véritables technophiles, Jane et Mark adoraient jouer avec leurs accessoires, en l'occurrence leur godemiché-caméscope, le Vidéo-Voyeur. Ils s'étaient amusés et avaient pris un énorme plaisir à filmer leurs frasques sexuelles. Mais Mark a eu une mauvaise surprise lors d'un pique-nique avec des amis. Un de ses copains lui a demandé s'il pouvait emprunter le flash de son appareil photo ; dans l'étui, c'est ce caméscope un peu spécial qu'il a découvert. « Oh mon Dieu, s'est exclamé Mark, c'est le gode de ma femme ! » Vous pouvez imaginer ce qu'ont ressenti Mark et Jane devant une telle révélation : ils étaient vraiment confus. Jane avait caché le Vidéo-Voyeur dans l'étui du flash de Mark. Mais cette anecdote appelle une mise en garde plus sérieuse : autant il est facile de faire ce genre de films, autant il est déconseillé de les transférer – que ce soit dans un étui de flash… ou sur Internet.

323. Le collier de perles

Mesdames, votre partenaire va adorer ce que vous pouvez faire avec votre collier de perles. Commencez par lubrifier son pénis et les perles, puis enroulez-les lentement autour de sa hampe, en un seul niveau, comme une écharpe. Ne lâchez pas le fermoir, afin de ne pas risquer de le pincer. Quand les perles recouvrent bien son pénis, commencez à le caresser de haut en bas, dans un mouvement pivotant (voir n° 240), comme sur les illustrations suivantes. Vous pouvez ensuite déployer les perles et caresser sous les testicules, en massant le périnée. Enfin, enroulez le collier à la base de sa hampe et enfourchez-le. Vous ne direz plus que les diamants sont les meilleurs amis d'une femme – les perles sont tout aussi intéressantes. Comme vous utilisez un lubrifiant, investissez dans des perles fantaisie : les perles véritables ne supportent pas cette humidité (et le fil de soie non plus). Un rang de perles de 60-70 cm, d'un diamètre de 8 à 10 mm, est idéal.

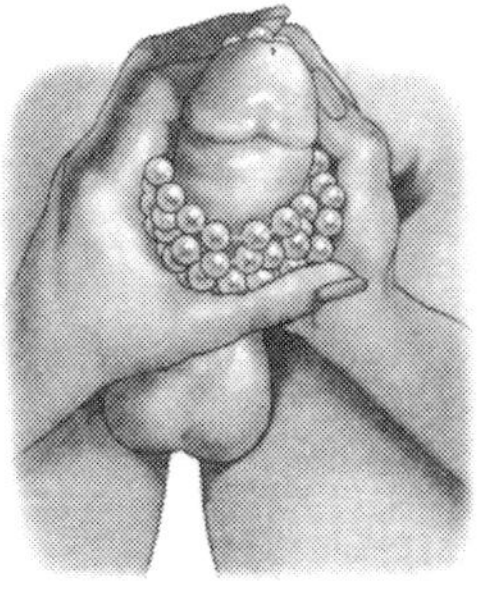

Les questions les plus fréquentes et autres nouvelles du front

Ce chapitre comprend des questions qui reviennent souvent dans mes séminaires. Je suppose que si certaines personnes posent toujours les mêmes questions, celles-ci concernent bien plus de monde encore. J'ai aussi intégré à ce chapitre des informations que je trouve pertinentes sur la sexualité, et dont je pense qu'elles vous intéresseront. Je suis d'une curiosité insatiable et je me suis rendu compte, en une dizaine d'années, que beaucoup de gens étaient comme moi.

324. Comment savoir si elle simule ?

Je vais d'abord vous expliquer pourquoi une femme simule, puis je vous dirai comment savoir, sur le plan physiologique, si elle a effectivement simulé un orgasme. Il y a deux choses qui se mêlent, et qui sont liées à la pression de la performance que subissent les deux sexes. On dit aux hommes qu'ils doivent mener leur partenaire à l'orgasme, sans quoi ils ne sont pas des amants dignes de ce nom ; dans le même temps, les femmes reçoivent un message selon lequel il faut qu'elles aient un orgasme, pour signifier à leur amant qu'il fait ce qu'il faut et que ça leur fait de l'effet. Ce double message perd de vue le véritable propos de la sexualité : notre plaisir. Quand je réponds aux hommes qui me posent cette question, voici ce que je leur dis : « Si vous vous fiez aux descriptions standard véhiculées par les médias, il y a des chances que vous ne puissiez pas le savoir. » Voici pourquoi. Les représentations des films pornographiques, de la presse masculine et des romans à l'eau de rose, où les femmes tournent de l'œil lors de la pénétration et/ou de l'orgasme, sont fausses. Les femmes y poussent de hauts cris, griffent le dos de leur partenaire et perdent conscience – tout cela grâce aux prouesses d'un mâle bien membré qui les transperce comme un fou par-derrière ou au-dessus d'elles. Et, bien sûr, leurs orgasmes sont synchronisés. Je ne dis pas que tout cela ne peut pas arriver dans le feu de la passion, mais ce ne sont pas des manifestations standard, et ce n'est pas à cela qu'il faut s'attendre. Bien sûr, certaines femmes et certains hommes vivent de tels orgasmes ; mais sûrement pas toutes les femmes, ni tout le temps. Cela reviendrait à dire que vos réactions sexuelles sont les mêmes que celles de tout le monde. Absurde : beaucoup de femmes et d'hommes sont très calmes, immergés dans le plaisir ; d'autres ont tendance à se perdre dans les réactions de leur corps, et à émettre des sons qui leur sont propres (j'ai bien dit : qui leur sont propres).

Mais revenons au sujet. Il y a deux raisons pour lesquelles une femme peut simuler : 1) elle ne veut pas que son partenaire ait l'impression de ne pas être à la hauteur ; et/ou 2) elle pense ou elle sait qu'elle n'aura pas d'orgasme, alors elle le simule pour mettre un terme au rapport sexuel. Pourquoi vouloir abréger les réjouissances ? Plusieurs cas de figure sont possibles : 1) le rapport est peut-être douloureux, ou elle ne se lubrifie pas ; 2) ce qui est en train de se passer ne lui fait aucun effet, ou ne lui plaît pas ; 3) elle en est à un stade de son cycle où elle est moins sensible sexuellement. Beaucoup de femmes disent « vouloir en finir » parce qu'elles sont soit frustrées, soit en colère contre leur partenaire. Les hommes simulent aussi, et parfois pour les mêmes raisons. Pour information, messieurs, voici comment savoir si elle a bien eu un orgasme : soyez attentif aux 2 ou 3 premiers centimètres de son vagin ; c'est là qu'ont lieu les contractions involontaires des muscles pelviens pendant l'orgasme. Aucune femme ne peut imiter leur vitesse (0,8 par seconde) ni leur intensité. Elle peut mimer les sons, la respiration, les convulsions des hanches, mais pas ces petites contractions.

325. Comment dire à mon partenaire que j'ai simulé ?

En faisant très attention. En la matière, mieux vaut pécher par excès de diplomatie. Je vous recommande de profiter de ce qui se passe et de capitaliser là-dessus pour créer les sensations et le plaisir que vous désirez. C'est une bien meilleure tactique que de le dire à votre partenaire alors qu'il est en pleine action et fait de son mieux. Je connais plus d'un couple qui a périclité après que la femme eut dit qu'elle simulait. Alors comment parvenir à le faire changer pour que vous ayez un orgasme sans avoir à lui dire que vous simuliez jusqu'à présent ? Voici ce que suggèrent les femmes qui se sont aventurées avec succès sur ce terrain miné : 1) soyez claire sur ce qui vous fait de l'effet et demandez-lui de recommencer ce que vous « préférez » ; 2) si vous n'avez jamais eu d'orgasme avec lui, essayez d'insister sur ce qui vous en a le plus rapprochée, ou ce qui est le plus agréable ; 3) vous pouvez le mettre sur la voie en lui demandant s'il fait quelque chose de différent de la fois précédente. Dites-lui par exemple que vous aviez des sensations plus fortes ou différentes. L'angle était-il un peu différent ? Ses doigts, plus doux ? Quelle que soit la manière dont vous décidez d'aborder le sujet, mettez-vous à sa place et demandez-vous comment vous aimeriez qu'il vous le dise si c'était lui qui simulait. Peut-être préféreriez-vous qu'il ne vous le dise pas du tout ; et enfin 4) arrêtez de simuler !!! Si, d'après vos réactions, il croit que ça marche, il recommencera encore et encore. Alors si vous avez commencé par lui donner de mauvaises informations, corrigez le tir afin d'enrayer le cercle vicieux de la frustration. Et si votre histoire se termine, il fera avec sa prochaine compagne ce qu'il a fait avec vous, et il lui dira sans aucun doute : « Mais ça marchait avec mon ancienne petite amie. »

326. Comment puis-je avoir un orgasme pendant la pénétration ?

La plupart des femmes qui posent cette question pensent qu'il faut qu'elles soient capables d'avoir un orgasme dans la position du missionnaire. La pression vient souvent de leur partenaire et de la culture de performance sexuelle dans laquelle nous baignons. S'il vous plaît, sachez que, pour la plupart des femmes, l'orgasme vient d'une stimulation orale ou manuelle (avec ou sans partenaire), et la raison en est très simple. Dans ces types de stimulations, il y a un contact constant accompagné de petits mouvements sur les zones les plus sensibles du sexe féminin, en particulier le clitoris. Dans un rapport sexuel avec pénétration où l'homme est au-dessus de la femme, ce contact est souvent interrompu, en raison des mouvements de va-et-vient.

L'orgasme qui intervient pendant la pénétration est souvent le résultat d'une stimulation *déjà* intense auparavant. Dans ce cas, soit la femme se place au-dessus et prend le contrôle des mouvements, et donc de ses sensations et du degré de stimulation, soit elle a déjà atteint l'orgasme (par une stimulation orale ou manuelle, ou avec un vibromasseur) et elle emporte cette stimulation avec elle lors de la pénétration. Quand une femme a un orgasme, le sang afflue dans la région pelvienne et, comme ce sont l'oxygène et le sang qui provoquent l'orgasme, cette vasocongestion favorise un nouvel orgasme au cours de la pénétration.

327. Je suis gênée de dire à mon mari que je fantasme quand on fait l'amour. Est-ce qu'il y a quelque chose de mal à cela ?

Commencez par vous débarrasser de cette gêne. Sachez que vous n'êtes pas la seule : la plupart des gens fantasment d'une manière ou d'une autre, et le « pourquoi » de la chose va vous mettre encore plus à l'aise. Tout simplement, ils utilisent leur imagination pour créer un déclic, varier leurs expériences intimes tout en restant fidèles. Pensez-y : dans notre vie de tous les jours, on ne cesse de changer de personnage, et l'imagination est très présente. Vous êtes une femme, une mère, une fille et un expert-comptable. Tout cela demande de votre part des attitudes différentes et il y a des chances pour que vous rêviez de telle chose que vous souhaiteriez avoir, ce voyage, cette maison, cette voiture, cette taille de guêpe, ces jambes fines, etc. Ainsi, si vous êtes en proie à de telles errances dans votre vie de tous les jours, pourquoi ne laisseriez-vous donc pas aussi divaguer votre esprit sur le plan sexuel ?

De nombreuses personnes à qui j'ai parlé pensent que c'est forcément un signe de manque ou de malaise de fantasmer pendant l'amour sur quelque chose de sexuel qu'ils ont déjà pratiqué, qu'ils n'ont pas pratiqué ou qui évoque quelqu'un d'autre que leur partenaire. Non, cela signifie juste que vous gardez en mémoire ce qui marche pour vous, et ce sont là des moyens d'intégrer vos préférences dans votre relation du moment.

De tels fantasmes ne doivent vous inquiéter que s'ils deviennent votre seule façon de vivre votre intimité et d'exciter vos sens, ou s'ils peuvent blesser autrui. Dans ce cas, je vous suggère de consulter un spécialiste. En général, les hommes ont deux sujets de fantasmes : avoir des performances exceptionnelles et rendre une femme folle de plaisir. Les femmes sont plus susceptibles de fantasmer sur le fait d'être séduites, le pouvoir de leur sexualité et le fait d'être irrésistibles pour un homme. Si vous voulez plus d'idées pour vivre vos fantasmes dans votre couple, reportez-vous au chapitre qui y est consacré.

328. Quelle est la différence entre fantasme et fétichisme ?

Un fantasme est le rêve éveillé que l'on fait d'une expérience précise. Un objet de fétichisme est ce dont quelqu'un a besoin pour être excité ; cet objet remplace un être humain en tant qu'objet d'affection. Par exemple, un homme en plein déjeuner d'affaires peut être excité par une femme en jupe courte et talons aiguilles qui passe devant lui, et fantasmer sur le fait de « se la faire » sur le capot de sa Mercedes pendant que le chauffeur les regarde. Alors qu'un fétichiste, dont l'objet de fétichisation serait une chaussure de femme, verra la même femme passer devant lui et sera excité par ses chaussures. Si cette femme était nue et déchaussée sur un lit devant lui, il ne la regarderait même pas. Mais s'il était seul dans une pièce avec une chaussure de cette femme, il serait sans doute très excité. Les autres objets classiques du fétichisme sont notamment le cuir, le latex, le caoutchouc et les pieds. Le fétichisme en soi n'est pas un mal, sauf si la personne surinvestit une forme de stimulation sexuelle et que cela compromet toute relation de couple saine. C'est une question de mesure. Si vous voulez passer votre vie à faire l'amour à une chaussure, c'est votre problème. Mais ne demandez pas à la femme qui la porte d'en être satisfaite.

329. Comment introduire des fantasmes dans mon couple ?

Primo, commencez par faire l'inventaire des impressions, réactions et sensations que vous voulez expérimenter. Pour créer des fantasmes sur mesure, soyez précis(e) quant à la sensation que vous recherchez. Voulez-vous le dominer ? Voulez-vous qu'elle soit votre « instructrice » ? Par exemple, une femme a le fantasme que son partenaire lui fasse un cunnilingus de tous les diables. Elle peut mettre cela en scène en jouant le rôle de la collégienne indisciplinée à qui son professeur va donner une « leçon » de sciences naturelles, ce qui sera généralement perçu comme un fantasme de soumission. Un homme peut imaginer être un « mannequin sexuel » en vitrine (exhibitionnisme). Ou encore, vous pouvez fantasmer sur une partouze et faire partie d'une chaîne de sex-clubs.

Une fois que vous savez quel type d'expérience vous voulez vivre, n'importe quelle idée ou presque peut s'adapter à vos besoins :

1. Être dominé/dominateur, maître/esclave, professeur/élève, juge/prisonnier (le prisonnier doit peut-être satisfaire le juge dominateur).
2. Être regardé/voyeur, voyeurisme/exhibitionnisme.
3. Être séduit ou dragué.
4. Être si attirant sexuellement qu'il ou elle ne peut pas s'éloigner de vous.
5. Faire l'amour à plusieurs, avoir des partenaires multiples.

Quel que soit votre choix, la véritable ardeur du rôle/du fantasme réside dans les émotions que vous voulez ressentir. Il n'est pas indispensable de se travestir, même si cela permet souvent de rentrer dans son personnage. Si c'est un langage explicite qui vous fait fantasmer, n'importe quel scénario se prête au jeu.

Une fois que vous avez une idée de ce qui vous excite et du scénario qui pourrait permettre cette excitation, dites à votre partenaire que vous aimeriez essayer quelque chose avec elle ou lui. Vous pouvez aborder le sujet pendant la matinée, ou quand vous n'êtes pas dans votre chambre, de manière à laisser vos imaginations travailler davantage. Et puis citez vos sources : la première question de votre partenaire sera sans doute : « D'où te vient cette idée ? » Parlez-lui de cette scène de film torride, comme celle entre Diane Lane et Olivier Martinez dans *Infidèle*. Ou parlez-lui de quelque chose que vous avez fait ensemble, en y ajoutant une nouvelle idée. Par exemple : « La dernière fois que tu m'as lavé les cheveux, j'ai eu envie que tu… » Vous trouverez de nombreuses sources d'inspiration – regardez ce que proposent les films ou les livres érotiques, qui sont de grands pourvoyeurs de fantasmes.

330. Comment être sûre que mon sexe a bon goût ? J'ai peur que mon petit ami ne soit dégoûté par mon odeur. Que faire ?

Une bonne santé et une bonne hygiène sont la manière la plus sûre de soigner votre goût intime. Avant de supposer que votre goût ou votre odeur posent problème, pourquoi ne pas demander à votre partenaire ce qu'il en pense ? Si cela vous met trop mal à l'aise, faites le test vous-même. Il vous suffit d'insérer vos doigts dans votre vagin et de goûter les sécrétions. La plupart des femmes ont tendance à avoir un goût légèrement citronné. Si vous remarquez une odeur de poisson, vous avez peut-être des vaginoses bactériennes ; si les sécrétions sont épaisses et blanches, vous avez peut-être une mycose vaginale. Ces deux causes peuvent entraîner une odeur un peu forte. Pour votre information : les femmes développent souvent des mycoses vaginales après avoir pris des antibiotiques. Si vous pensez que vous pouvez avoir une infection, je vous conseille de consulter un spécialiste ; l'automédication a souvent pour conséquence de prolonger le problème, le diagnostic pouvant être erroné. Autre chose à garder en tête : l'odeur d'une femme change selon les phases de son cycle, en réaction aux vitamines, aux médicaments et à son alimentation.

331. J'ai peur que le goût de mon sperme soit trop fort. Comment savoir ?

Les hommes peuvent faire le même test après s'être masturbés – mieux vaut le faire hors de la douche, à main nue, au lieu d'utiliser un gant ou une serviette. Deux paramètres en modifient le goût : votre métabolisme naturel combiné à votre régime alimentaire. Les femmes disent que les hommes qui boivent beaucoup de café et de bière ont tendance à avoir un goût plus amer ; les hommes qui mangent beaucoup de protéines ont tendance à être plus « collants » et les végétariens, à avoir un goût plus « léger ». Hommes et femmes peuvent dire, d'après les sécrétions génitales, si leur partenaire a fumé. Une femme peut dire si un homme a pris de la cocaïne et a bu d'après le goût de son sperme. Certains (hommes et femmes) jurent que leur goût est moins fort quand ils boivent du jus d'ananas et mangent des melons, des kiwis ou du céleri. Évitez les légumes crucifères (choux-fleurs, brocolis) ; pour de nombreuses personnes, l'asperge est formellement contre-indiquée. Enfin, si l'un de vous mange des plats épicés ou très assaisonnés, l'autre doit en faire de même ; pour citer une femme hongroise : « Vos métabolismes doivent se mélanger. »

332. Mon partenaire a du mal à maintenir son érection quand il me donne du plaisir. Que puis-je faire ?

Pas grand-chose tant que ce n'est pas votre tour de vous concentrer sur lui. S'il perd un peu de sa rigidité quand il se concentre sur vous, c'est tout à fait normal. Les érections, pendant l'amour, sont un peu comme les phases de la lune : elles croissent et décroissent, de semi-érections en érections complètes selon le type de stimulation et d'attention. Ne soyez pas prisonniers de l'idée qui veut qu'un homme doit rester raide comme un piquet pendant tout le temps qu'il fait l'amour. S'il vous fait un cunnilingus, il est probablement allongé sur le ventre, comprimant son érection et ne recevant aucune stimulation : deux raisons pour lesquelles l'intensité de l'érection est amenée à décliner. Dès que votre attention se portera à nouveau sur lui et que vous le stimulerez, il retrouvera une érection complète.

333. Comment puis-je faire pour que ma femme me fasse des fellations plus souvent ?

Je vais répondre à cette question en supposant qu'elle aime vous faire une fellation de temps à autre. Mesdames qui me lisez, voici ce que les hommes m'ont confié : « Trop de fellations, ça n'existe pas. » Mais je veux éclaircir un point : pour eux, la fellation n'est qu'*une partie* de l'acte amoureux, pas sa totalité. Ce qu'il aime tant, c'est la chaleur, l'humidité et la douceur de votre bouche autour de son pénis. « C'est tellement extraordinaire. » Et vous, messieurs qui me lisez, les femmes s'y adonneraient plus souvent si elles savaient que la fellation était un interlude de l'acte amoureux, et pas l'événement principal. La raison pour laquelle les femmes hésitent à en faire, c'est qu'elles pensent que ce sera l'événement principal, avec au bout du compte des mâchoires douloureuses, une bouche abîmée et/ou des haut-le-cœur. Si vous savez qu'elle n'aime pas que vous éjaculiez dans sa bouche, faites-lui un signe au moment crucial, pour qu'elle puisse se préparer. Ça devrait toujours être à elle de décider si elle recrache, avale ou se retire.

334. Comment avoir un orgasme du point G ?

Comme le Dr Beverly Whipple (qui a baptisé le point G en hommage au Dr Ernst Grafenberg) me l'a dit, les femmes peuvent stimuler leur point G en localisant cette zone de la taille d'une pièce de 5 centimes à travers la paroi vaginale. Le point G est commandé par les nerfs pelviens et hypogastriques ; il est caractérisé par des sensations différentes de celles créées par les nerfs pudendaux qui innervent la région clitoridienne. Comme on l'atteint à travers la paroi du vagin, son excitation demande une vive stimulation.

Il est plus facile d'avoir un orgasme du point G en étant déjà très excitée. Certaines femmes doivent d'ailleurs avoir déjà eu un orgasme pour cela. Grâce à la stimulation sexuelle, les tissus de la zone du point G sont gorgés de sang et plus faciles à identifier. On le sent mieux lorsque la femme est allongée sur l'homme, ou avec une pénétration en levrette, position dans laquelle le gland du pénis vient buter contre la région du point G. Si vous utilisez vos doigts ou un accessoire, le plus important est de maintenir une pression ferme et variable, avec un mouvement de doigt qui mime le geste « viens par ici ». La zone stimulée va prendre une texture différente de celle des tissus alentour, souvent granuleuse. Elle va s'élargir. Au début, vous aurez peut-être l'impression d'avoir envie d'uriner, ce qui est normal, la zone du point G longeant l'urètre. Comme toute expérience sexuelle ou physiologique, il vous faudra sans doute du temps pour savoir si cela vous plaît ou pas. Pour certaines femmes, la stimulation du point G est le *nec plus ultra* ; pour d'autres, l'effet est tout simplement nul.

335. J'aimerais vraiment davantage de rapports anaux. Comment convaincre mon (ma) partenaire ? Et pourquoi les gens sont-ils si intéressés par le sexe anal ?

D'abord, il faut savoir qu'il y a quatre possibilités de rapports anaux : des femmes et des hommes à qui leur partenaire demandent de leur faire une pénétration anale, et des femmes et des hommes à qui leur partenaire demandent à recevoir une pénétration anale. Au cas où vous penseriez que cela ne peut pas concerner un homme hétérosexuel, je vous assure que grand nombre d'entre eux se montrent très intéressés par la chose.

Il est souvent plus facile pour une femme d'aborder le sujet si c'est elle qui est intéressée. Certains hommes ont l'impression que l'envie de rapports anaux (pour eux ou pour leur partenaire) est le signe de « tendances » homosexuelles. Je voudrais être claire sur ce point : l'intérêt pour les rapports anaux ou le fait de les apprécier ne va pas vous rendre homosexuel – homme ou femme. Ça ne veut pas dire non plus que vous avez je ne sais quelle tendance cachée – tout cela est ridicule. Quand on est homosexuel ou bisexuel, on le sait généralement bien avant que le sujet des rapports anaux ne soit à l'ordre du jour. Et enfin, l'idée qu'il pourrait y avoir un lien entre homosexualité et sexe anal est clairement démentie par le fait que beaucoup de femmes apprécient la pénétration anale. Celles qui n'ont jamais exploré cette zone érogène demandent souvent pourquoi. La réponse est simple : la région anale est hautement sensible. En outre :

1. cette zone concentre de nombreuses terminaisons nerveuses ;
2. les lèvres de votre bouche sont à un bout du tractus gastro-intestinal et l'anus, à l'autre bout. Comme l'on sait que nos lèvres sont très sensibles à la stimulation sensorielle, on peut en déduire que la région anale est tout aussi sensible ;
3. pendant les contractions préorgasmiques et orgasmiques, les sphincters anaux se contractent en rythme. Quand quelque chose (à l'intérieur de l'anus) vient contrecarrer ces contractions, comme un pénis ou un godemiché, la sensation est accrue.

Les gens manifestent un intérêt pour le sexe anal pour deux raisons :

1. les scènes qu'ils voient dans les films porno leur paraissent intéressantes ;
2. ils savent que la pénétration anale plaît à leur partenaire.

Vous devez savoir que l'anus comprend deux sphincters : on peut contrôler la dilatation et la contraction du premier, mais pas du second ; celui-ci se dilate sous l'action d'un doigt ou d'un accessoire. Il est donc préférable de relaxer l'anus manuellement avant toute pénétration ; une règle dit d'utiliser un doigt pendant une minute, et deux doigts pendant deux minutes, afin de détendre suffisamment le sphincter pour rendre la pénétration agréable. Et comme un gynécologue-obstétricien l'a recommandé, ne lésinez pas sur le lubrifiant : les tissus de cette zone sont délicats et l'anus ne se lubrifie pas de lui-même.

336. Si elle (il) veut utiliser des accessoires, qu'est-ce que ça veut dire ?

Ça veut dire qu'elle/il a découvert de nouvelles choses pour rendre votre sexualité plus fun. Ça ne veut pas dire que vous ne lui suffisez plus, ou que vous ne l'excitez plus. Au contraire, le désir de jouer avec des accessoires est le signe d'une confiance plus grande que la moyenne ; votre partenaire veut aller un peu plus loin dans l'exploration de votre vie sexuelle.

337. Quel est le nombre normal de rapports par semaine ? Mon mari veut faire l'amour au moins une fois par jour, mais je suis trop fatiguée.

C'est une question à laquelle seules les deux personnes du couple peuvent répondre ; il n'y a pas de réponse standard. Pour certains couples, quatre fois par semaine est un bon rythme, pour d'autres, ce sera quatre fois par mois. Je dirai seulement que pour la plupart des hommes, leur monde tourne mieux quand ils font l'amour régulièrement. Beaucoup d'entre eux disent que faire l'amour avec leur femme régulièrement les renforce. Pour la majorité des femmes qui sont devenues mères, le sexe perd souvent quelques places dans la liste des priorités parce qu'elles sont très occupées et fatiguées. Le sexe peut commencer à devenir une corvée parmi d'autres. C'est une question qui n'a pas fini de faire couler de l'encre dans les magazines ; mais la seule chose à prendre en compte, c'est ce qui marche pour vous et votre partenaire.

338. À quel âge puis-je commencer à parler de sexualité à mes enfants ?

Plus tôt que vous ne le pensez. Et au lieu de vous dire « je vais attendre jusqu'à tel âge », n'attendez pas. Sinon, ce sont les médias et d'autres enfants tout aussi mal informés qu'eux qui se chargeront de leur éducation sexuelle. Il y a une chose que les parents veulent bien faire : c'est être parents. Il y a une chose que les préadolescents et adolescents veulent faire : c'est grandir. Et quel est l'un des plus grands bastions de l'âge adulte ? La sexualité. Les adolescents essayent tout ce qui passe à leur portée – c'est aussi prévisible que les saisons. Un tel sujet se prête à une discussion des plus délicates entre parents et enfants, alors s'il vous plaît – s'il vous plaît ! –, ne vous contentez pas de dire : « Ne fais pas ceci ou cela. » On sait tous quelle efficacité ces discours ont eue en ce qui nous concerne. Essayez plutôt de faire part de votre expérience : « J'aurais aimé que quelqu'un me dise que c'est cela que j'allais ressentir » ou « J'aurais aimé que quelqu'un mette mon ami en garde sur tel ou tel sujet ». Si vous leur avez donné un système de valeurs, vos enfants s'y référeront toute leur vie, y compris pendant la délicate période de l'adolescence.

339. Qu'est-ce que l'éjaculation féminine ?

Avant de décrire le phénomène physiologique que l'on appelle « éjaculation féminine », je dois vous donner quelques précisions. Ce n'est pas une vraie éjaculation, puisqu'il n'y a pas de contraction musculaire entraînant une expulsion de fluide. Le fluide des glandes para-urétrales (de chaque côté du canal de l'urètre) est éjecté sous forme de flux, de jet ou de jaillissement juste avant l'orgasme. Les glandes para-urétrales et les glandes de Bartholin fonctionnent un peu comme les glandes salivaires au moment de l'expulsion. Ceux qui ont goûté ce liquide disent qu'il a un goût particulier ; doux chez certaines femmes, plus fade chez d'autres. Les femmes qui en ont fait l'expérience disent avoir ressenti comme une décharge et une sensation proche de l'envie d'uriner. L'éjaculation féminine peut être provoquée par un baiser, un cunnilingus, la stimulation du point G ou un rapport vaginal.

340. Est-ce que toutes les femmes éjaculent ?

L'Espagnol Francisco Santa Maria Cabello, un des plus éminents chercheurs sur l'éjaculation féminine, estime que chez 70 % des femmes l'urètre sécrète un liquide qui n'est pas de l'urine. Maintenant, cela peut être occasionnel, régulier ou survenir une fois dans la vie. Parmi ces femmes, beaucoup disposent une serviette sous leurs hanches lorsqu'elles font l'amour. Selon lui, si les femmes n'en sont pas conscientes, c'est que le liquide est émis en si petite quantité qu'il se confond avec les autres sécrétions vaginales qui caractérisent l'excitation. Cette réaction physique tout à fait normale étant plus forte chez certaines femmes, l'industrie pornographique y a vu un nouveau « créneau » à exploiter : celui des femmes fontaines. Le côté positif est que ce marché émergent a montré à certaines femmes qu'elles n'étaient pas toutes seules. Le côté négatif est que certains couples y ont trouvé un nouveau challenge sexuel à relever.

341. Comment suggérer une nouvelle position ?

Primo, *ne dites pas* que vous l'avez expérimentée avec quelqu'un d'autre. Si c'est une variation sur un thème que vous avez déjà pratiqué ensemble, prenez cette « position » puis demandez à recommencer. Suggestion de sources pour vos nouvelles idées : livres illustrés, vidéos, scènes de films, quelque chose dont un(e) ami(e) vous a parlé et qui avait l'air si bien qu'il (elle) vous a donné envie d'essayer. Remarque : aucune de ces sources ne se rapporte à l'expérience personnelle.

342. Pourquoi ma petite amie utilise-t-elle un vibromasseur ?

Parce que c'est très rapide – après tout, aucun homme n'est capable de produire 50 000 oscillations par minute. Ceci étant dit, rassurez-vous, messieurs : pour la plupart des femmes, rien ne remplacera le corps d'un homme. Dans le même ordre d'idée, votre main est peut-être formidable, mais elle ne souffre pas la comparaison avec le corps d'une femme. Si vous avez peur de vous sentir exclu quand votre petite amie se fait du bien avec un vibromasseur ou tout autre accessoire, faites ce que font une majorité d'hommes avec les appareils électriques : demandez à prendre les commandes.

343. Est-ce qu'un vibromasseur va la rendre moins sensible à mes caresses ?

Si une autre stimulation est capable de la faire jouir, c'est qu'elle est déjà sensibilisée. Si elle utilise exclusivement un vibromasseur, il faudra peut-être qu'elle apprenne à se passer de son intensité.

344. Où trouver des accessoires ?

À peu près partout. Cependant, voici quelques conseils : ne passez pas de commande depuis votre lieu de travail ; l'utilisation d'un ordinateur de bureau à des fins personnelles a déjà entraîné des licenciements. Si vous comptez acheter en ligne ou par correspondance, demandez s'ils vendent leurs bases de données. Si c'est le cas, pensez-y à deux fois : vous allez finir par recevoir un flux constant de sollicitations, et vous pourriez tout à fait ne pas vouloir que toute la maisonnée soit au courant.

345. Est-ce que les accessoires vont perturber notre vie sexuelle ?

Seulement s'ils deviennent la source principale de votre plaisir sexuel. S'il s'agit de performance plutôt que de plaisir, ils peuvent commencer à perturber votre intimité ; mais vous êtes les seuls à savoir quelles sont les limites. Une mère d'une trentaine d'années m'a dit : « Ça me rendait folle quand mon mari rapportait un nouvel accessoire à la maison, à chacun de ses voyages – qui sont fréquents. J'en suis arrivée au point d'avoir l'impression d'être un rat de laboratoire. Quand j'ai fini par lui dire que je ne voulais que lui, il m'a avoué qu'il avait peur que je m'en aille si notre vie sexuelle n'était pas assez étonnante, originale et olé-olé. J'ai failli mourir en entendant ça ! Mais étant donné notre différence d'âge – il a vingt-cinq ans de plus que moi –, je l'ai compris. Pourtant je pouvais honnêtement lui répondre que je ne désirais que lui, poignées d'amour comprises. On a encore une impressionnante collection d'accessoires, mais, maintenant, on se concentre sur nous, pas sur la nouveauté. »

346. J'aimerais vraiment que ma femme avale mon sperme. Comment aborder le sujet ?

Est-ce un fantasme ou l'a-t-elle déjà fait ? Si c'est un fantasme, ne lui dites pas « parce que c'est hyper hot, bébé ». Elle saurait que vous parlez de quelqu'un d'autre ou que vous regardez des films porno. Dans ce cas, une meilleure approche consiste à lui dire à quel point vous vous sentiriez accepté en tant qu'homme. Et dans un cas comme dans l'autre, c'est plus émouvant de lui parler honnêtement du pouvoir que vous ressentez en tant qu'homme quand elle reçoit dans sa bouche ce que vous avez de plus viril. Bateau, peut-être, mais plus facile à vendre que « J'adore voir mon sperme dans ta bouche ». Et un dernier point : c'est sa bouche, et elle est la seule à savoir si elle a envie d'avaler, et quand.

347. Mon mari veut qu'on regarde des films érotiques. Est-ce que ça veut dire que quelque chose ne va pas entre nous ?

Non. Ça peut vouloir dire des tas de choses, et bravo à lui de vous le proposer. C'est sans doute sa manière d'entamer un dialogue sur ce qu'il aimerait essayer, même si c'est peut-être maladroit. Puisque l'idée est que vous regardiez ces films ensemble, vous pouvez bien sûr aussi donner votre avis.

348. Est-ce qu'il est normal qu'il se masturbe ?

Oui, tant que la masturbation vient en plus de votre vie sexuelle, et qu'elle ne vous exclut pas. Je me risquerai à dire que, puisqu'il vous dit qu'il se masturbe et n'essaye pas de le cacher, il est à l'aise avec cet aspect naturel de sa sexualité. La plupart des hommes, y compris ceux qui sont mariés, heureux et sexuellement actifs, se masturbent régulièrement – certains rarement, d'autres souvent. Beaucoup d'hommes disent que c'est moins un acte sexuel qu'une manière de se détendre physiquement. Certaines femmes demandent s'il est différent qu'un homme se masturbe sous la douche ou devant un film porno : je leur réponds que non, pas nécessairement. Le point important est de savoir si vous en êtes exclue, ou s'il se masturbe pour ne pas faire l'amour avec vous.

349. Notre sexualité a été géniale. Comment rallumer la flamme ?

Est-ce que vous voulez la rallumer ? Si c'est le cas, c'est à vous et à personne d'autre de vous en charger. Si la flamme a été là, elle l'est encore, même si elle a décliné. Au début, quand vous projetiez de vous voir, vous en faisiez une priorité. J'ai un peu l'impression d'être un disque rayé sur ce sujet, mais il y a deux raisons principales au déclin du désir dans un couple : le manque de temps et la fatigue. Particulièrement quand on a des enfants. Les couples que j'ai vus se battre pour conserver la flamme font preuve de volonté, ils s'organisent pour cela. Ils n'imaginent pas que ça va leur tomber du ciel. Le fait de mieux connaître le corps de l'autre ne garantit pas une vie sexuelle épanouie.

350. Viagra : pas pour tout le monde

Bien que beaucoup d'hommes aient loué les mérites du Viagra, il n'est pas indiqué pour tout le monde. Le site web de ce médicament met en garde : « Pour les patients ayant une maladie cardio-vasculaire, l'activité sexuelle peut présenter un risque cardiaque. Le Viagra a des effets vasodilatatoires légers et passagers. Les médecins doivent prendre en compte l'impact d'une reprise d'activité sexuelle et des effets vasodilatatoires du Viagra sur leurs patients avant de commencer le traitement. Les patients ayant […] de sérieux antécédents cardio-vasculaires, souffrant d'hypotension ou d'hypertension non contrôlée, ou de rétinopathie pigmentaire, n'ont pas fait partie des tests cliniques avant approbation. Pour ces patients, la prescription de Viagra doit se faire avec prudence. »

Plus loin, le site web prévient que « les effets secondaires du Viagra les plus fréquents sont des maux de tête (16 %), des bouffées de chaleur (10 %) et de la dyspepsie (7 %). Des effets négatifs, y compris les effets visuels (3 %), sont généralement passagers et légers à modérés ».

351. Ne vous fiez pas à toutes les statistiques

Une femme qui a participé à l'un de mes récents séminaires a exprimé une crainte que j'entends souvent chez les femmes : « Est-ce que le fait de ne pas toujours avoir un orgasme signifie que j'ai un problème sexuel ? » Je pense que son interrogation est directement liée à cette statistique, largement commentée par les médias il y a quelques années, selon laquelle 43 % des femmes auraient une dysfonction sexuelle. Ce chiffre est mensonger, comme l'a montré le Dr Leonore Tiefer dans une étude de 1999. Il se base sur un sondage superficiel réalisé en 1994 ; pourtant, les médias l'ont largement relayé, et beaucoup de femmes se sont posé des questions sur leur sexualité. Dans son livre écrit avec le Dr Ellyn Kaschak, *A New View of Women's Sexual Problems* *, le Dr Tiefer dit que la sexualité féminine, ses problèmes et ses causes, ne sont pas représentés par l'establishment médical. Dans le sillage de ce « nouveau mythe », le Dr Tiefer a été le fer de lance d'une nouvelle association, la FSD-Alert (FSD pour « female sexual dysfunction », dysfonction sexuelle féminine), pour réfléchir à la manière dont il faudrait appréhender la sexualité féminine.

* Binghamton (États-Unis), Haworth Press, février 2002. Non disponible en français. *(N. d. T.)*

352. Le doute sur les phéromones

On a tous entendu parler du pouvoir des phéromones, ces substances chimiques émises par le cerveau et le corps, pour exprimer une attirance ou un intérêt sexuels entre mâles et femelles. Si la plupart des études ont été réalisées sur les animaux et les insectes, grâce aux dernières avancées technologiques, on a pu mesurer l'effet des phéromones entre les êtres humains. Au sein de la communauté scientifique, la question de savoir si oui ou non nous communiquons par les phéromones reste ouverte. Dans les années 80, les études de Martha McClintock, professeur de psychologie à l'université de Chicago, ont montré comment les phéromones contribuaient à synchroniser le cycle menstruel de femmes vivant ensemble. Plus récemment, on a constaté un pic de testostérone chez les hommes exposés aux phéromones qu'une femme sécrète en période d'ovulation. L'auteur de ces recherches, Astrid Juette, psychologue à l'université de Vienne, a affirmé que c'était « la première fois que quelqu'un montr[ait] que les hommes font la distinction entre des femmes qui sont à différentes périodes de leur cycle menstruel ». Toutefois, certains scientifiques se demandent encore si l'on réagit vraiment aux phéromones d'autrui. « L'organe vomeronasal (VNO) transmet ces odeurs des récepteurs olfactifs au système limbique, mais comment sont-elles reçues et à quel niveau ? » (*Contemporary Sexuality*, vol. 36, n° 12, déc. 2002.)

353. L'Alabama et les accessoires sexuels

Dans l'Alabama, une loi rendant criminelle la vente d'accessoires sexuels a été jugée inconstitutionnelle en octobre 2002. L'Anti-Obscenity Enforcement Act, datant de 1998, a été récusé en raison de sa nature « abusivement intrusive », comme l'a reporté le *Contemporary Sexuality* (vol. 36, n° 11, nov. 2002). Pourquoi voulaient-ils interdire les accessoires sexuels ? Trop de gens qui s'amusaient ?

354. Les enfants aiment le cuir ?

Selon des études récentes, « l'utilisation de vêtements de cuir en tant qu'accessoire sexuel pourrait avoir son origine dans l'érotisme tactile ». L'érotisme tactile commence dans l'enfance, avec les caresses de la mère, qui aident l'enfant à devenir réceptif au monde sensuel, externe et interne. « Des études cliniques suggèrent que de telles interactions physiques agréables [avec la mère] contribuent à immuniser l'enfant contre le développement ultérieur d'insatisfactions physiques ou liées au genre, et sont également cruciales pour le développement d'une image du corps cohérente et intégrée. » (Provence et Lipton, 1962.) (*Contemporary Sexuality*, vol. 36, n° 11, nov. 2002.)

355. La vérité sur la circoncision

Aux États-Unis, la circoncision est largement pratiquée par des médecins dans les hôpitaux, mais ses origines sont bien religieuses et culturelles. Avant l'apparente circoncision de Jésus (Luc 2-21), selon l'Ancien Testament : « Et voici mon alliance, qui sera observée entre moi et vous, c'est-à-dire ta race après toi : que tous vos mâles soient circoncis. Vous ferez circoncire la chair de votre prépuce, et ce sera le signe de l'alliance entre moi et vous. » (Genèse, XVII, 10-11*.) Mais les racines de cette

* Traduction : Bible de Jérusalem. *(N. d. T.)*

tradition de plus en plus controversée remontent bien au-delà de deux mille ans. Représentée dans les bas-reliefs égyptiens, la circoncision est pour certains une forme de contrôle social ou une marque d'identité culturelle, comme un tatouage. Mais cette pratique ne s'est banalisée chez les médecins américains qu'à la fin du XIXe siècle. Aujourd'hui, c'est la douleur ressentie au moment de l'opération – et une perte de plaisir sexuel dans les jours suivants – qui a donné naissance à un mouvement anticirconcision aux États-Unis. Des efforts pour changer les mentalités ont commencé peu après que le Comité sur le fœtus et le nouveau-né de l'AAP (American Academy of Pediatrics) eut déclaré, en 1971, qu'il « n'y [avait] aucune indication médicale sérieuse pour la circoncision pendant la période néo-natale ». Au milieu des années 70, quatre Américains sur cinq étaient circoncis. Aujourd'hui, ce chiffre est tombé à 61 %. (*Contemporary Sexuality*, vol. 36, n° 10, oct. 2002.)

356. Tabagisme et sexualité précoce

Parmi tous les comportements à risques, le tabagisme des parents est celui qui est le plus corrélé avec une activité sexuelle précoce chez leurs enfants, selon une étude publiée dans le *Milbank Quarterly*, une revue sur les politiques de santé. Selon cette étude, portant sur 19 000 adolescents, ceux dont les parents fument sont 50 % plus nombreux que ceux dont les parents ne fument pas à dire qu'ils ont déjà eu des rapports sexuels, et beaucoup d'entre eux avant l'âge de 15 ans. « Je pense que les parents qui fument représentent un modèle de comportement à risques et créent un climat dans lequel il est admis de vivre dangereusement », commente le Dr Esther

Wilder, auteur de l'étude et professeur de sociologie au Lehmann College. (*The New York Times*, 09/03/02.)

357. Les seniors et le sexe

Les recherches récentes sur la vie sexuelle des seniors ont mis en lumière ce à quoi l'on pensait rarement, et dont on parlait encore moins. Une étude AARP/*Modern Maturity* de 1999 établit que 44 % des femmes et la moitié des hommes de 75 ans et plus pensent qu'une « relation sexuelle satisfaisante » est importante pour leur qualité de vie. Moins de la moitié d'entre eux s'estiment « très » ou « à peu près » satisfaits de leur sexualité, ce qui signifie que beaucoup le sont moins. Mais Peggy Brick, éducatrice sexuelle, émet une réserve : « Une de mes sources d'inquiétude est qu'il semble y avoir une tendance, chez les sexologues, à penser que les seniors sont très sexuels. C'est très réducteur. Certains ne le sont pas forcément, si l'on parle de relation sexuelle. » Il peut s'agir simplement de contacts physiques ou de caresses. (*Contemporary Sexuality*, vol. 36, n° 9, sept. 2002.)

358. Moins de risque d'infection HPV avec des hommes circoncis

Une étude publiée dans le *New England Journal of Medicine* tend à prouver que les hommes circoncis sont moins susceptibles de transmettre à leurs partenaires féminines le papillomavirus humain (HPV) que les hommes non circoncis avec une mauvaise hygiène, dans des cas où les hommes ont eu six partenaires ou plus. De plus, certains types de virus (HPV16 et HPV18) sont impliqués dans le développement de cancers de l'utérus. (*Contemporary Sexuality*, vol. 36, n° 5, mai 2002.)

359. Sexe virtuel

Un inventeur australien propose une nouvelle façon de faire l'amour pour ceux qui vivent une relation à longue distance : le sexe virtuel. Dominic Choy, de l'université de Nouvelles-Galles du Sud, a déposé un brevet pour sa technologie en ligne, selon le magazine *New Scientist*. Les amants revêtent un casque et utilisent des capteurs sensoriels et olfactifs pour envoyer des signaux à leur partenaire de l'autre côté de la planète. Sa technologie permet aussi aux participants de modifier l'apparence de leur partenaire virtuel, pour les transformer, par exemple, en leur star préférée. Attention aux fantasmes de célébrités ! (Reuters, 17 janvier, repris dans *Contemporary Sexuality*, vol. 35, n° 2, fév. 2001.)

360. Un monde de fantasmes

Trois quarts des habitants de cette planète ont des fantasmes érotiques, mais moins de la moitié d'entre eux les réalisent, selon un sondage publié par les éditions Harlequin. L'Amérique du Sud arrive en tête : 95 % des Argentins et des Chiliens reconnaissent avoir beaucoup de fantasmes. Le Japon est dernier : seuls 50 % d'entre eux admettent avoir l'esprit vagabond. (Reuters, 16 janvier ; sondage réalisé sur 5 000 hommes et femmes.)

361. Le retour de la ceinture de chasteté (ou presque)

Plusieurs sociétés vendent des versions modernes de cet accessoire médiéval sur Internet. Aujourd'hui comme au Moyen Âge, le propos de la ceinture de chasteté est d'empêcher l'être qui la porte d'avoir des relations sexuelles avec quiconque – que la ceinture soit utilisée de manière sérieuse ou pas. En matière plastique, afin de ne pas être décelée par les détecteurs de métal, la nouvelle ceinture de chasteté, d'un rose suggestif, coûte environ 160 dollars et pèse 142 grammes. Oh, encore une chose : elle s'adresse aux hommes ! (*Contemporary Sexuality*, vol. 35, n° 6, juin 2001.)

362. Intersexualité : plus fréquente que la mucoviscidose

« L'ISNA (Intersex Society of North America) estime qu'environ un enfant sur 2 000 naît avec des symptômes d'intersexualité, d'après le nombre de nouveau-nés confiés aux équipes de spécialistes de l'identité sexuelle dans les hôpitaux. Avec cette fréquence, l'intersexualité (auparavant appelée hermaphrodisme, un terme que l'ISNA souhaite bannir) est plus commune que la mucoviscidose, dont l'incidence est d'environ une naissance sur 2 300. Les intersexuels sont nés avec "un appareil génital ambigu, démesuré ou trop petit", qui rend leur genre indéterminé – la plupart des garçons avec un "petit" pénis ont été transformés en filles après l'ablation du pénis, et la plupart des filles avec un appareil génital "démesuré" ont été opérées parce que leur clitoris était jugé "trop grand". » L'intersexe signifie qu'« une personne [...] a certains organes généralement associés au masculin et certains organes généralement associés au féminin, ou qu'il ou elle a certains organes ambigus (comme un phallus qui est à mi-chemin entre un pénis et un clitoris, ou un scrotum divisé qui ressemble plutôt à des grandes lèvres). » (Source : *Fathering Magazine*, 20 novembre 2002, repris par *Contemporary Psychology*, décembre 2002.)

363. La sexualité préventive

Faire l'amour deux fois par semaine peut protéger contre le rhume, selon les chercheurs de l'université de Wilkes, en Pennsylvanie. Après avoir étudié les pratiques sexuelles de certains étudiants, les chercheurs ont conclu que ceux qui avaient des relations sexuelles une ou deux fois par semaine avaient un tiers d'immunoglobine A (IgA) en plus dans leur salive. Un niveau élevé d'IgA nous protège contre le rhume, la grippe et d'autres infections. De manière surprenante, une plus grande activité sexuelle n'est pas meilleure. Les chercheurs ont trouvé que les étudiants qui faisaient l'amour plus de trois fois par semaine avaient des taux d'IgA plus faibles que ceux qui avaient peu ou pas de relations sexuelles. La modération semble être la clé. (*Healthy Immunity*, lettre d'information.)

364. Pilule et cure de vitamines

On a constaté que la pilule contraceptive faisait chuter le taux de vitamines C, B12, B2, d'acide folique et de magnésium. Si vous prenez la pilule, assurez-vous de prendre des compléments vitaminés.

365. Contraception : le choix s'élargit

La stérilisation, la pilule contraceptive et le préservatif masculin sont les formes les plus répandues de contrôle des naissances aux États-Unis. Mais les chercheurs promettent une « nouvelle ère », avec bientôt beaucoup de nouveaux moyens de contraception. D'après un dossier de WNBC.com, voici une liste de ceux qui sont disponibles aujourd'hui :

- **Le préservatif féminin :** vendu sans ordonnance, c'est une gaine en polyuréthane qui est glissée dans le vagin. L'extrémité ouverte du préservatif reste à l'extérieur et recouvre partiellement les grandes lèvres. Le préservatif est maintenu en place grâce à un petit anneau ajustable. Il est très apprécié par les couples qui veulent une protection anale, en raison de sa taille et de la solidité du polyuréthane. Pour un usage anal, on fait simplement glisser l'anneau.
- **Le diaphragme :** disponible sur ordonnance, c'est le médecin qui en détermine la taille appropriée. Les femmes appliquent un spermicide avant de l'insérer, jusqu'à ce que le disque en forme de dôme couvre le col de l'utérus.
- **La cape cervicale :** disponible sur ordonnance, elle est comparable à un diaphragme. C'est aussi le médecin qui en définit la taille.
- **L'injection d'hormones contraceptives** par un médecin (tous les trois mois pour Depo-Provera).
- **Le stérilet :** un instrument en forme de T qui est posé dans l'utérus par un médecin. Son efficacité est d'un, cinq ou dix ans, selon les modèles.
- **Les spermicides :** disponibles sans ordonnance, ils existent sous forme de crème, de gel, de mousse, de suppositoires ou de comprimés. Le produit actif des spermicides, le nonoxynol-9, peut irriter certaines femmes et certains hommes.
- **La pilule du lendemain :** cette contraception d'urgence peut empêcher de tomber enceinte jusqu'à trois jours après un rapport non protégé.
- **L'anneau vaginal :** un anneau flexible en polymère porté trois semaines par mois. Il libère de manière continue une légère dose d'œstrogène et de progestérone.

- **Le patch contraceptif :** Evra, premier patch contraceptif, doit être porté trois semaines par mois et changé chaque semaine. Ce timbre de 4,5 cm^2 délivre à dose continue un mélange d'œstrogène et de progestérone.
- **Essure :** un micro-implant placé dans les trompes de Fallope, où il provoque une prolifération cellulaire qui obstrue les trompes de manière permanente.

Quel que soit votre choix de contraception, faites-le en connaissance de cause et choisissez une méthode adaptée à votre style de vie.

Table des matières

La sexualité chez Marabout

- **177 façons d'emmener une femme au 7ème ciel**
  M. Saint-Loup - Poche n° 2783
- **203 façons de rendre fou un homme au lit**
  J. Saint-Ange - Poche n° 2771
- **208 nouvelles façons de rendre un homme fou de désir**
  M. Saint-Loup - Poche n° 2834
- **Aphrodisiaques, mode d'emploi**
  D. Festy et A. Dufour - Poche n° 2881
- **Art de faire l'amour à un homme (L')**
  L. Paget - Poche n° 2874
- **Art de faire l'amour à une femme (L')**
  L. Paget - Poche n° 2875
- **Best sex**
  T. Cox - Poche n° 2880
- **Comment faire l'amour à un homme**
  A. Penney - Poche n° 2737
- **Comment faire l'amour à une femme**
  M. Morgenstern - Poche n° 2738
- **D'amour et de sexe**
  B. Lahaie - Actualité
- **Femmes, le sexe, etc. (Les)**
  E. Willer - Actualité
- **Guide Marabout de la vie sexuelle (Le)**
  J. Cohen, C. Verdoux, J. Kahn - Référence
- **Hommes, le sexe, etc. (Les)**
  E. Willer - Actualité
- **Hommes, les femmes, etc. (Les)**
  E. Willer - Actualité
- **Hot sex**
  T. Cox - Hors collection

- **Orgasme sans tabou (L')**
  L. Paget - Poche n° 2885
- **Petit manuel de séduction**
  L. Sussman - Mini sexe
- **Sexercices**
  L. Sussman - Mini sexe
- **Sexo-ados**
  Dr C. Solano - Marabout Pratique
- **Sexualité des paresseuses (La)**
  A. Naïk - Spécial Nanas
- **Tantric sex**
  C. Lorius - Hors collection

2911

MARABOUT

IMPRIMÉ EN FRANCE PAR BRODARD ET TAUPIN
34015 - La Flèche (Sarthe), le 16-02-2006.

pour le compte des
Nouvelles Éditions Marabout
D.L. n°69573 - Février 2006
ISBN : 2-501-04435-5
40-9388-6/02